영웅시대 3부

영웅시대 3부 ❶ 사장편

초판1쇄 인쇄 | 2018년 7월 20일
초판1쇄 발행 | 2018년 7월 28일

지은이 | 이원호
펴낸이 | 박연
펴낸곳 | 한결미디어

등록일자 | 2006년 7월 24일
등록번호 | 제25100-2006-152호
주소 | 서울시 마포구 모래내로 83 한올빌딩 6층
전화번호 | 02 · 704 · 3331
팩스번호 | 02 · 704 · 3360

ISBN 979-11-5916-098-1 979-11-5916-097-4(set) 04810

ⓒ한결미디어 2018

이원호의 명품 기업소설

영웅시대

3부 ❶ 사장편

한결미디어
HANGYEOL MEDIA

저자의 말

영웅시대 3부가 출판되었습니다.

1, 2부를 읽지 않고 3부만 따로 읽으셔도 앞 내용과 상관없이 이해를 하실 것입니다.

3부는 사장, 회장, 보스의 3권으로 이루어졌는데 직책은 의미가 없습니다. 조직이 커지면서 붙여지는 직위일 뿐입니다.

주인공 이광의 일상에, 처신에 그리고 기업을 운영하는 방식에 독자 여러분의 꿈을 대입시켜 보시지요. 단순한 대리만족의 경지를 떠나 여러분이 이광으로 변신하시는 것입니다.

사장이 되었을 때 이광과 다른 경영을 하실 수도 있습니다. 대인관계 특히 여자관계에서 다른 이광이 되어 보시기를 권합니다.

그렇습니다. 나에게도 이광이 이루지 못한 일들을 대신 해주는 역할도 됩니다. 이광이라는 인물을 만들면서 저 자신 또한 뉘우치고 새로운 전개를 해나가거든요.

많이 노력은 합니다. 그러나 이광 또래의 여러분께 맞추려고 억지를 쓰지는 않으려고 합니다. 시대에 뒤진 사고(思考)가 있을지는 몰라도 그 당시에는 그것이 최선일 수도 있으니까요. 예를 들어서 '하였으므로' 등 '으므로'를 요즘 쓰지 않습니다. 요즘 세대는 그런 말을 잘 '안 쓴'다고 하는군요. 그렇게 지금도 배워나가고 있습니다.

이광은 앞으로도 꾸준히 성장해나갈 것입니다. 그리고 앞으로 이광의 후계자가 등장하여 더 '젊은' 활동을 펼쳐서 여러분을 뜨겁게 만들어 드릴 것입니다.

영웅시대는 시대를 따라 쓰기는 했지만 연도와 인물, 사건을 소설화시켜 조작한 픽션(소설)입니다.
재미있게 읽어주셔서 고맙습니다.

2018년 7월 20일
이원호 드림

목차

제1장
사장

이광이 유성상사 대표 이사 사장으로 취임한 것은 그로부터 5일 후다. 아직 신년이 되지 않았지만 이광이 취임을 서두른 것이다. 푸저우에 있던 황학수 회장은 두말하지 않고 승낙했고 취임식 날에 맞춰 귀국했다. 취임식은 본사 회의실에서 간부 사원만 모아놓고 20분 만에 끝냈다. 그리고 황학수는 바로 공항으로 출발했다. 푸저우 일이 바빴기 때문이다. 이로써 이광은 유성상사와 리스타상사를 합병한 '유스타상사'의 대표 이사 사장 겸 대주주가 된 것이다.

"축하한다."

트리톤의 사장이 되어 있던 강기창이 제일 먼저 전화했다.

"그렇게 후다닥 취임식을 해치우는 이유가 뭐냐? 뭐 죄지은 것 있냐?"

"형님도 참."

이제는 친형제나 다름없는 사이가 된 이광이 쓴웃음을 지었다.

"내가 며칠 후에 외국 가는데 타이틀이 필요해서 그럽니다."

"어이구, 네가 그럴 때도 다 있구나. 그걸 보니까 많이 단련되었네."

"어쨌든 형님한테 첫 전화 받습니다, 감사합니다."

"내가 늘 고맙지."

강기창의 목소리가 젖은 것처럼 느껴졌다.

"네가 은서한테 해준 걸 보면 내가 항상 미안하고 부끄럽다."

"아이구, 형님도 이제 나이 드셨네."

강기창과 통화를 끝내고 났더니 바로 김성규하고 연결이 되었다.

"야, 축하한다."

김성규가 떠들썩한 목소리로 말했다.

"이 살모사 같은 놈, 마침내 제 어미를 집어삼켰구나. 잘했다."

"아유, 이 자식을 그냥."

사장실 안이다. 집기나 책상을 그대로 두었기 때문에 책상은 황근만이 쓰던 것이고 꽃병은 남영호 때 갖다 놓은 것, 전화기는 오동진이 산 버튼식이다. 그때 김성규가 말을 이었다.

"너, 내 오더 책임져. 네 푸저우 공장 믿고 미국 오더 쿼터대로 다 받았으니까 말이다."

축하고 나발이고 김성규에게는 이것이 중요한 것이다. 김성규의 목소리가 강해졌다.

"야, 950만 장이야. 내년 상반기에 950만 장을 소진시켜야 돼. 그래야 내가 살아."

"이건 또 2백만 장이나 늘어났어?"

놀란 이광도 따라 소리쳤다.

"얀마, 내가 네 쓰레기 청소부냐? 그 가격도 형편없겠지?"

"강 부장한테 넘겨주었어."

김성규가 이제는 달래듯이 말했다.

"중국 공장 임가공비가 낮지 않아? 좀 봐주라. 네가 내 구세주다."

김성규는 아직 푸저우 공장의 임가공비 수준을 모른다. 아무리 신통한 재주를 가졌다고 해도 중국 땅을 밟을 수 없으니 알 도리가 없다. 한국의 공장 임가공비 단가는 이미 높아지고 있어서 김성규의 오더 절반이상이 생산 계획조차 잡지 못하고 있었던 것이다. 김성규의 국제통상은 수천만 장의 의류 쿼터를 보유하고 있지만 올해 쿼터양을 소진시키지 못하면 내년에는 소진시키지 못한 양만큼 줄어드는 것이다. 그러니 갑자기 나타난 이광이 구세주일 수밖에 없다. 이광이 시치미를 떼고 말했다.

"좋아. 내가 노력해보지."

오후 7시 반, 이광은 옥천의 본가에 내려와 있다. 미리 연락했기 때문에 동생 이철과 이명화도 함께 왔다. 더구나 이철은 지난 9월에 결혼해서 그쪽은 두 식구다. 이철의 아내 최경희는 이명화의 친구다. 이명화가 소개시켜준 것이다. 집안 분위기는 화목하다. 저녁 식사를 마치고 삼부자는 그대로 술을 마셨는데 여자들 셋은 옆에 모여 잡담을 한다. 그때 술잔을 든 아버지가 말했다.

"가화만사성이란 말이 있지만 나는 '개천에서 용 난다'는 말을 더 좋아한다."

술잔을 든 아버지가 소리 내어 웃었다. 얼굴이 붉게 달아올라 있다.

"누가 지어낸 말인지 모르지만 가화만사성보다 훨씬 적극적이고 긍정적인 사고를 가진 사람이 만든 것 같다."

"한국 사람인 것 같습니다."

이광이 맞장구를 쳤다.

"그런 한자 성어를 본 적이 없거든요."

"바로 너를 두고 한 말이다."

아버지가 다시 소리 내어 웃었고 이철이 따라 웃었다.

"맞아요, 아버지. 형을 두고 한 말입니다. 형이 용이에요."

"안마."

이광이 눈을 흘겼다.

"난 차라리 미꾸라지가 용 되었다는 말이 낫다."

"아이구, 거기도 용이네 뭐."

이철이 이광의 잔에 술을 채우며 다시 낄낄거렸다. 이제 이철은 대전에서 가장 큰 자동차 정비회사를 소유하고 있다. 본사 건물은 10층 빌딩이 되었고 3천 평의 공장에서 근무하는 기술직, 행정직 직원이 모두 4백여 명이다. '이철공업사'는 대전에 본사를 두고 천안, 청주, 충주에 3개 지점을 냈다. 이제는 이철도 엄연한 사장이다. 또한 옆에서 웃고 있는 이명화도 3층 건물을 소유한 유아원, 유치원 원장이다. '명화학원' 원장으로 교사가 30여 명이나 된다. 이러니 가화만사성보다 개천에서 용 났다는 말이 어울릴지 모른다. 이광이 아버지, 어머니를 번갈아 보았다. 오늘 취임식이 끝나고 부모 형제에게 가장 먼저 신고를 한 셈이다.

"저, 모레 다시 외국에 갑니다."

모두의 시선을 받은 이광은 행복했다.

다음 날 오전, 상경한 이광이 소공동의 국제호텔 특실로 들어섰다.

"어서 오세요."

이광을 맞은 사내는 오금봉이다. 오금봉은 오늘도 CIA 부국장 모건과 한국지부장 코린스와 함께 있었는데 그들과 악수를 나눈 이광이 자리에 앉았다.

"승진 축하합니다."

모건이 웃음 띤 얼굴로 말했다.

"이제 오너가 되셨군요."

"도와주신 덕분이지요."

이광이 말을 받았다.

"앞으로도 잘 부탁합니다."

"그런 말씀 들으니까 기운이 나는군요."

모건이 얼굴을 펴고 웃었다.

"지난번 샤로프 그놈이 쓴 쪽지를 읽고 나서 식욕이 뚝 떨어졌습니다."

그러더니 모건이 눈을 가늘게 뜨고 이광을 보았다.

"읽으셨지요?"

"예, 두 분이 꽤 친한 사이 같더군요."

"샤로프가 지금은 무기 구매를 맡고 있지만 3년 전에는 정보국 해외 공작을 맡았지요."

이광의 시선을 받은 모건이 쓴웃음을 지었다.

"내가 샤로프하고 카이로에서 여러 번 부딪쳤습니다. 그걸 갖고 그놈이 떠드는 겁니다."

모건이나 샤로프 같은 인간들에게 세상은 좁은 것이었다. 그때 모건이 말을 이었다.

"리, 이번에 트리폴리에 가시면 카다피를 만나게 되실 겁니다."

숨만 들이켠 이광을 향해 모건이 목소리를 낮췄다.

"토레스사 간부들은 카다피 옆에 접근하지도 못 할 겁니다. 대신 당신이 카다피의 요구 사항을 듣게 되겠지요."

"……"

"카다피가 우리 측에 어떤 메시지를 전할 겁니다. 이렇게 토레스사를 통해 미국제 무기를 가져간다는 건 그럴 의도가 있다는 증거니까요."

이광이 머리를 끄덕였다. 그렇다고 토레스사 간부를 통해 메시지를 전달하지는 않을 것이다.

"알았습니다, 제가 전달해 드리지요."

"그럼 먼저 이 편지를 가져가시지요."

모건이 옆에 놓인 가방에서 편지 1통을 꺼내 이광 앞으로 밀었다.

"이건 우리 CIA 국장이 카다피에게 보내는 밀서지요. 물론 대통령의 승인을 받고 카다피에게 보내는 겁니다."

정색한 모건이 말을 이었다.

"카다피에게 전해 주시기 바랍니다."

"만일 카다피 국가 원수를 만나지 못하게 되면 어떻게 하지요?"

"샤로프에게 말해서 밀서를 갖고 왔다고 말해보세요."

"그래도 연결이 안 되면요?"

그때 모건이 어깨를 들었다가 내렸다.

"그럼 할 수 없지요."

"알겠습니다."

이광이 편지봉투를 집어 가방에 넣었다. 봉투는 밀봉되어 있어서 샤로프가 준 쪽지하고는 딴판이다.

이번에는 서울에서 요르단의 암만까지 간 후에 이태리의 로마를 거쳐 트리폴리로 내려가는 코스다. 암만에서 카이로를 거쳐 트리폴리로 가는 비행편도 있지만 이광은 로마를 거치기로 했다. 서울에서는 '유스 타 서울'의 비서 안학태를 수행시켰다. 이번에는 오금봉이 차를 가져와 서 뒷좌석에 나란히 앉아 공항으로 출발했다. 차가 공항으로 들어섰을 때 오금봉이 불쑥 물었다.

"나영찬이 아시지요?"

이광의 시선을 받은 오금봉이 빙그레 웃었다.

"염려하실 것 없습니다. 다 잘될 겁니다."

도대체 무슨 소리인지. 그때 오금봉이 말을 이었다.

"나영찬이 이번에도 정부 전복 기도 혐의로 체포되었습니다. 이번에 는 꽤 오래 살아야 될 것 같네요."

형무소에서 오래 살아야 된다는 말이다. 저도 모르게 어깨를 늘어뜨 린 이광에게 오금봉이 말을 이었다.

"나영찬이가 이제는 운동권의 투사로 존경을 받고 있어요. 운동권의 고위 간부 중 하나고요."

"……"

"이번에 체포되었을 때 경찰이 배후의 지원자를 캐내려고 기를 썼지 만 굳게 입을 닫고 아무도 끌어들이지 않았습니다. 독한 놈이지요."

"……"

"경찰에서 나영찬이가 이 사장님하고 대학 때 친한 것을 알고 추궁 했던 것 같습니다."

이광이 머리를 돌려 오금봉을 보았다.

"경찰에도 조경수 같은 인간이 있는 모양이지요?"

"그것이 애국이라고 믿고 있거든요."

정색한 오금봉이 말을 이었다.

"우리는 모두 애국자지요. 이 사장님, 나영찬이나, 저나, 그리고 경찰까지."

이광은 입을 다물었다. 국개위의 조경수에게 당한 기억이 아직도 생생했다. 그렇다면 조경수도 애국하고 있었단 말인가? 그때 오금봉이 혼잣소리처럼 말했다.

"만일 나영찬이 이 사장님을 끌어들였다고 해도 우리는 이 사장님을 빼냈을 겁니다. 그것이 국가를 위한 일이라고 믿거든요."

"……."

"그 말씀을 드리려고 했던 겁니다."

"그렇다면."

호흡을 고른 이광이 오금봉을 보았다.

"나영찬을 빼 주시지요. 그놈이 대한민국을 망하게 할 놈입니까?"

"아이구, 이 사장님."

쓴웃음을 지은 오금봉이 머리까지 저었다.

"나영찬은 최소 15년은 살아야 됩니다. 주범 중 하나로 다른 놈들은 종신형까지 예상하고 있어요."

"제가 적극 협조해 드릴 테니까 그 보상을 해달라는 겁니다."

이광이 오금봉을 쏘아보았다.

"내가 그쯤은 요구할 수도 있지 않습니까? 그놈을 빼 주십시오. 그럼 그놈을 외국으로 보내지요."

"외국에요?"

"예, 외국의 내 회사로."

그때 오금봉이 눈을 가늘게 뜨고 이광을 보았다.

"이 사장님, 나영찬이 도와주셨지요?"

"예."

이광이 바로 대답하자 오금봉은 길게 숨을 뱉었다. 차 안에 한동안 정적이 덮였다. 둘은 제각기 반대쪽 창밖을 본다.

파리를 거쳐 암만에 도착했을 때는 다음 날 오후 6시 무렵이다. 공항에는 타미란과 조백진이 나와 있었는데 얼핏 보아도 둘의 손발이 맞았다. 시내로 들어가는 차 안에서 타미란이 보고했다.

"토레스사는 내일 트리폴리에 들어간다고 합니다. 우리보다 하루 빠릅니다."

물품 도착일은 사흘 후다. 화물기로 실어 오는 것이다. 타미란이 말을 이었다.

"강 부사장님한테서 연락이 왔습니다. 도착하시면 연락해달라고 하셨습니다."

이광이 머리만 끄덕였다. 이란·이라크 전쟁은 절정에 이르렀다. 이라크 군(軍)은 점령당했던 요충지 바스라를 탈환했고 이란의 수도 테헤란에 미사일 10여 발을 쏘아 수백 명의 사상자를 내었다. 이광이 타미란에게 물었다.

"전쟁이 어떻게 될 것 같나?"

"이라크가 공격을 퍼부으면서 은밀하게 휴전을 제안하고 있습니다."

타미란이 바로 대답했다. '같습니다'가 아니라 '있습니다'라고 대답한다. 이광이 머리를 끄덕였다.

"그런데 호메이니가 거부하나?"

"그렇습니다. 그리고 미국이 전쟁을 계속하라고 후세인을 압박하고 있습니다."

미국 정부 뒤에는 거대한 무기상 조직이 도사리고 있는 것이다. 토레스사는 그 거대 조직의 일부일 뿐이다. 이광이 혼잣소리처럼 말했다.

"카다피가 후세인처럼 될지 모르겠군."

사무실로 들어선 이광이 자리에 앉자마자 전화기를 들었다. 오후 8시, 바그다드도 같은 시간이다. 직통전화 버튼을 누르자 신호음 세 번 만에 강인숙이 응답했다.

"나야, 지금 암만에 도착했어."

이광이 말하자 강인숙의 목소리가 높아졌다.

"어, 트리폴리에 가기 전에 나 좀 보고 가, 급한 일이야."

"무슨 일인데?"

긴장한 이광이 전화기를 고쳐 쥐었다.

"나, 내일 출발해야 돼."

"그럼 지금 바그다드로 와, 11시 비행기가 있지 않아?"

"도대체 무슨 일이야?"

"사업."

짧게 대답한 강인숙의 목소리에 조금 웃음기가 섞여졌다.

"나쁜 일은 아냐. 그럼 기다릴게."

통화가 끝났을 때 이광이 인터폰으로 타미란을 불렀다. 타미란이 들어서자 이광이 지시했다.

"타미란, 바그다드에 가야겠어. 11시 비행기를 예약해놓도록."

"예, 사장님. 그럼 제가 모시고 갈까요?"

"아니, 혼자 간다."

"트리폴리는 언제 가십니까?"

"내가 내일 밤에 로마로 갈 테니까 로마에서 만나지."

"알겠습니다."

타미란이 서둘러 방을 나갔을 때 이광은 머리를 기울였다. 도대체 무슨 일인가? 강인숙은 도청 때문에 전화로 내막을 말하지 않는다. 그러니 안 갈 수는 없다.

암만에 도착한 지 한 시간이 겨우 지난 후에 이광은 다시 공항으로 출발했다. 이번에도 타미란과 조백진이 공항까지 배웅했는데 분위기가 가라앉았다. 그들도 내막을 모르는 터라 걱정이 된 것이다. 차가 공항으로 접어들었을 때 옆자리에 앉은 타미란이 불쑥 말했다.

"사장님, 하비브 대장이 후세인 대통령의 불신을 받고 있다는 겁니다."

이광의 시선을 받은 타미란이 말을 이었다.

"지난번 프랑스 무기를 구입할 때 리베이트를 먹은 것이 탄로가 났다는군요."

타미란의 얼굴에 쓴웃음이 번졌다.

"그 정보를 준 것이 경호실장 모하메드 중장인데 그 모하메드는 미국 측의 조종을 받고 있다는 겁니다."

"......"

"하비브 대장은 지금 가택 연금 상태라는군요."

"빌어먹을 놈들."

마침내 이광이 욕설을 뱉었다.

"그 미국 무기상 놈들, 안 끼는 데가 없구먼그래."

19

하긴 하비브가 보낸 특공대에 의해 토레스사의 사장과 부사장이 한 꺼번에 살해되었으니 가만히 당하고 있을 수만은 없을 것이다. 이광이 심호흡을 했다. 자신과 강인숙은 비리를 알면서도 놔두었다. 하비브와 측근들이 숙청되면 이라크군 전력이 약화될 것이라는 이유였지만 과 연 그 선의(善意)가 먹힐 것인가? 이광은 입을 다물었고 어느덧 차는 공 항으로 들어섰다.

바그다드, 오늘도 비행기가 정지하자마자 안으로 중령 계급장을 붙 인 장교가 들어섰다. 역시 오밤중인데도 선글라스, 허리에는 상아로 손 잡이를 장식한 권총, 뒤에는 장식물처럼 서 있는 대위 두 명, 1등석 손 님들이 몸을 굳히고 있을 때 중령이 이광을 향해 경례를 올려붙였다.
"모시러 왔습니다!"
이광은 머리만 끄덕였고 손가방은 대위가 들었다. 이제는 익숙해져 서 행동도 자연스럽다. 이광은 중령을 따라 공항을 나왔다. 밤 12시 반 이다.

대통령 전용 지하 벙커, 엘리베이터로 7층이나 내려간 후에 양탄자 가 깔린 복도를 걸어 안쪽 방문 앞에 섰을 때 중령이 경례를 하고 돌아 갔다. 이곳이 대통령 특별보좌관 역할을 하고 있는 강인숙의 사무실이 다. 방으로 들어서자 소파에 앉아 있던 강인숙이 반색했다.
"왔어?"
한국말, 활짝 웃는 얼굴, 강인숙은 이라크 군복을 입고 있었는데 날 씬한 몸매가 드러났다. 어깨에는 대령 계급장이 붙어 있다.
"무슨 일이야?"

앞쪽 자리에 앉은 이광이 긴장한 얼굴로 묻자 강인숙이 힐끗 벽시계를 보았다.

"30분 후에 대통령을 만나."

"응? 내가?"

놀란 이광이 강인숙에게 물었다.

"무슨 일로?"

"카다피에게 메시지."

짧게 말한 강인숙의 얼굴에 다시 웃음이 떠올랐다.

"CIA 놈들한테는 나만 만난 것으로 해, 지금 대통령은 전선 시찰 중이니까."

숨만 쉬는 이광을 향해 강인숙이 말을 이었다.

"지금 전선에는 대역이 돌아다니고 있어, 각하를 빼다 박은 인물이야."

대역 이야기는 들은 적이 있다. 후세인의 대역은 셋이나 된다고 했다. 전장(戰場)용, 시장이나 거리용, 그리고 회의용까지 있다는 것이다.

"내가 카다피를 만날지 알 수 없어."

이광이 말하자 강인숙이 이를 드러내고 웃었다.

"만날 거야, 대통령이 그랬어."

"뭐라고?"

"코리안 미스터 리가 카다피를 만날 것이라고."

"어떻게 장담하는 거야?"

"그거야 대통령이 카다피하고 통하니까 그렇지."

이광이 숨을 들이켰다. CIA 국장이 전하라는 편지는 타미란에게 맡겨놓았다. 이곳까지 들고 오는 건 미친 짓이다. 그때 강인숙이 자리에서 일어섰다.

"가자. 각하는 지금 집무실에 계셔."

후세인의 집무실은 그곳에서 계단으로 한 층 더 아래층이다. 비서실에서 잠깐 기다렸던 둘은 곧 비서의 안내도 받지 않고 집무실로 들어섰다. 강인숙 때문이다. 집무실은 컸지만 소박했다. 회의용 테이블과 소파, 벽에 대형 지도가 붙어 있었고 책상 뒤에는 이라크 국기가 서 있을 뿐이다. 소파에 앉아 있던 후세인이 그들을 보더니 웃음 띤 얼굴로 자리에서 일어섰다. 후세인의 시선이 강인숙을 거쳐 이광에게로 옮겨졌다. 지난번 만났을 때보다 훨씬 나이가 든 것 같다. 지난번에는 대역을 만났나?

"미스터 리, 사업 잘되지?"

후세인이 이광의 손을 잡으면서 물었다. 눈에 웃음기가 띠어져 있다.

"예, 각하. 잘됩니다."

"트리폴리로 간다면서?"

"예, 각하."

이광이 긴장했지만 후세인은 다시 소파에 앉았다. 둘이 앞쪽에 앉았을 때 후세인이 입을 열었다.

"너희들이 토레스사로부터 하비브와 바크롱 간의 리베이트 거래 내역을 듣고 덮어준 건 칭찬할 만하다."

후세인의 시선이 이광에게로 옮겨졌다.

"물론 너희들도 리베이트를 챙겼을 테지만 말이야."

숨을 멈춘 이광을 향해 후세인이 빙그레 웃었다.

"하비브를 문책하면 하비브를 추종하는 일부 군(軍) 세력이 위축될 것이라는 강 대령의 생각도 맞다. 지금은 군 간부들의 힘이 하나라도 필요한 때지."

"……."

"그래서 나도 그 사건은 덮으려고 했지만 미국이 내 경호실장을 통해 그 자료를 보내준 거야. 명목은 날 생각해 준다는 것이지만 토레스 사 경영진을 살해한 하비브에 대한 복수를 하겠다는 것이지."

후세인이 앞에 놓인 담배를 꺼내 입에 물더니 불을 붙였다. 담배 연기를 길게 뿜은 후세인이 이광을 보았다.

"하비브는 근신 중이지만 곧 풀려나올 거야. 근신하는 시늉만 하고 있는 거지. 나에 대한 충성심은 변함없다."

후세인의 얼굴에 다시 웃음이 떠올랐다.

"나하고 카다피는 서로 통하는 사이야. 카다피가 너를 통해 무기를 구입하게 된 것은 내 추천이 있었기 때문이다."

이광이 숨을 삼켰다. 그렇구나. 말을 듣는 순간 머릿속이 환해지는 느낌이 들었다. 우연은 없다는 것이 다시 증명되었다. 인연이 이어져서 그렇게 된 것이다. 그때 후세인이 탁자 위에 놓인 편지 1통을 집어 이광에게 내밀었다.

"이걸 카다피에게 전해라. 카다피가 답장을 줄 테니까 그걸 받아오도록 하고."

"예, 각하."

이광이 두 손으로 편지를 받았다. 불 속으로 뛰어들라는 명령만 아니라면 어떤 심부름도 다 할 것이다.

다시 강인숙의 방으로 돌아왔을 때 이광이 어깨를 늘어뜨리며 말했다.

"내가 장기판의 졸 같은 느낌이 든다."

강인숙은 웃기만 했고 이광이 말을 이었다.

"겸손해져야겠어. 오늘 내가 느낀 점이다."

"넌 볼 때마다 달라져."

강인숙이 위로하듯 말했다.

"너도 언젠가는 큰일을 하게 될 거야."

"네 덕분이지."

덕담을 나눈 이광이 벽시계를 보았다.

오전 2시가 되어가고 있다.

"마지막 밤 비행기는 몇 시에 떠나지?"

"쿠웨이트로 가는 4시 비행기야."

비행기 시간을 외운 강인숙이 말하더니 전화기를 들었다.

"좋아. 쿠웨이트로 거쳐 가면 되겠다."

비행기 티켓을 받으려는 것이다.

쿠웨이트를 거치면서 시내에 들르지도 못 하고 이광은 바로 로마행 비행기로 갈아타야만 했다. 로마에 도착했을 때는 오후 12시 반, 공항에서 기다리던 타미란과 조백진, 안학태를 만난 이광이 바로 트리폴리행 '아리타리아'에 탑승했다.

"걱정했습니다."

옆자리에 앉은 타미란이 입을 열었다.

"하비브 대장을 가택 연금 시킨 상황에서 불똥이 우리들한테도 튈 것 같았습니다."

이광이 쓴웃음만 지었다. 타미란에게 후세인과 카다피와의 내막을 말해줄 필요가 없는 것이다. 후세인을 만난 이야기도 할 필요 없다. 비밀은 식구들 입에서부터 새어나가는 법이다. 편의공작대에 이어서 신촌 카스파, 그리고 직장 생활에 이르기까지 이광이 얻은 교훈은 '정보를 남발하지 마라' '비밀은 지켜라'인 것이다.

지중해를 횡단해서 트리폴리 공항에 도착한 것은 오후 3시 반, 공항의 비행기 문 앞에는 샤로프가 보낸 군인 셋이 기다리고 있었다. 그들도 모두 군복 차림이었고 위압적이어서 1등석 승객들은 이광 일행이 나갈 때까지 움직이지 못했다. 대위 계급장을 붙인 장교가 이광을 안내하며 말했다.

"우선 호텔로 모셔다 드리지요. 호텔에 계시면 샤로프 대령께서 전화를 하겠다고 하셨습니다."

"고맙소, 대위."

"리비아 민주공화국에 오신 것을 환영합니다."

"나도 기쁩니다, 대위."

무하마드 카다피는 1942년생이니 1937년생인 사담 후세인보다 5살 연하다. 그러나 1969년 9월 1일, 카다피는 27세의 육군 중위 계급장을 붙인 채 쿠데타를 일으켜 정권을 장악했다. 27살짜리 중위가 동료 장교들을 모아 리비아를 접수한 것이다. 후세인이 이라크에서 알바르크 대통령의 보좌관으로 10년을 지낸 후에 1979년 42세의 나이로 정권을 잡은 것과는 대조적이다. 카다피는 이제 10여 년째 장기 집권을 하고 있는 것이다.

팔레스호텔 창밖으로 지중해가 보인다. 스위트룸 응접실에 앉아 밝은 햇살이 반사되는 바다를 내려다보던 이광에게 안학태가 전화기를 들고 다가왔다.

"사장님, 샤로프 대령입니다."

이광이 전화기를 귀에 붙였다.

"예, 이광입니다."

"잘 오셨습니다, 미스터 리."

샤로프가 웃음 띤 목소리로 말했다.

"조금 전 타이슨 씨한테서 연락받았습니다. 상품은 내일 오후 7시에 트리폴리 외곽의 공군 기지에 도착할 겁니다."

예정일을 딱 맞췄다. 7대의 화물기에 실린 무기가 도착하는 것이다. 샤로프가 말을 이었다.

"내일 상품 인수가 끝나고 8시에 국가 원수 각하께서 보자고 하셨습니다."

"아, 예."

"미스터 리 혼자 가시는 겁니다."

"알겠습니다."

그러고는 통화가 끝났다. 카다피와 단독 면담인가? 후세인의 편지와 함께 서울에서부터 품고 온 CIA 국장의 밀서도 전해줄 기회가 왔다.

밖에 나갔던 타미란이 이광에게 말했다. 오후 7시 반, 넷은 호텔 뷔페식당에 둘러앉아 있다. 식당 손님은 모두 외국인으로 유럽인이고 동양인은 그들뿐이다.

"카다피 국가 원수에 대한 평이 좋습니다. 이건 건너편 시장 상인한테서 들은 이야기인데요.”

삶은 계란을 까면서 타미란이 말을 이었다.

“하루는 카다피 원수의 운전사가 트리폴리 시내를 운전하고 가다가 길을 걷는 카다피 원수의 부친을 보았다는 겁니다.”

세 쌍의 시선을 받은 타미란이 빙그레 웃었다.

“마침 빈 차라 차를 세운 운전사가 부친께 어디 가시느냐고 묻고는 같은 방향이어서 태워 드렸다는 겁니다.”

“국가 원수 아버지가 차도 안 타고 다닌다는 거요?”

조백진이 묻자 타미란이 다시 웃었다.

“국가 원수 부친이 지금도 시내 이발소에서 머리를 깎아주는 이발사로 일하고 있다는군.”

“사실이오?”

“글쎄, 시장 상인이 그러더라니까?”

타미란이 말을 이었다.

“그런데 그 말을 부친한테서 들은 카다피 국가 원수가 사적(私的)인 일로 차를 사용했다면서 그 운전사를 면직시켰다는 거야.”

이광이 머리만 끄덕였다. 여기서는 다 믿겠다.

다음 날 오후 트리폴리 서쪽의 공군 기지는 소란했지만 활기에 차 있었다. 사막에 건설된 넓은 공군 기지에 수백 대의 트럭이 늘어서 있는 데다 거대한 화물기 7대에서 화물을 내리느라 병사들은 개미떼처럼 오가는 중이다. 공항 곳곳에 수백 개의 전등을 켜 놓았기 때문에 날이 어두워지면서 불빛은 더 밝아졌다. 샤로프와 타이슨, 이광 일행은 지프를 타고 옮겨 다니면서 화물을 체크했다. 수천 개의 미사일, 수천 개의 전자 장비와 수만 개의 전자 부품이다. 그리고 수십만 정의 신형 개인 화기와 포탄, 무거운 야포, 장갑차 등은 열흘 후에 선박 편으로 리비아에 도착할 것이다. 오늘은 무기 값의 70퍼센트 이상을 차지하는 화물이 도착했다. 품목별 확인만 마쳤을 때는 7시 반이다.

"자, 가시죠."

샤로프가 이광에게만 말했기 때문에 타이슨과 토레스사 일행이 시선을 주었다. 그들의 표정을 본 샤로프가 눈을 가늘게 떴다.

"리베이트에 대해서 이야기할 것이 있거든요. 내 몫을 좀 더 늘려야 할 것 같아서요."

그때의 표정으로 경륜이 드러났다. 토레스사 중역 둘은 굳어진 표정으로 시선을 피하거나 눈동자가 흔들렸지만 사장 타이슨은 빙그레 웃었기 때문이다. 그러면서 한마디 했다.

"당연하지요. 그럴 자격이 있으십니다."

나머지 검사를 실무자에게 맡긴 샤로프와 이광은 둘만 빠져나와 트리폴리로 향했다. 신형 벤츠는 사막에 뻗은 길을 엄청난 속도로 달려갔다. 어둠에 덮인 사막 복판의 고속도로는 그들의 차 두 대뿐이다. 뒤를 경호차 한 대가 따르고 있었기 때문이다. 샤로프가 머리를 돌려 이광을 보았다.

"모건을 만나셨지요?"

불쑥 물었지만 이광이 기다린 것처럼 대답했다.

"예, 만났습니다."

"내 쪽지를 읽은 반응이 어떻던가요?"

"쓴웃음을 짓더군요."

"이 사장도 읽으셨지요?"

"예, 읽었습니다."

"모건 같은 인간이 국가의 허리 역할을 하지요, 기둥이란 뜻입니다."

"그건 대령님도 마찬가지 역할 아닙니까?"

샤로프의 얼굴에 웃음이 떠올랐다.

"이 사장이 적당하게 비위를 맞춰 주시는군요."

"직장 생활에서 필요한 요소입니다."

정색한 이광이 샤로프를 보았다.

"그리고 내가 지금 CIA 국장이 국가 원수께 전해달라는 편지를 갖고 있습니다."

"예상하고 있었습니다."

샤로프가 웃음 띤 얼굴로 머리를 끄덕였다.

"그리고 후세인 대통령 각하의 밀서도 갖고 계시지요?"

"그렇습니다."

"국가 원수 각하께서 기다리고 계십니다."

등받이에 몸을 붙인 샤로프가 길게 숨을 뱉었다.

"저 하이에나 같은 무기상 놈들도 예상하고 있을 겁니다."

"어, 잘 왔어."

손을 내민 무하마드 카다피가 이광을 째려보면서 말했다. 보통 사람들과는 다른 행동이다.

"각하, 영광입니다."

이광이 카다피의 손을 잡고 머리를 숙여 절을 했다. 카다피의 손은 크고 따뜻했다. 악력이 세어서 손이 잠깐 뻐근했다가 풀렸다. 앞쪽 소파에 앉았을 때 카다피가 차갑게 느껴지는 시선으로 이광을 보았다.

"자네가 하비브하고 같이 미국놈들을 파리에서 죽인 건 아니지?"

토레스사의 제럴드와 톰슨을 말한다. 숨을 들이켠 이광이 카다피의 눈을 보았다. 다 알면서 묻는 것이겠지만 가슴이 벌렁벌렁 뛴다.

"아닙니다, 각하. 저는 그럴 능력도 없고 그럴 위치도 아닙니다."

"그런데 후세인이 자넬 추천한 이유는 뭐야? 그, 옆에 있는 한국 여자 때문인가?"

카다피 좌우에는 국방장관, 비서실장, 샤로프까지 셋이 앉아 있었는데 모두 몸을 굳히고 있어서 표정이 없다. 이때 누구라도 웃어 주었다면 분위기가 풀렸을 것이다. 이광이 헛기침을 하고 나서 대답했다.

"예, 그런 점도 있는 것 같습니다, 각하."

"그런데 그 한국 여자는 자네하고 어떤 관계야?"

"예, 제가 운영하는 리스타 암만의 부사장입니다."

"자네 애인이었나? 자네하고 잤어?"

카다피가 숨 돌릴 사이도 없이 묻는다.

"예, 잤습니다."

이광이 대답하자 카다피의 눈빛이 강해졌다. 국방장관 등은 더 굳어졌고 샤로프는 몸을 움츠리기까지 했다. 그때 카다피가 다시 물었다.

"잤단 말이지?"

"예, 각하."

"몇 번이나?"

"셀 수가 없습니다."

"많이?"

"예, 많이."

그때 이광은 카다피의 얼굴이 슬슬 풀리는 것을 보았다. 눈빛이 흐려지고 입술 끝이 내려갔다. 카다피가 다시 물었다.

"언제까지 잤는데?"

"바그다드로 들어간 후에는 그런 일 없었습니다, 각하."

지금 둘은 카다피의 집무실 안에서 각료급들을 앉혀놓고 중대(重大) 사안을 논의하는 것 같다. 주위 분위기가 그렇다. 심호흡을 한 카다피가 이제는 부드러운 시선으로 이광을 보았다.

"그렇다면 사담이 자네 여자를 빼앗아 간 것이나 같군, 그렇지?"

"아닙니다, 각하."

"아니긴 뭐가 아냐?"

"여자가 자의로 떠난 것입니다, 각하."

"자의라니? 사담 성격을 모르는군, 아마 무지하게 압력을 넣었을 거야."

카다피가 열심히 말을 이었다.

"자기한테 오지 않으면 여자는 물론 자네까지 없애 버린다고 했을걸."

다시 숨을 고른 이광이 국방장관을 보았다. 비대한 체격의 장관은 여전히 석상처럼 몸을 굳힌 채 숨도 죽이고 있다. 이광이 다시 해명했다.

"여자는 전혀 그런 것 같지가 않습니다, 각하."

"물어보았어?"

"물어보지는 않았지만 여자는 자의로 바그다드에 들어간 것입니다, 각하."

"자넨 분하지도 않나? 응?"

카다피의 눈빛이 다시 강해졌다.

"사랑하는 사람을 빼앗기고 그 빼앗아간 나쁜 놈한테서 도움을 받다

31

니, 응?"

"그 여자가 선택한 것이기 때문에 전 괜찮습니다. 그리고……."

이제는 이광도 똑바로 카다피를 보았다.

"여자는 많거든요, 각하. 얼마든지 다른 여자를 찾을 수 있습니다, 각하."

이광과 카다피의 시선이 부딪쳤고 3초쯤 있다가 동시에 떼어졌다. 그러더니 카다피가 긴 숨을 뱉었다.

"오랜만에 인간다운 대화를 했군."

혼잣소리처럼 말한 카다피가 이광에게 손을 내밀었다.

"CIA 국장 놈하고 사담의 편지를 갖고 왔지? 내놔."

호텔로 돌아가는 차 안이다. 한참 동안 창밖만 내다보던 샤로프가 머리를 들더니 입을 열었다.

"국가 원수 각하께서 오늘처럼 이야기를 길게 하신 적이 없어요."

이광의 시선을 받은 샤로프가 빙그레 웃었다.

"각하께서 미스터 리를 좋아하시는 겁니다. 내가 5년 동안 비서로 모셔봐서 잘 압니다."

카다피가 동성애자인가? 하는 생각이 퍼뜩 들었지만 그런 소문은 듣지 못했기 때문에 이광이 어깨를 늘어뜨렸다. 카다피가 사담 후세인을 조금 깔보는 것 같았지만 둘 사이의 유대는 느낄 수 있었다. 두 독재자는 각각 개성이 강했고 미국에 대해서 호락호락하지가 않은 것이다.

"검사는 합격입니다."

호텔로 돌아와 있던 타미란과 조백진, 안학태가 이광이 돌아오자

보고했다. 보고는 선임인 타미란이 했다. 밤 11시 반, 타미란이 말을 이었다.

"담당관이 검사 합격증을 줬습니다."

타미란이 합격증을 내밀었다. 이제는 대금만 받으면 된다. 선적분이 열흘 후에 도착할 것이지만 그것은 송장 체크로 대신했다.

"대금은 내일 오전에 지급한다고 했습니다."

"수고했어."

"저희들은 옆에 서 있기만 했는데요."

타미란이 쓴웃음을 지었지만 들뜬 표정이다. 내일 55억 불이 입금되는 것이다. 그중 20퍼센트인 11억 불이 '리스타 암만'의 몫이다. 엄청난 자금인 것이다. 이제 개명한 '유스타상사'의 3년분 수출량이다. 3년 전만 해도 하늘처럼 모셨던 국내 제1의 에이전시, 트리톤의 4년분 실적을 일순간에 수수료로 챙기게 되었다. 이것이 바로 '무기 사업'의 현실이다. 감회가 일어난 이광이 심호흡을 했다.

다음 날 오전 10시 반, 샤로프가 다시 호텔로 찾아왔다. 방으로 들어선 샤로프가 이광에게 말했다.

"대금 입금시켰습니다."

'리스타 암만'의 구좌로 대금이 입금된 것이다. 55억 3천만 불이다. 숨만 들이켠 이광에게 샤로프가 말했다.

"각하께서 저녁 식사에 초대하셨습니다. 제가 3시쯤 모시러 오지요."

"3시에 말입니까?"

"예, 좀 멉니다."

샤로프의 얼굴에 웃음이 떠올랐다.

"각하께서 저녁 식사에 그것도 혼자 초대하신 것은 이번이 처음입니다."

그러나 이광은 별로 감동이 일어나지 않았다.

"알겠습니다."

무기 대금이 입금되었다는 연락을 하자 타이슨이 반색하고 말했다.

"리비아 측의 대금 지급이 시원시원하군요, 이 사장님."

그러나 토레스사는 열흘 후에 배에 실린 무기까지 도착해야 대금을 받는다. 물론 무기 대금은 이광의 '리스타 암만'에서 지급한다. 타이슨이 말을 이었다.

"우리들은 오늘 귀국했다가 배가 도착하는 시간에 맞춰 다시 돌아올 계획입니다."

"그럼 배가 도착한 후에 파리에서 만나지요."

타이슨과 만날 약속을 정한 이광이 전화기를 내려놓고 벽시계를 보았다. 오늘 카다피가 저녁 먹자고만 하지 않았다면 쿠웨이트를 거쳐 두바이까지 들를 예정이었다. 쿠웨이트에는 배선희가, 두바이에는 심복 윤지혜가 기다리고 있다. 그때 문득 윤지혜의 알몸이 눈앞에 떠올랐기 때문에 이광은 입안의 침을 삼켰다. 생각을 어떻게 막는가? 인간은 생각하는 동물이라고 누가 말했던가?

헬기가 사막 위를 날아가고 있다. 오후 4시 20분, 헬기는 지금 1시간째 남쪽을 향해 날아가는 중이다. 그 한 시간 동안 이광도 사막만 보았다. 서쪽으로 비스듬히 내려간 태양이 비추는 사막은 끝없이 이어져 있다. 헬기가 시속 3백 킬로 정도의 속도였으니 사막이 3백 킬로나 이어져 있는 것이다. 머리를 든 이광이 옆에 앉은 샤로프를 보았다. 헤드세트를 쓰고 있어서 마이크로 대화가 된다.

"각하께선 어디 계십니까?"

그러자 샤로프가 빙긋 웃었다.

"먼저 가셨습니다."

사막 위를 먼저 날아갔다는 말이었다. 이광이 입맛을 다셨다. 도대체 저녁 식사를 하려고 사막 위를 한 시간이 넘도록 날아가는 인간은 자기 혼자뿐이라는 생각이 들었기 때문이다. 아니, 또 있다. 무하마드 카다피다. 몇 시간이 될지 모르지만 사막 저쪽에는 얼마나 맛있는 저녁이 차려져 있단 말인가?

헬리콥터가 멈춘 곳은 사막 한복판이다. 동서남북을 둘러봐도 사막, 사막이다. 오후 5시 반, 2시간 반을 날아왔으니 대충 트리폴리에서 7백 킬로쯤 떨어진 남쪽 사막이다. 사막이 7백 킬로나 펼쳐져 있다는 말이 된다. 그리고 아직도 끝나지 않았다. 어둠에 덮여가는 지평선 끝도 사막이니까. 이곳에는 아랍식 텐트가 7, 8개 만들어졌고 모두 컸다. 헬리콥터가 6대나 착륙해 있는 것을 보니 모두 헬기로 이동해온 것 같다. 텐트 주위에는 수십 명의 경호원과 전통 복장의 사내들이 분주히 오가고 있었는데 이광은 중심에 위치한 검정색 텐트로 안내되었다. 텐트 안은 양초가 여러 개 밝혀졌고 안쪽 양탄자 위에 앉아 있던 카다피가 손을 들어 이광을 맞는다.

"어서 오게."

이제는 카다피가 웃음 띤 얼굴이다. 전통 복장 차림에 맨발인 카다피는 부족 1백 명쯤을 거느리는 족장 같았다. 이광이 앞쪽에 앉았을 때 하인 하나가 다가와 차를 주고 갔다. 피처럼 붉고 지옥 불처럼 뜨거우며 꿀처럼 단 홍차다.

"조금 있다가 사막으로 나가서 저녁을 먹자고."

카다피가 사근사근 말했다. 전혀 다른 모습이다.

"모닥불 옆에서 말이야. 난 가끔 사막에서 이렇게 저녁을 먹고 밤을 보낸다네."

"그러십니까?"

"밤은 추워. 그러니 여자가 있어야 돼."

"아아, 예."

"사담한테 빼앗긴 여자 생각이 나겠구나."

카다피가 웃지도 않고 말했기 때문에 이광도 모른 척했다. 해가 지면서 어둠이 빨리 찾아왔다. 텐트 밖에는 하인들이 이곳저곳에 모닥불을 피우고 있다. 마치 몇백 년 전의 아랍 부족들 같다.

모래 위에 야자수 잎으로 만든 자리를 깔고 지름이 1미터쯤 되는 쟁반 위에 삶은 양이 통째로 놓여졌다. 머리와 다리 부분만 없을 뿐인 어린 양이다. 양 주위에는 흰쌀밥이 쌓였고 각자의 앞에 양념 그릇과 채소 그릇 그리고 손 씻을 물그릇이 놓여졌다. 쟁반 주위에 둘러앉은 사람은 넷, 카다피와 이광, 국방장관 마후드와 샤로프다. 밤 9시쯤 되었다. 그들 주위로 모닥불이 타오르고 있었지만 사막은 칠흑 같은 어둠에 덮여 있다. 그러나 머리를 들어 보라. 하늘에 수천, 수만 개의 샹들리에가 매달려 있다. 크고 영롱한 별 무리다. 금방이라도 떨어져 내릴 것처럼 별 무리가 흔들렸는데 이광은 들이마신 숨을 한동안 뱉지도 못 했다. 밤하늘에 압도당했기 때문이다.

"자, 먹자."

카다피가 오른손으로 고기를 뜯어 쌀밥에 버무리면서 말했다.

"난 밤하늘의 별을 볼 때마다 알라께 기도한다, 리비아에 축복을 내려 주시라고."

이광은 양고기를 씹으면서 감동했다. 고기 맛이 좋았기 때문이다. 오늘도 국방장관은 듣기만 했고 카다피가 말을 잇는다.

"미국놈들은 중동에 영향력을 높이려고 친미(親美) 성향의 정부가 아니면 전복시켰다. 이라크의 사담 후세인도 지금 미국의 지배를 받고 있지, 그렇지 않은가?"

이광한테 묻는 것이다. 황급히 음식을 삼킨 이광이 대답했다.

"잘 모르겠습니다, 각하."

"이번에 토레스사 사장, 부사장을 없앤 건 잘한 일이었다."

양고기를 뜯어 쌀밥과 함께 삼킨 카다피가 말을 이었다.

"그놈들, 뜨거운 맛을 봐야 돼. 하비브가 잘했어. 물론 사담의 허락을 받고 한 짓이겠지만."

이광이 숨을 들이켰다. 후세인이 허락을 하다니 머리가 혼란스러워졌고 고기 맛이 싹 달아났다. 그때 카다피가 빙그레 웃었다.

"그래서 그것을 무마하느라고 사담이 너를 나한테 소개시켜준 거야. 미국 정부에 자기가 녹록하지 않은 인간이라는 것을 한번 과시했으니까 말이다."

"……."

"물론 나도 미국 놈들하고 원수로 지낼 수만은 없지, 적의 적은 친구니까."

이광이 머리를 끄덕였다. 리비아는 프랑스의 지원을 받는 챠드와 국경에서 전쟁 중이다. 그래서 프랑스 무기 지원을 받는 챠드에 대적하려고 미국제 무기를 구입한 것이다. 다시 고기를 삼킨 카다피가 말을 이었다.

"편지를 두 통 써놓았다. 사담한테 한 통 그리고 너를 목메어 기다리고 있을 CIA 놈한테 한 통이다. 헷갈리지 말고 전해줘라."

"예, 각하."

"사담한테 줄 편지를 CIA 놈들한테 잘못 주지 말란 말이다."

"그, 그럴 리가 있습니까?"

그때 카다피가 물그릇에 손을 씻으면서 말했다.

"오늘 밤, 사막의 별을 보면서 잘 자라."

배정된 텐트 안으로 들어선 이광이 숨을 삼켰다. 여자다. 차도르를 입어서 머리에서 발까지 검은 천을 둘렀지만 얼굴은 여자다. 앉아 있던 여자가 자리에서 일어섰다. 미인이다. 이런 미녀는 처음 본다. 밤하늘의 반짝이는 별 같은 눈, 붉고 탐스러운 입술, 부드럽게 솟은 모래언덕 같은 콧날에 야채 속 같은 피부. 이광이 홀린 듯이 서서 입안의 침을 삼켰다. 침 넘어가는 소리가 개울물 흐르는 소리 같다. 그때 여자가 말했다.

"전 아타야라고 합니다. 오늘 밤 모시라는 지시를 받았어요."

유창한 영어, 목소리는 쟁반 위로 구슬이 굴러가는 것 같다. 그때 여자가 다가와 섰다.

"옷을 벗겨 드릴게요, 미스터 리."

"아, 아타야, 잠깐만."

한 걸음 물러섰던 이광이 놀라서 숨을 들이켰다. 이것이 무슨 조화

인가? 아타야가 다가섰을 때 향내가 맡아졌고 그 순간 하반신에 불끈
힘이 솟았기 때문이다. 그때 아타야가 흰 이를 드러내고 소리 없이 웃
었다. 그러더니 이광의 바지 허리띠부터 잡는다.

그렇다. 무하마드 카다피 국가 원수의 말은 법이다. 한마디도 틀리지
않았다. 이광이 아타야와 함께 나란히 누워서 밤하늘의 별을 보고 있
다. 텐트 지붕이 훤하게 개방되었기 때문이다. 둘은 지금 알몸으로 누
워서 밤하늘의 별을 본다. 아타야가 몸을 돌려 이광의 가슴에 볼을 붙
였다. 아직 아타야의 몸은 뜨겁다. 땀이 밴 몸이 끈적거렸지만 그것이
더 사랑스럽다.

사막에서 돌아온 다음 날 오전, 이광은 일행과 함께 트리폴리를 떠
났다. 이번에도 로마를 거쳐 암만에 도착했을 때는 오후 5시 반, 이광은
암만에서 2시간쯤 쉬었다가 다시 밤 비행기를 타고 바그다드로 출발했
다. 바그다드공항에서 기다리던 대통령 경호실의 호위를 받고 대통령
벙커로 들어선 것이 오후 11시 반, 이광은 강인숙과 함께 바로 사담 후
세인의 집무실로 들어섰다.
"어, 잘 갔다 왔나?"
소파에서 장군 두 명과 이야기를 나누던 후세인이 웃음 띤 얼굴로
이광을 맞았다.
"예, 각하."
이광이 후세인 앞에 앉은 장군들을 보고 나서 숨을 들이켰다. 카심
대장과 하비브 대장이다. 자택 연금 중이라는 하비브가 대장 군복을 입
고 후세인 앞에 앉아 있다. 두 대장이 이광의 시선을 받더니 제각기 눈

인사를 했다. 후세인 앞이라 말은 못 한다. 앞쪽 소파에 강인숙과 나란히 앉은 이광이 손가방에서 카다피가 준 밀서를 꺼내 후세인에게 내밀었다. 봉인이 잘되었고 겉봉에는 카다피가 직접 쓴 아랍어가 적혀 있다. 지렁이가 날뛰는 것 같지만 아름답다.

"각하, 카다피 국가 원수가 주신 친서입니다."

"어, 그래."

밀서를 받은 후세인이 편지 뜯는 칼을 집더니 봉투를 자르고는 안에서 편지를 꺼내었다. 두 장이다. 후세인이 편지를 읽는 동안 방 안은 숨소리도 들리지 않았다. 앞쪽에 앉은 두 대장은 눈동자도 굴리지 않고 후세인의 가슴만 본다. 오직 이광만 눈동자를 움직였다. 강인숙은 바로 옆에 앉아서 모르겠다. 후세인은 무표정한 얼굴로 편지를 읽더니 이윽고 머리를 돌려 이광을 보았다.

"치사한 놈, 영수증을 써 달라네."

혼잣소리처럼 말했지만 이쪽에 대고 한 말이라 이광은 바짝 긴장했다. 숨만 들이켠 이광을 향해 후세인이 말을 이었다.

"영수증 써줄 테니까 카다피한테 갖다 줘."

"예?"

"5억 불짜리 영수증이야."

후세인이 그러더니 탁자 위에 놓인 종이에다 만년필로 뭔가를 쓰면서 말했다.

"이번에 카다피가 무기 구입 자금으로 55억 3천만 불을 입금시켰지?"

"예, 각하."

"그중 20퍼센트를 자네 수수료로 떼었다면서?"

"예, 각하."

"거기서 5억 불을 내 계좌로 넣게."

"예, 각하."

"내 계좌 번호는 강 대령이 말해줄 거야."

"예, 각하."

"카다피가 이번 무기 구입 자금에서 나한테 5억 불을 빌려주기로 했거든."

"예, 각하."

"물론 자네 수수료에서 떼어 보내 주기로 했는데."

후세인의 얼굴에 웃음이 떠올랐다.

"5억 불이면 10퍼센트군, 그렇지?"

"예, 각하."

"자네가 수수료 30퍼센트를 요구했어도 카다피가 오케이 했을 텐데 아쉽게 되었다, 안 그런가?"

"아닙니다, 각하."

그때 후세인이 다 쓴 종이를 접어 강인숙에게 건네면서 말했다.

"이 영수증을 카다피한테 전해주게."

"예, 각하."

"그리고."

후세인의 얼굴에 다시 웃음이 떠올랐다.

"자네, 어젯밤 오입했다면서?"

"예?"

"여자 말이야."

숨을 들이켠 이광을 후세인이 눈을 가늘게 뜨고 보았다.

"사막에서 말이야."

"……"

"이름이 아타야라면서?"

"……"

"카다피 사촌의 딸이라네. 물론 사촌의 딸이 1백 명도 넘겠지만 자넨 이제 큰일 났어."

그러고는 후세인이 머리를 끄덕여 보였으므로 강인숙이 자리에서 일어섰다. 서둘러 따라 일어선 이광은 정신이 몽롱해서 어떻게 집무실을 나왔는지 모른다. 인사를 했는지도 기억이 없으니까.

방으로 돌아온 강인숙이 먼저 후세인의 편지를 봉투에 넣더니 밀봉을 하고 건네주었다. 그러고는 쪽지에 또박또박 뭔가를 쓰고 나서 다시 이광에게 주었다.

"이건 대통령 계좌 번호야. 5억 불은 이 은행, 이 계좌 번호로 넣고 나한테 연락해."

이광이 쪽지까지 받고 뭔가 말하려고 입을 벌렸을 때 방문이 열렸다. 강인숙이 호출 버튼을 누른 것 같다. 강인숙의 보좌관으로 보이는 소령 계급장을 붙인 군인이 부동자세로 섰다.

"예, 특보님."

"이분을 공항으로 모셔다드려요, 2시 반 쿠웨이트행 비행기를 타셔야 하니까."

"예, 특보님."

"공항에 연락해서 비행기 출발을 조금 지연시켜요, 1등석 자리 하나는 비워놓고."

그러고는 강인숙이 이광에게로 몸을 돌리더니 한국어로 물었다. 엄숙한 얼굴이다.

"그래, 맛 좋았니?"

'치사하다', 쿠웨이트로 날아가는 에어프랑스 1등석에 앉아서 이광의 머릿속에 떠 있는 단어다. 사담 후세인, 무하마드 카다피, 두 독재자를 세계인들은 엄숙하고, 차가우며, 말 한마디가 추상같고, 똥 싸려고 변기 위에 앉지도 않는 인물로 연상할 것이다. 그러나 보라, 치사해 죽겠다. 제 사촌의 딸을 텐트로 밀어 넣고 키득거리며 후세인한테 일러바친 카다피도 그렇고, 그것을 또한 키득거리며 두 장군과 강인숙 앞에서 폭로한 후세인도 그렇다. 두 놈 다 치사하다. 특히 후세인이 더 치사하다. 강인숙한테 '보라, 네 남친을' 하는 듯이 폭로했지 않은가? '이놈은 주는 대로 받아먹는 놈'이라는 걸 알려준 것이다, 치사한 작자 같으니. 어깨를 여러 번 부풀렸던 이광은 곧 잠이 들었다. 만 하루 동안 사막에서부터 트리폴리, 로마, 암만, 바그다드를 거쳐 쿠웨이트로 날아가고 있다. 더구나 '치사한' 두 독재자까지 만나고.

쿠웨이트 공항에는 배선희가 나와 있다. 타미란, 조백진, 안학태는 암만에 머물다가 파리에서 만나기로 했기 때문이다.

"어, 네가 나왔어?"

배선희를 본 이광이 쓴웃음을 짓고 말했다. 오전 4시, 새벽이다. 입국장도 한산했다. 바그다드발 쿠웨이트행 승객들뿐인 것 같다.

"네, 제가 나간다고 했어요."

배선희는 지금 간부 사원들 이야기를 하고 있다. 배선희가 데려온 이집트, 인도인 사원이 이광의 가방을 받아들고, 하나는 서둘러 차를 대기시키려고 뛰어나간다. 이광과 나란히 걸으면서 배선희가 말했다.

"제가 된장국 끓여 놓았는데요, 짐은 호텔로 보내고 제 아파트로 가시겠어요?"

이광의 시선을 받은 배선희가 배시시 웃었다. 눈동자가 반짝였고 요염하다.

"아침 드시고 10시쯤 호텔로 가시면 되지 않겠어요? 제가 회의 시간은 11시로 잡아 놓았거든요."

"너, 지금 날 유혹하는 거냐?"

"제 아파트에 한 번도 남자가 온 적이 없어요."

"그렇게 되면 유스타상사에서 네 진로가 좋지 않을 텐데."

"능력이 있으면 되죠."

바로 말을 받은 배선희가 앞에 멈춰 선 벤츠의 뒷문을 열었다.

"윤지혜, 정남희 부장이 인정받는 것은 뛰어난 업무 능력 때문이죠."

배선희가 이광의 옆자리에 앉더니 운전사에게 아랍어로 말했다.

"아파트로 가."

차가 출발하자 배선희가 이광의 시선을 받고는 말을 이었다.

"소문날까 봐 렌터카를 빌렸습니다. 운전사한테는 제 아파트를 알려주었고요."

배선희가 힐끗 뒤쪽을 보았다.

"직원들은 사장님 짐을 호텔로 가져가 체크인해 놓을 겁니다."

"용의주도하군."

"기다리고 있었어요."

이광이 머리를 돌려 배선희를 보았다. 이제 배선희의 얼굴은 굳어 있다. 긴장한 것 같다.

그렇지, 오전 6시 반이니까 이틀 만이 되겠다. 그제 밤에 사막에서
아타야와 함께 밤하늘의 별을 보고 나서 이틀 만이라는 말이다. 지금
이광은 배선희를 안고 천장의 형광등을 보는 중이다. 이곳은 배선희의
아파트, 둘은 침대에 알몸으로 엉켜 있다. 방 안은 아직 열풍의 기운이
다 빠져나가지 않았다. 둘의 알몸도 땀이 배어 나와 끈적였고 공기에서
는 애액의 냄새가 맡아지고 있다. 이광의 팔을 베고 누운 배선희가 볼
을 가슴에 붙이면서 말했다.

"이제 안정이 돼요."

"뭐가?"

"제가 완전한 소속감을 갖게 되었다는 거요."

"지금까지 불안했어?"

"부족했어요."

배선희가 입술을 이광의 가슴에 붙였다.

"아무것도 요구하지 않을 겁니다."

"부담은 준 거다."

"능력만으로 평가해 주세요."

"그건 네 생각이지."

이광이 배선희의 이마에 입술을 붙였다가 떼었다.

"외롭고 뭔가 허전한 것, 이해한다."

"……."

"넌 사랑스러운 여자야."

"한 번 더 안아줘요."

배선희가 손을 뻗어 이광의 허리를 당겨 안았다.

"이건 더 요구할 수 있죠?"

하사드의 리스타투자는 이제 이광의 가장 큰 수입원이며 재산이 되어 있다. 증시에 상장을 했고 전문 인력이 1백여 명으로 늘어났다. 거래액은 50억 불 가깝게 되었으며 현재 자산 가치는 28억 불이다. 이광이 끊임없이 재투자를 했기 때문이다. 오전 11시 반, 호텔에서 만난 리스타투자 사장 하사드가 이광에게 보고했다.

"올해 상반기에 뉴욕증시에 리스타투자를 상장할 계획입니다."

이광이 하사드가 가져온 자료를 체크했다. 그렇게 되면 이광의 주식 가치는 3배 이상 뛸 것이다. 당장 현금으로 교환해도 80억 불이 넘는다. 이광이 머리만 끄덕였다. 과유불급(過猶不及)이다. 지나침은 미치지 못한 것과 같다.

오후 6시, 이광이 시장 내 리스타상사로 출근했을 때 우샴 이하 간부급 직원들이 현관 앞에 서서 맞았다. 이제 리스타상사는 년 매출 10억 불이 넘는 대형 무역상 겸 도매상으로 시장에서 5위 안에 든다. 간부들과 함께 사장실로 들어온 이광이 우샴에게 물었다.

"우샴, '리스타' 브랜드 매출은 얼마나 되나?"

"현재 3천만 불 정도지만 올해 8천만 불로 계획을 세웠습니다, 사장님."

우샴이 서류를 펴고 보고했다.

"올해 목표가 '리스타' 브랜드의 상장입니다."

이광이 머리를 끄덕였다. 사우디 도매상 무칼리와 함께 개발했던

'리스타 앤 무칼리' 브랜드가 지금은 '리스타' 독자 브랜드로 중동 지역에 확산되는 중이다. 현재는 중급품 대열에 끼었지만 곧 고급화 전략이 실시될 것이다. 지금까지 유성상사와 리스타상사는 주문자 상표 부착 생산(OEM) 방식으로 제품을 수출해왔다. 주문자 상표를 부착한 상품을 생산한 것이다. 앞으로 쿠웨이트 리스타상사는 자체 브랜드 상품을 판매할 계획이다. 이광의 시선이 왼쪽 옆에 앉아 있는 배선희에게 옮겨졌다. 배선희는 '리스타 쿠웨이트' 총무부 과장으로 현지 업무를 익혀왔다. 이광의 시선을 받은 배선희의 눈동자가 흔들렸다. 아무리 간이 크더라도 바로 오늘 아침의 정사가 떠오르지 않을 수 없다.

"매니저 배."

이광이 그렇게 영어로 배선희를 불렀다. 10여 명의 과장급 이상 간부 직원들이 모여 있는 자리인 것이다. 배선희는 유일한 여자인 데다 한국인이다. 나머지 간부들은 인도인이 절반가량이고 이집트, 요르단, 팔레스타인 국적 순(順)이다. 숫자로 말하면 한국인이 가장 적다. 현재 '리스타 쿠웨이트'의 전체 직원은 87명인 것이다. 이광이 배선희에게 지시했다.

"배 과장이 '리스타' 브랜드의 개발을 맡아. 그래서……."

이광의 시선이 우샴에게로 옮겨졌다. 우샴이 영업담당 상무다.

"우샴, 배 과장을 기조실 부장으로 발령을 내도록."

"예, 사장님."

"배 과장 팀으로도 3명을 추려서 발령을 내고."

"예, 사장님."

"리스타 브랜드를 맡았던 경험자여야겠지."

"그래야겠지요."

이광의 시선이 배선희에게로 다시 옮겨졌다. 엄격한 표정이다.

"리스타 브랜드가 '리스타 쿠웨이트'의 핵심 목표야. 배 과장이 책임지고 달성해보도록."

"예, 사장님."

배선희가 상기된 얼굴로 대답했는데 시선은 비껴나 있다. 잘난 척했지만 대놓고 쳐다보기에는 간이 조금 작은 것 같다. 그러나 신설된 기조실의 부장으로 영전이 된 데다 3명의 팀원도 배당받게 된 것이다. 배선희는 꿈을 이룬 셈이다.

오후 8시 반, 사장실에서 일을 하던 이광이 전화를 받았다. 국제전화다. 한국에서 오금봉이 전화를 한 것이다.

"암만에 연락했더니 쿠웨이트에 가셨다고 해서요."

오금봉이 먼저 그렇게 말했다. 한국은 지금 오전 4시 반일 것이다. 새벽이다.

"아니, 이 시간에 웬일이십니까? 거긴 새벽일 텐데……."

뻔했지만 놀란 척 그렇게 물었더니 오금봉이 입맛 다시는 소리부터 내고는 말했다.

"모건 씨가 기다리고 있는데요, 답장 받으셨지요?"

카다피의 답장이다. 지금도 가방 안에 넣고 다니는 터라 이광도 입맛부터 다셨다.

"예, 갖고 있습니다."

"언제 오시지요?"

"며칠 더 있어야 합니다. 선적분이 아직 도착하지 않아서요."

"언제 서울에 오십니까? 정확한 날짜를 알아야 이야기해주겠는데."

"5일쯤 후에 갑니다."

"알겠습니다. 그러면……."

잠깐 망설이는 것 같던 오금봉이 말을 이었다.

"저, 나영찬이 있지요?"

"예? 예."

정신이 번쩍 든 이광이 전화기를 고쳐 쥐었을 때 오금봉이 말했다.

"그렇다면 나영찬이를 쿠웨이트로 보내 드리지요."

"여, 여기로 말입니까?"

"외국으로 보내달라고 하셨지 않습니까? 내가 그놈 빼내려고 부장까지 동원해서 검찰을 세 번이나 다녀왔단 말입니다."

"아아!"

"지금도 우리 요원들이 뒷수습을 하려고 땀을 빼고 있어요."

"아아!"

"될 수 있는 한 빨리 지워야 할 테니까 내일 쿠웨이트로 보내겠습니다."

"아아!"

계속 아아, 소리만 한 것도 놀라서 머리가 혼란스러웠기 때문이다. 그때 오금봉이 말을 이었다.

"나영찬이 보호자가 되셨는데 명심하실 것이 있습니다."

"아아, 예."

"별도 조치가 있을 때까지 나영찬은 한국 땅을 밟으면 안 됩니다. 그땐 정말 없는 인간이 될 테니까요."

"아아!"

"내일 그놈 비행기 스케줄을 알려드리지요."

오금봉이 잔뜩 생색내는 목소리로 말했다.

다음 날 오후 1시가 되었을 때 시장 안의 리스타상사 건물 안으로 나영찬이 들어섰다. 공항에서 바로 이곳으로 데려온 것이다. 직원의 안내를 받고 건물 3층의 사장실로 들어선 나영찬은 지친 데다 반쯤 얼이 빠진 모습이다. 시장 안도 그렇지만 리스타상사의 분위기가 그야말로 도떼기시장 뺨칠 만큼 소란스럽고 활기에 차 있기 때문이다. 회사 빌딩의 1층은 전시장 겸 도매상이다. 3백 평 가까운 매장에 제품이 가득 쌓였고 수십 명의 직원들이 수백 명의 상인을 상대로 거의 악다구니 수준으로 거래를 한다. 대부분 선 채로 흥정을 하는데 인도인 직원이 많아서 인도인 특유의 혀가 꼬부라진 영어가 지천에서 울리고 있다. 사람이 많아서 나영찬은 만원 버스 속을 헤쳐 나오는 것처럼 1층을 빠져나와 2층 계단을 올라왔을 것이다. 2층은 거래 후에 계약서를 쓰고 견본품을 주고받는 곳이라 소란한 것은 마찬가지다. 오히려 소음이 더 커질 때도 있다. 그러고 나서 3층 사장실로 올라왔으니 이게 웬 세상인가 했을 것이다. 방으로 들어선 나영찬을 보자 이광이 두 손을 벌리면서 일어섰다.

"어서 와, 잘 왔다."

"형님!"

이광을 본 순간 얼굴이 벌게진 나영찬의 눈에 금방 눈물이 고였다.

"형님, 죄송합니다."

"이 새끼야, 죄송한 짓 하지 말아야지."

나영찬의 손을 쥔 이광이 나영찬을 소파에 앉히고는 데려온 사원에게 머리를 끄덕였다.

“수고했다, 하짐. 차 가져오라고 해.”

“예, 사장님.”

직원이 방을 나가고 둘이 되었을 때 나영찬이 손등으로 눈물을 닦
았다.

“형님, 제가 부주의해서 잡혔습니다.”

“응, 넌 애가 어수룩해서 널 못 잡는 경찰은 병신이지.”

정색한 이광이 나영찬을 보았다. 나영찬은 여위었다. 광대뼈가 나왔
고 얼굴은 핼쑥했다.

“너 고문당했냐?”

“뭐, 그저…….”

“나도 국개위 놈들한테 고문당했는데.”

나영찬의 눈빛이 강해졌다.

“국개위가요?”

“응, 별 고문을 다 당했다.”

“그…….”

“풀려나서 입원했어.”

나영찬의 두 눈이 번들거렸고 이가 악물려졌다가 풀렸다.

“형님이 왜요?”

“내가 횡령했다고. 외화 유출하고 세금 안 냈다고.”

이광이 소파에서 등을 떼고는 손을 저었다.

“그 이야기는 말고. 너, 어떻게 여기 왔는지 알지?”

“예, 오 국장한테서 들었습니다.”

어금니를 문 나영찬이 머리를 숙였다.

“저만 빠져나와서 동지들에게 면목이 없습니다.”

"면목 좋아하네, 순진한 놈 같으니."

그때 수염이 짙은 직원이 쟁반에 홍차를 담아 들고 와 둘 앞에 내려놓고 돌아갔다. 홍차 잔을 든 이광이 나영찬을 보았다.

"너, 여기서 일할래?"

"형님이 시키신 일이면 무슨 일이든 하겠습니다."

머리를 숙인 나영찬이 말을 이었다.

"밥만 먹여주시면 막노동이라도 하지요."

"하긴 네가 무슨 기술이 있어야지. 만날 공산주의 책이나 읽고 데모나 했으니 여기서 써먹을 것이 없다."

한 모금 홍차를 삼킨 이광이 나영찬을 보았다.

"내가 호텔방 잡아 놓았으니까 며칠 푹 쉬어라. 시내 구경도 다니고 옷도 사 입어."

이광이 나영찬에게 봉투 하나를 내밀었다.

"거기 5천 불 들었다. 직원이 너 호텔로 데려다줄 테니까 푹 쉬어, 내가 연락할 때까지."

나영찬은 어디로 도망가지도 못 한다. 그것은 쿠웨이트 공항에서 기다리던 안기부 요원이 나영찬의 여권을 갖고 갔기 때문이다.

그날 저녁, 이광은 두바이로 날아갔다. 비행기로 한 시간 거리여서 바로 도착한 이광을 공항에서 윤지혜가 맞았다.

"보스, 쿠웨이트에서 배선희하고 잤지요?"

입국장에서 윤지혜가 만나자마자 그렇게 묻는 바람에 이광이 어깨를 늘어뜨렸다.

"너, 더운 데 너무 오래 있었는갑다."

"안 잤으면 자 주세요. 그 말씀 드리려고 한 거예요."

이광의 손가방을 받아 쥔 윤지혜가 앞장서며 말했다.

"제 숙소로 가요, 저녁 준비해 놓았으니까."

"매장은 잘 되는 거냐?"

"매출이 예상을 50퍼센트나 초과했습니다. 그래서 걱정이에요."

윤지혜가 이를 드러내고 웃었다. 지난주부터 윤지혜가 기획하고 건설, 설치까지 맡았던 '리스타백화점'이 두바이 구시가지 중심부에서 개장했던 것이다. 연건평 6천 평짜리 5층 대형 매장이다. 종업원 280명으로 윤지혜는 종업원 교육까지 끝냈다. 아파트로 가는 차 안에서 윤지혜가 이광의 어깨에 머리를 기대면서 말했다.

"보스, 행복해요."

이광은 잠자코 윤지혜의 어깨를 당겨 안았다. 그 행복이 '일에 대한 성취감' 때문일 것이었다. 좋아하는 남자가 왔다고 이러지는 않는다. 그런 행복은 잠깐이다. 이광이 윤지혜의 턱을 손끝으로 받쳐 올리고는 입을 맞췄다. 벤츠 운전사는 렌터카 운전사다. 윤지혜가 회사 차를 가져올 군번이 아니다.

제2장
새로운 조직

"잘 했어."

리스타백화점을 둘러본 이광이 진심 어린 표정으로 윤지혜를 칭찬했다. 오전 11시 반, 이광은 윤지혜의 안내를 받고 백화점을 구석구석 살펴본 것이다. 백화점 3층의 회의실에서 이광이 앞쪽에 앉은 윤지혜를 보았다. 윤지혜는 6개월 만에 '리스타백화점'을 가동시켰다. 기존 건물을 리모델링했지만 그야말로 불철주야, 건물 공사에서부터 제품 생산, 수입, 진열까지 그리고 매장 직원 모집과 훈련까지 총지휘를 한 것이다. 그 사이에 두바이 정부로부터 온갖 허가를 받아내어야 했으니 그 노고는 이루 말할 수가 없다. 겪어보지 않으면 필설로 표현하기도 힘든 것이다. 이광이 말을 이었다.

"두바이가 이제는 중동 사업의 중심이 될 거야."

회의실 안에는 '리스타 두바이'의 간부 직원들이 둘러앉았다. '리스타 두바이'는 '리스타백화점'까지 운영하게 되는 데다 두바이 신도시의 개발 사업에도 참여하고 있는 것이다. 신도시 개발에는 진남철이 투입되었는데 지금은 쿠웨이트로 다시 돌아갔다. 이광이 둘러앉은 간부들을 훑어보았다.

"그래서 현지 법인 '리스타 두바이'의 사장으로 윤지혜 씨를 임명하기로 했다."

모두 숨을 죽였고 당사자인 윤지혜의 얼굴이 순식간에 하얗게 굳어졌다. 어젯밤에 윤지혜의 아파트에서 자고 오늘 아침에는 따로따로 출근했던 것이다. 그런데 이광은 이 이야기를 미리 하지 않았다. 눈치도 보이지 않았다. 이광의 시선이 윤지혜에게 옮겨졌다.

"윤지혜 씨, 해낼 수 있지?"

이광의 시선을 받은 윤지혜가 심호흡부터 했다.

"예, 사장님."

"신도시 사업까지 시작되면 매출이 3배 이상 늘어날 거야."

"알고 있습니다."

윤지혜의 얼굴이 이제는 상기되었다. 신도시에도 백화점과 호텔, 업무용 빌딩까지 건설할 예정인 것이다. 회의를 마치고 사장실로 들어섰을 때 따라온 윤지혜가 물었다.

"왜 어젯밤에 말해주지 않았어요?"

이광이 쓴웃음만 짓자 윤지혜는 호흡을 가누고 나서 말했다. 아직 흥분이 가시지 않은 것이다.

"너무 과분해요, 이렇게 큰 조직의 사장이라니."

"넌 그럴 능력이 있어."

"기뻐요, 하지만 겁도 나요, 사장님."

"모르는 일은 전문가를 채용해. 네가 다 알 필요는 없다. 너는 전문가만 관리하면 된다."

윤지혜는 시선만 주었고 이광이 말을 이었다.

"그리고 전문가에게 맡겨. 그 대신 책임은 네가 지는 거다."

"……."

"그런 자세로 일하면 돼."

그것이 바로 이광의 자세다. 윤지혜가 천천히 머리를 끄덕였다. 이광의 측근으로 겪어왔기 때문이다.

오후에 쿠웨이트로 돌아간 이광이 진남철의 보고를 받는다. 진남철은 두바이 신시가지의 리스타 영업장 설계를 마치고 돌아온 것이다. 진남철은 '쿠웨이트 리스타상사'의 조직과 기능도 재정립했다. 리스타상사의 뼈대를 맞춘 핵심이다.

"쿠웨이트 리스타상사의 조직이 배 부장의 기조실까지 구성됨으로써 제대로 된 기능을 발휘하게 되었습니다."

진남철이 보고했다. 배선희의 리스타 브랜드 개발을 위한 기조실 구성도 진남철과 상의했던 것이다. 머리를 끄덕인 이광이 조직도를 보았다. 쿠웨이트 리스타를 핵으로 요르단의 암만 리스타, 두바이 리스타로 뻗어 나갔다. 쿠웨이트 리스타는 주주 회사로 이광이 대주주 겸 사장이다. 그 분점으로 두바이, 암만이 설립된 것이다. 이광이 진남철을 보았다.

"진 부장, 네가 사우디 제다 리스타 사장을 맡아라."

"예?"

놀란 진남철이 숨을 들이켰다가 곧 얼굴이 상기되었다. 사우디 제다는 홍해 연안의 상업 도시로 현재 거대 시장으로 성장하는 중이다. 사우디의 최대 상업 도시로 사우디 시장만으로도 엄청난 물량을 소진시킨다. 더구나 제다는 아프리카와 가까워서 아프리카 상인들이 몰려드는 곳이다. 이광이 말을 이었다.

"우선 필요한 인력을 서울 본사와 쿠웨이트, 두바이에서 충원해도 좋아. 차출해서 제다 법인을 설치하도록 해."

숨만 들이켠 진남철을 향해 이광이 빙그레 웃었다.

"지금까지 제다 지점을 세우기 위한 예행연습을 한 거야. 어때, 자신 있지?"

"예, 사장님. 해보겠습니다. 감사합니다."

"내가 얼마든지 지원해줄 테니까 준비를 하고 떠나."

"먼저 서울로 돌아가 준비를 하겠습니다."

"그래야지. 가족과 함께 가도 돼."

"예, 검토해보겠습니다."

진남철의 목소리가 떨렸다. 직장인의 꿈은 무엇인가? 사장이 되는 것이다. 더구나 이렇게 전권을 위임받은 사장이라면 오너가 부럽지 않다. 그때 문에서 노크 소리가 울리더니 우샴이 들어섰다. 우샴은 쿠웨이트 리스타의 2인자다.

"사장님, 손님이 오셨습니다. 오늘 오신다고 약속을 했다는데요."

이광이 기억이 안 나는 듯 눈만 껌벅였을 때 우샴이 머리를 기울였다.

"돌려보낼까요? 한국인입니다만, 명함도 없고 최 뭐라고 합니다."

그때 이광의 얼굴에 쓴웃음이 떠올랐다.

"들여보내."

이광이 앞에 앉은 진남철에게로 머리를 돌렸다.

"진 부장도 여기 있어."

우샴이 나가더니 잠시 후에 사내 하나가 들어섰다. 쭈뼛쭈뼛하면서 들어선 사내가 이광을 향해 허리를 90도로 꺾어서 절을 했다.

"사장님."

"어, 최 형."

자리에서 일어선 이광이 웃음 띤 얼굴로 사내에게 손을 내밀었다. 다가온 사내가 이광의 손을 두 손으로 감싸 쥐더니 다시 허리를 꺾었다. 사내가 누군가? 바로 포트사이드에서 만난 에이전트 최국진이다. 샘플 콜렉터가 되어 끊임없이 샘플을 달라면서 사기를 치는 바람에 유성상사에서 유명해진 인물, 그러나 진남철은 모른다. 소파에 앉은 최국진은 두 손을 무릎 위에 놓은 채 마치 신입사원 면접을 보는 것 같은 태도다. 그때 이광이 물었다.

"지금 쿠웨이트에서 뭘 하고 계시지요?"

"예, 도매상 하나가 저한테 자문 역할을 해달라고 해서 그곳에서 일하고 있습니다."

"자문역이라고 했어요?"

"예, 사장님."

"예를 들면 어떤 일인데요?"

"예, 시장 현황이라든가 바이어 관계, 또는 국제 정세에 이르기까지……."

"어느 도매상이지요?"

"예, 압둘가민이라고……."

그때 이광이 진남철에게 물었다.

"압둘가민이라는 도매상 아나?"

"예, 압니다."

힐끗 최국진에게 시선을 준 진남철이 말을 이었다.

"지금 가게 문을 열어놓고는 있지만 신용장을 오픈해준 바이어한테서 클레임을 당해 압둘가민은 예멘으로 도망갔습니다."

이광이 최국진을 보았다.

"알고 계시오?"

"예, 알고 있습니다."

최국진의 얼굴은 어느덧 굳어져 있다. 머리를 끄덕인 이광이 다시 물었다.

"그럼 누구한테 자문을 해주고 있다는 거요?"

"예, 압둘가민이 이곳에 있을 때……."

"언제 말이오?"

"한 달 전까지였습니다."

그때 진남철이 말을 받았다.

"압둘가민은 넉 달 전에 도망갔습니다."

최국진이 어깨로 숨을 쉬었고 얼굴이 하얗게 굳어졌다. 이광이 머리를 끄덕였다.

"사기 치는 것은 여전하시군."

최국진이 퍼뜩 시선을 들었다가 내렸다.

"그것도 금방 들통이 날 사기."

쓴웃음을 지은 이광이 진남철에게 말했다.

"이분이 유성에서 유명했던 샘플 콜렉터였어, 물론 샘플은 보내주지 않았지만 말이야."

"아아, 예."

그때 다시 이광이 최국진을 보았다.

"최 형."

어깨를 부풀린 최국진은 시선을 내린 채 대답하지 않았다. 얼굴이 이제는 붉게 달아올라 있다. 최국진이 쿠웨이트에 있다는 말을 듣고 이광이 부른 것이다. 기대에 넘친 최국진은 새 양복을 갖춰 입었고 머리도 손질해서 단정했다. 그때 이광이 다시 물었다.

"지금 어떻게 먹고사시오?"

최국진은 대답하지 않았고 이광이 말을 이었다.

"내가 당신이 이곳에 있다는 말을 듣고 대사관에 알아보았더니 신고가 세 건이나 들어와 있습디다. 교민한테 사기를 친 금액이 4,500불 정도더구먼."

그때 최국진이 엉거주춤 자리에서 일어섰다.

"나, 갈랍니다."

"지금 한국 식당에서 일 도와주면서 먹고 자고 있지요? 내가 대사관에 신고를 할까?"

일어선 최국진이 눈만 크게 떴을 때 이광이 쓴웃음을 지었다.

"쉽게 살려고 하지 말아요, 최 형. 당신은 형무소에 들어갔다가 나와야 정신을 차릴 것 같아."

최국진은 선 채로 시선만 내리고 있다. 도망가지도 못 하고 난감한 상황인 것이다. 그때 이광이 진남철을 눈으로 가리키며 최국진에게 말했다.

"30분 시간을 줄 테니까 이 사람에게 당신의 장단점을 말해 봐. 이 사람을 설득해 보란 말이야. 30분 후에 이 사람이 당신은 가망 없는 인간이라고 하면 대사관도 필요 없고 쿠웨이트 경찰을 부를 거야. 반대로 이 사람이 당신은 뭔가 싹수가 있다고 평가하면 다른 세상이 열리는 거지."

이광이 자리에서 일어섰다.

"나갈 생각은 마, 우리 직원들이 지키고 있을 테니까."

35분이 지났을 때 진남철이 이광의 방으로 들어섰다. 이광의 앞쪽에 앉은 진남철이 쓴웃음을 짓고 말했다.

"악당은 아닙니다, 사장님."

이광이 머리만 끄덕였고 진남철이 말을 이었다.

"임기응변은 적지만 아이디어는 뛰어난 편입니다, 머리가 좋지요."

"모자란 사기꾼의 전형이다."

"그렇습니다. 큰 사기는 못 칩니다, 좀도둑이죠."

"저 작자의 장점은 그것뿐인가?"

"끈기는 있는 편입니다, 쉽게 좌절하지 않습니다."

"그렇지."

눈을 가늘게 뜬 이광이 말을 이었다.

"난 나하고 인연이 있는 인간들은 모두 끌어안을 거다. 저 작자도 끈질기게 나한테 매달린 대가를 줘야겠지."

이광이 눈동자의 초점을 잡고 웃었다.

"저 작자 와이프의 성의를 봐서라도."

오후 8시는 리스타상사가 업무를 본격적으로 개시할 시간이어서 빌딩 전체가 떠들썩하다. 이번에도 나영찬은 군중을 헤치고 사장실로 들어왔지만 처음보다는 나았다. 옷도 사 입고 머리도 다듬은 데다 사흘간 잘 먹고 잘 놀아서 그런지 얼굴도 윤기가 났다.

"응, 왔냐?"

소파에 앉아 있던 이광이 나영찬을 맞았다. 허리를 굽혀 인사를 한 나영찬이 옆쪽에 앉은 두 사내를 보았다. 둘 다 한국인 같다.

"어, 인사해라."

자리에서 일어선 두 사내를 눈으로 가리키며 이광이 말했다.

"이쪽은 사우디 '제다 리스타' 사장이신 진남철 씨, 그리고 이쪽은 최국진 씨다."

그때 진남철이 웃음 띤 얼굴로 손을 내밀었다.

"말씀 들었어요, 잘 오셨습니다."

나영찬이 허리를 굽혀 인사를 했다.

"잘 부탁합니다."

그리고는 나영찬이 최국진을 보니 쭈뼛거리다가 엉거주춤 손을 내민다. 기가 죽은 태도여서 의아했지만 나영찬이 악수를 하면서 말했다.

"잘 부탁합니다."

"아, 예, 저도⋯⋯."

나영찬은 이쪽도 손님이라고 생각했다. 인사를 마친 셋이 자리에 앉았을 때 이광이 나영찬에게 물었다.

"너, 이집트 가 본 적 없지?"

"예, 안 가봤습니다."

해외여행은 쿠웨이트가 처음인 것이다. 긴장한 나영찬에게 이광이 말을 이었다.

"여기, 쿠웨이트보다는 지내기가 나을 거다. 거긴 관광으로 먹고사는 나라거든."

"아아, 예."

"유럽, 미국 등에서 1년에 몇백만 명이 들어온다, 관광 수입이 수십 억 불이야."

이제는 나영찬이 눈만 껌벅였고 이광의 말이 이어졌다.

"그래서 우리도 카이로에 '리스타여행사'를 차리기로 했다. 한국인은 아직 드물겠지만 유럽이나 미국 관광객을 중심으로 영업을 하다가 한국 시장을 개척해야지."

"……."

"네가 리스타여행사를 맡아라."

그 순간 숨을 들이켠 나영찬이 이광을 보았다. 말을 잘못 들은 것 같은 표정이다.

"예? 무슨 말씀이세요?"

"널 카이로에 신설하는 '리스타여행사' 사장으로 임명하겠다는 말이다."

"형님, 저, 저는……."

손을 들어 나영찬의 말을 막은 이광이 눈으로 진남철을 가리켰다.

"여기 진 사장이 자세한 이야기를 해줄 거다."

그리고 이광의 시선이 옆쪽에 앉아 있는 최국진에게로 옮겨졌다.

"저 사람이 영업 상무를 맡아서 일해 줄 거다. 넌 감독만 하면 돼."

오늘도 밤 비행기다. 쿠웨이트 공항으로 가는 차 안에서 이광이 옆에 앉은 진남철에게 말했다.

"한국에 들어가기 전에 카이로 여행사 뼈대는 만들어 놓고 가도록 해."

"예, 알겠습니다."

진남철이 머리를 끄덕였다.

"최국진의 적성에도 맞고 여행사에서 반년 일한 경험도 있는 데다 본인이 의욕을 보이고 있습니다."

"그 친구야 무슨 일이건 해야 할 상황이지."

"감시를 붙이면 다른 짓 못 합니다."

"나영찬이가 저래 봬도 어수룩한 놈은 아냐, 최국진이 장난치면 혼나."

"당연히 그래야지요."

진남철은 나영찬과 최국진에게 적당한 사업으로 '카이로 여행사'를 제의한 것이다. 이광은 바로 이 제의를 수락했고 이제 나영찬은 여행사 사장이 되었다. 이광이 말을 이었다.

"나영찬이 운동권에서 리더십도 인정받았고 자금을 담당하는 역할을 맡았어. 이제 그 능력이 기업으로 옮겨진다면 대성공이야."

이광의 얼굴에 웃음이 떠올랐다.

"그렇게 되면 나영찬이는 기업으로도 애국을 한다는 것을 느끼게 되겠지."

이광이 샤를드골 공항에 도착했을 때는 오전 2시 반이다. 공항에는 타미란, 조백진이 나와 있었는데 안학태는 호텔에서 키를 받아놓고 기다리는 중이었다.

"타이슨 씨는 어제 도착했습니다."

시내로 들어가는 차 안에서 타미란이 보고했다.

"오늘 오후 1시 반에 은행에서 만나기로 했습니다."

이광이 머리를 끄덕였다. 선적분도 도착했고 제품 확인도 끝난 것이다. 이제 대금만 지급하면 된다. 그때 타미란이 말을 이었다.

"이스라엘 주변 상황이 좋지 않습니다. 곧 전쟁이 일어날 것 같은데요."

"또 무기상만 바빠지겠군."

이광이 입맛을 다시고 말했다.

"요르단은 괜찮겠지?"

"아래쪽 팔레스타인 주민들이 동요하고 있습니다."

탈레스타인은 이스라엘에 집과 고향을 빼앗긴 한이 있다. 이스라엘인이 돌아오면서 이제는 팔레스타인인이 난민, 유랑자가 되었다. 이광이 앞쪽 조백진도 들으라고 목소리를 높여 말했다.

"말려들면 안 돼, 우린 중립이야."

타이슨에게 무기 대금을 이체해주고 그 자리에서 사담 후세인의 계좌로 다시 5억 불을 보낸 시간은 10분도 걸리지 않았다. 그 10분 동안 서류에도 사인을 다 한 터라 결산 미팅은 오후 2시도 안 되어서 끝났다.

"미스터 리, 전화 왔습니다."

은행장실 안이다. 막 자리에서 일어선 이광에게 은행장 앙드레가 전화기를 들고 말했다.

"미스터 오 친구라고 하는데요, 오늘 이곳에서 전화하기로 했다는데요."

퍼뜩 눈을 치켜떴던 이광이 전화기를 받았다. 방 안에는 타이슨 일행까지 아직 남아 있었기 때문에 갑작스러운 전화에 시선이 모였다. 전화기를 귀에 붙인 이광이 심호흡을 했다. 미스터 오라면 오금봉이다. 오금봉의 친구라면 뻔하다. CIA 부국장 모건이다. 카다피의 회신을 기다리고 있는 것이다.

"예, 이광입니다."

"나, 모건입니다."

바로 모건의 목소리가 울렸다.

"다 끝나셨습니까?"

"예, 방금 끝났습니다."

"그럼 만납시다. 저, 바로 옆에 있습니다."

놀란 이광이 방 안을 둘러보다가 물었다.

"어디라고요?"

"은행에서 한 구간 떨어진 나폴레옹호텔입니다. 호텔 앞에 오시면 현관에서 저희 요원이 안내해 드릴 겁니다."

그러더니 생각난 듯 물었다.

"답장 갖고 계시지요?"

"항상 갖고 다닙니다."

"잘되었군요. 그럼 30분쯤 후면 되겠지요?"

모건의 목소리에 웃음기가 띠어져 있다.

30분 후에 이광은 나폴레옹호텔 1101호실 안으로 들어섰다.

"어서 오십시오."

기다리고 있던 모건이 두 손을 벌리며 다가왔는데 활짝 웃는 모습이다. 뒤쪽에 두 사내가 서 있었는데 둘 다 처음 보는 얼굴이다. 모건이 둘을 소개했다.

"프랑스 지부장 한스와 내 보좌관 맥스웰이오."

인사를 나눈 이광이 자리에 앉고 나서 손가방을 열고 카다피의 밀서를 꺼내 내밀었다.

"아이고, 수고하셨습니다."

밀서를 받은 모건이 겉봉을 살펴보고 나서 맥스웰에게 넘겨주었다. 맥스웰이 옆에 놓인 손가방에 밀서를 넣더니 뚜껑을 닫았다. 그때 모건이 웃음 띤 얼굴로 이광을 보았다.

"사하라사막 깊숙이 들어가셨지요?"

이광의 시선을 받은 모건이 말을 이었다.

"그렇게 밤을 같이 보낸 외국인은 이 사장님 한 분뿐입니다."

"……."

"카다피 원수를 만나시고 나서 후세인 대통령한테 가셨지요?"

"예, 밀서를 전했지요."

이광이 미리 말했다. 카다피와 후세인도 이런 경우를 예상했을 것이었다. 머리를 끄덕인 모건이 정색하고 이광을 보았다.

"조금 전 후세인의 계좌로 5억 불을 넣으셨더군요."

이광은 쓴웃음만 지었고 모건이 말을 이었다.

"앞으로 이 사장님의 역할이 중요합니다. 그들도 이 사장님을 이용해서 우리한테 연락을 할 테니까요."

손해 볼 일은 아니다. 이광이 입을 열었다.

"바그다드 대통령 벙커에 갔더니 하비브 대장이 와 있더군요. 자택 연금에서 풀린 것 같습니다."

"소문만 냈을 뿐이지요."

모건이 웃음 띤 얼굴로 말을 이었다.

"바크롱한테서 받은 리베이트도 후세인한테 상납했습니다. 하비브 계좌에는 몇백만 불밖에 없어요."

이것이 부처님 손바닥 위의 손오공이라고 하는가? 한심한 생각이 든 이광이 모건를 보았다.

"전쟁은 막바지라고 합니다. 강인숙한테서 들었습니다."

모건이 얼굴이 더 환해졌다.

"후세인은 전쟁을 끝내고 싶어 하지요."

그러더니 이광에게 손을 내밀었다.

"수고하셨습니다, 이 사장님. 또 뵙지요."

로비에서 기다리던 타미란과 조백진, 안학태가 이광을 보더니 서둘러 다가왔다. 그들은 이광이 CIA와 접촉한지를 아는 것이다. 오후 4시가 되어가고 있다. 이광이 다가선 타미란과 조백진을 번갈아 보았다.

"난 서울로 돌아갈 테니까 너희들 둘은 암만에서 기다려."

둘은 잠자코 머리만 끄덕였고 이광이 말을 이었다.

"이번에는 이라크의 무기 구매가 있을 거야."

"알겠습니다, 사장님."

타미란의 두 눈이 번들거렸다.

"전쟁이 길어질수록 우리 사업이 잘 되는 거죠."

이광의 시선이 옆에 선 조백진에게 옮겨졌다. 그러고는 영어로 말했다.

"넌 당분간 타미란한테서 일을 배우도록."

"알겠습니다."

어깨를 부풀렸다가 내린 조백진이 웃음 띤 얼굴로 이광을 보았다.

"전장(戰場)이 가까운 중동이 좋아지고 있습니다."

서울로 돌아간 다음 날 오전, 이광이 김성규의 전화를 받았다.

"네 덕분에 쿼터가 늘어날 것 같다."

김성규가 밝은 목소리로 말했다.

"무려 1천만 장이나, 이게 다 돈이다."

"그럼 나눠 쓰자."

"얀마, 넌 줘도 오더를 못 받아서 다음 해에는 환수당해."

맞는 말이다. 바이어하고 손발이 맞아야 하는데 오더가 없으면 쿼터를 반납해야 된다. 그래도 김성규에게는 이광이 은인이나 같다. 단가가 맞지 않아서 생산을 하지 못했던 1천만 장 가까운 쿼터를 이광의 중국 공장에서 처리해 주기로 했기 때문이다. 따라서 올해 안에 쿼터를 다 소진시키면 보상으로 다른 회사에서 소진시키지 못한 양을 받게 되는 것이다.

"그건 그렇고."

김성규가 들뜬 목소리로 말을 이었다.

"야, 나 한 달 후에 결혼한다."

"어이쿠."

놀란 이광이 전화기를 고쳐 쥐었다. 사장실 안이어서 목소리를 줄일 필요도 없다.

"누구냐? 물론 지금까지 건드렸던 여자는 아닐 테고, 누구야?"

"이 자식, 말하는 것 좀 봐."

"말해, 108번째 여자는 누구냐?"

"너 한국시멘트 알지?"

"그럼 모르는 사람이 있어?"

그 순간 이광의 머릿속에 여자의 모습이 떠올랐다. 선명하다. 남진영, 한국에 가서 모 재벌 그룹 상속자하고 결혼을 해야 한다던 여자, 한국시멘트 사주의 딸, 방콕의 프린스 호텔에서 지낸 육욕의 이틀 밤, 한국시멘트 기조실로 연락을 하라고 했지만 그것으로 끝난 인연이었다. 몇 초밖에 안 된 순간에 이광의 머릿속을 스친 기억이다. 그때 김성규가 말했다.

"거기 사주 딸이야."

"아!"

"지금은 기조실 과장이고."

"오!"

"프랑스에서 박사 학위를 따고 작년에 돌아왔어. 그래서 넌 듣도 보도 못 했을 거다."

"과연."

"다음 달 두 번째 토요일이야, 청첩장 보낼게."

"가만."

숨을 고른 이광이 앞쪽 벽을 보았다가 말을 이었다.

"그땐 내가 중국에 가 있는 때야, 내가 축의금은 보낼게."

"이런."

김성규가 혀 차는 소리를 냈다.

"널 소개시켜 주고 싶었는데."

"다음에."

"그럼 결혼 전에 소개시켜주랴?"

"아, 내가 요즘 바빠."

"하긴."

김성규가 순순히 인정했다.

"다음에 하지 뭐. 어쨌든 나, 이제 방황 끝이다."

"지 버릇 개 줄까?"

"얀마, 입 닥쳐."

김성규의 목소리에 다시 웃음기가 섞여 있다.

김성규와 통화한 영향이 있었을 것이다. 그날 밤 이광은 강은서의 아파트에서 이제 3살이 된 아들 상철이하고 놀고 있었다. 파자마로 갈아입고 소파에 누운 이광의 배 위에서 상철이 펄쩍펄쩍 뛴다.

"아이구, 아이구."

이광이 엄살을 피울수록 상철은 신이 나서 뛴다. 집 안이 상철의 웃음소리와 이광의 엄살 소리로 가득 찼다.

"이 자식이 지 엄마가 내 배 위에서 하는 걸 보고 이러는 거 아녀?"

상철의 손을 잡아 떨어지지 않도록 해주면서 이광이 물었다. 주방에 서 있던 강은서가 머리만 돌려 눈을 흘겼다.

"시끄러!"

"아냐, 얘 소리 지르는 거 봐, 네가 지르는 소리하고 비슷해."

"시끄럽다니까!"

몸을 돌린 강은서가 다가와 상철을 내려놓았지만 듣지 않는다. 상철이 또 이광의 배 위에 올라갔다.

"이놈한테 날 아빠라고 부르라고 해."

상철의 손을 잡고 다시 널뛰기를 시키면서 이광이 말했다.

"뭐, 상관없다, 난 당분간 결혼 안 할 테니까."

그때 옆에 선 강은서가 이광을 내려다보았다. 가라앉은 표정이다.

"왜?"

"뭐가 왜야?"

"왜 결혼 안 한다는 거야?"

"너 때문에."

"장난 말고."

"가정 챙기기엔 너무 바빠."

"내 걱정은 마."

그때 이광이 강은서의 원피스 자락을 움켜쥐었다.

"너하고 있으면 편해. 그러면 된 거 아니냐?"

"……."

"너하고 궁합도 맞고 특히 네가 위에서 할 때."

강은서가 몸을 돌렸다가 원피스 자락이 찢어졌다. 그 순간 미끈한 허벅지가 드러났다.

"무슨 일 있어?"

깊은 밤 이광의 가슴에 얼굴을 붙인 강은서가 물었다. 이광이 강은서의 어깨를 당겨 안았지만 입을 열지는 않았다. 벽 쪽에 붙여진 유아용 침대에서 상철이 고른 숨소리를 내며 잠이 들어있다. 강은서가 이광의 가슴을 손가락으로 문지르며 다시 물었다.

"갑자기 왜 결혼 이야기를 해?"

"내가 가장 결혼하고 싶은 여자가 너였거든."

이광이 강은서의 머리끝에 턱을 붙이고는 말을 이었다.

"지금 생각해보니까 그래, 네가 북한으로 도망가지만 않았다면 널 찾아갔을지도 몰라."

"……."

"결혼하자고 말이야."

"……."

"그런데 북한으로 넘어가다니."

"……."

"지금은 생각이 바뀌었어."

이광이 강은서의 엉덩이를 움켜쥐었다. 알몸인 엉덩이를 힘껏 잡히
자 강은서가 낮게 신음했다. 이광이 말을 이었다.

"내 의지대로 할 거야."

"어떻게?"

다시 이광의 가슴에 얼굴을 붙인 강은서가 물었지만 이광은 대답 대
신 입술을 붙였다. 그것을 말할 필요는 없는 것이다.

다음 날 오전, 유성상사로 출근한 이광이 손님을 맞는다. 손님은 바
로 고성규다. 이광의 고등학교 3년 선배로 신촌 카스파의 두목, 지금은
점잖게 국제건설 회장으로 불렸고 '카스파' 이름이 촌스럽다고 '국제
파'로 조직 이름도 개명했다. 말끔한 양복 차림에 잘생긴 데다 매너도
좋아서 유성상사 비서실에서는 아마 외국에서 '박사' 학위쯤 따고 온
건설회사 회장님으로 보였을 것이다.

"음, 네가 이렇게 될 줄 알았어."

자리에 앉았을 때 사장실을 둘러보면서 고성규가 만족한 표정을 짓
고 웃었다.

"난 네가 자랑스럽다."

그러나 이광은 눈을 가늘게 뜨고 의심쩍은 시선을 보낸 채 입을 열
지 않았다. 문이 열리더니 민영주가 이제는 조심스럽게 다가와 둘 앞에
커피 잔을 내려놓고 돌아갔다. 다시 둘이 되었을 때 이광이 물었다.

"형, 뜸 들이지 말고 말해요, 쓸데없는 소리는 말고. 방금 형 이야기
를 들으니까 온몸에 지렁이가 기어가는 느낌이 듭디다."

"이 새끼가."

마침내 어깨를 부풀렸던 고성규가 픽 웃었다.

"나한테 그런 식으로 말하는 놈은 너뿐이라는 것 알아둬라."

"누가 형을 회장 만들어 주었는데요?"

"시끄러, 새꺄."

"도대체 무슨 일이오? 내 회사까지 찾아오고."

"왜? 불편하냐?"

"용건도 안 말해주고 무조건 온다고만 하니까 궁금하잖아요."

"너한테 뭘 부탁할까 봐 불안하냐?"

"형 잘 나간다는 거 세상이 다 아는데 뭘 부탁한단 말이오?"

치고받듯이 말하면서 어느덧 둘은 예전의 분위기로 돌아갔다. 이광의 말이 맞다. 카스파, 이제 국제파는 '시대에 적응'해서 기업군을 거느리는 '국제그룹'이 되었다. 조폭은 기업의 사원이 되었고 아직 '별동대'가 운영되었지만 주(主) 수입원이었던 유흥업이 지금은 매출의 반의반도 안 된다. 그러나 부정의 규모는 몇십 배 커졌고 수법은 그만큼 교활하고 잔인해졌다. 이광이 카스파 고문이었을 때를 지금과 비교하면 그야말로 '기사도'를 지켰던 시대인 것이다. 그때 고성규가 입을 열었다.

"너 국개위에 끌려가서 죽을 뻔하다가 살아나왔지?"

이광이 숨을 들이켰다. 갑자기 화성에 사는 외계인이 나타나서 어젯밤에 강은서하고 잤느냐고 물어본 것 같았기 때문이다.

"아니, 형이 어떻게 그걸……."

"내가 국개위 놈들한테 들었다."

이광이 잠자코 시선을 주었다. 고성규가 방금 '국개위 놈'이라고 한 것이다. 호흡을 고른 고성규가 말을 이었다.

"내가 지금 국개위 놈들한테 몰리고 있다."

"몰려요? 왜?"

"내 사업체를 모두 몰수한다는 거야."

"……."

"142개 사업장, 현금 가치로는 3조 원이 넘는 재산이다. 재벌 그룹 20위 안에는 들 거다."

어느덧 고성규의 두 눈이 번들거렸고 목소리가 떨렸다.

"현금 동원력은 아마 10위 안에 들 것이고."

"……."

"이놈들이 날 조폭의 시범 케이스로 삼아서 형무소에 집어넣고 우리 국제그룹을 공중 분해시키려는 거다. 물론 이놈들이 내 재산은 다 나눠 먹겠지."

"……."

"내가 데리고 있던 놈들 중에서 몇 놈이 배신을 했어. 그놈들이 다 불었다."

어깨를 부풀렸다가 내린 고성규가 이광을 보았다.

"광아, 너 안기부에서 손을 써서 빠져나왔지? 날 좀 도와주라, 카스파도 네가 살린 것 아니냐?"

고성규가 이 사이로 말을 이었다.

"국개위 그놈들이 명동파하고 손을 잡았다."

국개위는 해체되지 않았다. 이광 때문에 해체되다니, 지나가던 개도 웃을 일이다. 이광도 해체시킨다는 그들의 말을 믿지 않았다. 정권에서 나름대로 신념을 갖고 설립한 기관인 것이다. 그리고 몇 개의 업적을 세우기는 했다. 그런데 실적에 급급한 정권은 희생양을 찾기 시작했다.

이광의 경우가 그렇고 이제 고성규가 타깃이 되었다. 고성규가 말을 이었다.

"며칠 전 국개위 담당자를 만났는데 나한테 타협안을 제시했어. 내가 모든 사업을 포기하면 재산 일부를 갖고 해외로 나가게 해준다는 거다."

고성규가 얼굴을 일그러뜨리며 웃었다.

"그 말을 듣는 순간 내 마음이 굳어졌다. 이런 날강도 같은 놈들이 어디 있냐? 날 악당으로 몰아서 내보내고 나하고 애들이 쌓아놓은 모든 것을 통째로 삼키겠다는 거다. 이놈들은 나라를 통째로 빼앗은 강도 놈들이다. 난 죽는 한이 있더라도 여기 남기로 했다."

"형, 그래서 나더러 어쩌라고?"

"국개위 놈들이 명동파하고 손을 잡았어. 명동파가 뒤에서 온갖 정보를 다 준단 말이다. 내 밑에 있던 놈들 세 놈도 매수되어서 배신했어."

고성규의 목소리가 낮아졌다.

"내가 들었어. 내 조직을 해체하고 국개위 놈들하고 명동파가 반씩 나눠먹기로 했다는 거다. 국개위 놈들은 현금 재산을, 명동파 놈들은 부동산과 회사를 차지하기로 말이다."

"확실해요?"

"나도 명동파에 정보원이 있어. 녹음해 놓은 것도 갖고 있다."

"도대체 국개위 담당이 누구요?"

마침내 이광이 물었다.

"이건 골치 아픈데."

이광의 말을 들은 오금봉이 이맛살을 찌푸리고 말했다. 오후 2시 반,

이곳은 소공동의 안기부 안가다. 오금봉이 말을 이었다.

"조폭 정리는 시민들의 호응이 많아요. 그들이 아무리 기업으로 위장을 하고 있다고 해도 정리한다는 명분이 있거든요."

"법을 어긴 것도 없는데 무조건 조폭 출신이라고 잡아넣고 재산 빼앗는다는 말입니까?"

"조사하면 나옵니다."

오금봉의 얼굴에 쓴웃음이 번졌다.

"이 사장님도 겪었지 않습니까? 잡으려면 무슨 수단을 써서라도 잡아요."

"그자들이 명동파는 키워주고 있단 말입니다."

"명동파 강일천 씨가 국개위 1국장 하용수 씨하고 동향이지요."

커피 잔을 든 오금봉이 외면하고 말했다.

"우리는 진즉 알고 있었습니다."

"그럼 명동파는 서울을 장악하겠군요."

"아마 그렇게 되겠지요."

"명동파는 지저분하기로 소문난 놈들입니다, 그놈들은 인신매매에다 마약 거래도 하는 놈들이란 말입니다."

"압니다."

"카스파, 아니 국제파는 명동파에 비교하면 깨끗해요."

그때 오금봉이 똑바로 이광을 보았다.

"이 사장님, 지난번은 미국 정부가 이 사장님이 필요해서 힘을 써 주었고 후세인까지 결정적인 때 도와주었지만 이번 일은 나서지 않는 것이 낫겠는데요."

"불공평하고 오히려 국개위가 거악(巨惡)입니다."

어깨를 부풀린 이광이 마침내 뱉듯이 말했다.

"이놈의 정권은 무너져야 합니다. 내가 운동권이 떠드는 소리를 흘려들었더니 요즘에야 피부로 느끼게 되네요."

"쉬잇."

손가락을 입에 붙였던 오금봉이 곧 쓴웃음을 지었다.

"말조심하시오, 이 사장님."

"사실 아닙니까? 날 고문했던 조경수도 국개위에 남아 있지요?"

"예, 지금 조폭 수사반 팀장입니다."

오금봉의 얼굴에 다시 쓴웃음이 떠올랐다.

"가재는 게 편이라는 말 있지 않습니까?"

"방법이 없겠습니까?"

얼굴을 굳힌 이광이 묻자 오금봉이 긴 숨을 뱉었다.

"이건 윗분한테 보고드릴 성격의 일이 아닙니다, 이 사장님."

"……."

"이 일에 이 사장님까지 연루되면 이 사장님도 위험해질 수가 있어요. 지난번 일하고는 전혀 다릅니다."

"……."

"오히려 조경수 일당이 얼씨구나 하고 덤벼들어 다시 이 사장님을 엮을 가능성도 있습니다. 그때는 미국은 물론이고 후세인도 어쩔 수가 없지요."

"난 마음을 굳혔습니다."

어깨를 편 이광이 똑바로 오금봉을 보았다.

"뭐, 6년 전만 해도 난 카스파에서 주차장 일을 했고 5년 전에는 택시 값도 없었던 중소기업 신입사원이었지요. 난 언제나 그때로 돌아갈 수도 있다는 각오를 품고 삽니다."

이광의 시선을 받은 오금봉이 길게 숨을 뱉었다.

"내 참, 큰일 났네."

오금봉도 어깨를 부풀렸다가 내렸다.

"국제건설이 핵이니까 국제건설만 장악하면 계열사나 하청 회사, 그리고 지분을 갖고 있는 1백여 개 영업장이 빨려 들어오게 되지요."

변호사 강기철이 도표를 손으로 짚으며 말했다. 강기철은 47세, 서울지검 부장검사를 끝으로 법복을 벗고 변호사로 개업했다. 강기철이 이광의 변호사가 된 것은 한 달 전, 이광이 검찰총장 출신 고문 변호사 박명준과의 계약을 해지하고 강기철을 선임한 것이다. 강기철을 선임하도록 추천한 사람이 바로 오금봉이다. 오금봉이 그랬다.

"의협심이 강하고 소신이 있는 변호사지요. 서울지검 부장검사를 그만둔 것도 군사정권이 무리한 수사를 강요했기 때문에 반발하다가 잘린 겁니다."

그 말을 듣고 이광이 고문 변호사로 선임한 것이다. 강기철이 말을 이었다.

"국제건설 대주주인 고 회장께서 주식 양도만 하면 소유권은 넘어갑니다. 수속은 하루면 됩니다."

이광이 머리를 끄덕였고 옆에 앉은 고성규가 입을 열었다.

"맡기겠습니다."

소유권을 이광에게 넘기기로 한 것이다. 오후 2시 반이다. 탁자에 놓인 서류를 챙겨둔 강기철이 번들거리는 눈으로 이광과 고성규를 번갈아 보았다.

"오늘 중으로 수속 끝냅시다, 서류는 완벽합니다."

"감사합니다."

자리에서 일어선 고성규가 웃음 띤 얼굴로 강기철에게 손을 내밀었다. 고성규가 이광을 찾아간 지 사흘 만이다.

변호사 사무실의 뒷문으로 나온 둘이 골목 안에서 마주 보고 섰다. 좁은 골목 안은 비었다. 양쪽 벽에서 지린내가 났다. 밤에 취객들이 소변을 보기에 좋은 위치였다. 이광이 입을 열었다.

"형, 당분간이야. 내가 잘 간수했다가 돌려줄게."

"그래, 고맙다."

입맛을 다신 고성규가 쓴웃음을 지었다.

"내가 이런 신세가 될 줄은 꿈도 못 꾸었다. 차라리 조직끼리 싸우다가 죽는 것이 백번 나았다."

"형, 미쳤어? 죽다니?"

눈을 흘긴 이광이 손목시계를 보는 시늉을 했다.

"지금 인천으로 가야겠네, 형."

"야, 내가 적어준 것 있지? 잘 부탁한다."

"아이구, 걱정하지 말래두."

이제는 이광이 혀를 찼다.

"형수는 그렇다고 치고 형 애인까지 간수를 하라니, 내가 몸뚱이가 열두 개야?"

"한 달에 한 번 정도만 찾아가 봐."

"알았어, 그냥 한 말이야. 시간 날 때마다 찾아갈게."

어깨를 부풀린 이광이 말을 이었다.

"형도 전화 자주 하라고."

"그래야지."

"형수하고 광수 그리고 그, 둘째 형수한테도 말이야."

"알았다."

광수는 고성규의 여섯 살짜리 아들이다. 그때 골목 안으로 사내 둘이 들어섰다. 안기부 요원이다. 둘을 본 고성규가 그들에게로 몸을 돌렸고 이광이 등에 대고 말했다.

"열흘쯤 후에 만나, 형."

고성규는 등을 보인 채 손만 들었다. 지금 고성규는 오금봉이 손을 써서 배편으로 중국의 산동(山東)성 칭다오까지 갈 예정이다. 그리고 그곳에서는 이광이 손을 써서 푸저우에서 날아온 중국인 관리의 안내를 받고 푸저우로 옮겨갈 것이었다.

"뭐라고?"

다음 날 오전 10시경, 국개위 별관이 위치한 소공동 사무실에서 고성이 울렸다. 고성을 지른 주인공은 국개위 1국장 하용수, 국개위 위원장 장만기는 얼굴 마담 격이고 하용수가 바로 실권자다. 육군 소장 출신, 대통령이 군 시절에 6년간이나 참모로 모신 적이 있는 터라 현 정권의 실력자이기도 하다. 하용수가 검은 얼굴을 들고 앞에 선 조경수를 노려보았다.

"고성규가 행불이 되고 바로 어제 국제건설 소유권이 이광에게 넘어갔단 말이지?"

"그렇습니다."

어깨를 늘어뜨린 조경수가 모두가 제 잘못이라는 표정으로 말을 이었다.

"주식 대금을 받았다는 영수증까지 첨부해 놓아서 서류상 하자가 없습니다."

"이놈들이 짰구먼."

"그렇습니다."

"이광이하고 고성규가 고등학교 선후배라고 했지?"

"예, 이광이 고성규가 카스파 간부로 있을 때부터 카스파에서 활동했습니다."

"그놈이 조폭 출신 아녀?"

"조폭 계보는 없습니다. 다만 고문 역할로……."

"그놈이 계속 우리를 엿 먹이려는 거냐? 지금 어디에 있어?"

"회사에 있습니다."

"그놈을 당장……."

그러더니 하용수가 숨을 들이켰다. 두 달 전의 대소동을 떠올린 것이다. 그때 하용수도 목이 날아갈 뻔했다.

국제건설 회장실로 들어선 이광의 뒤를 윤경호와 김태창이 따라 들어왔다. 오후 5시 10분, 오늘 이광이 공석이 된 고성규의 자리를 차지하는 날이다. 고성규가 실종된 지 만 이틀 후가 된다. 특이하게도 142개의 사업장을 가진 국제그룹의 대주주이며 회장인 고성규가 실종되고 사주가 이광이란 무역업계의 '신예'로 바뀌었다는 사실이 언론에 전혀 보도되지 않았다. 정권에서 보도 통제를 하고 있는 것이 분명했다. 이광은 바깥 사무실에서 30명이 넘는 국제그룹 간부들과 인사를 나누고 지금 회장실로 들어온 것이다. 따라 들어온 둘은 고성규의 최측근이다.

윤경호는 전문 경영인으로 국제그룹을 실질적으로 경영했고 김태창은 기조실 상무 직책으로 관리를 맡았다. 예전의 행동대장 역할이다. 셋이 소파에 자리 잡고 앉았을 때 김태창이 먼저 목소리를 낮추고 말했다.

"도청 장치 없습니다. 제가 조금 전 확인했습니다."

김태창이 어깨를 부풀렸다가 내렸다.

"회장실은 회장님이 안 계실 때도 24시간 경비합니다. 요즘은 전자 장비가 우수해서요."

이광이 물끄러미 김태창을 보았다. 36세, 이광보다 3살 연상으로 이광이 고문 역할을 했던 6년 전에 김태창은 마포에서 룸살롱 영업부장이었다. 그러다가 고성규의 눈에 띄어 눈부신 성장을 한 것이다. 김태창이 말을 이었다.

"회장님, 지금 국개위는 혼란 상태일 것입니다. 하지만 곧 목표를 수정하겠지요. 지금까지 국제그룹을 먹으려고 공작은 다 해놓았을 테니까요."

"……."

"전(前) 회장님께서도 그렇게 예상하고 가셨습니다."

"지금 행동대는 몇 명이나 되나?"

불쑥 이광이 묻자 김태창이 빙글빙글 웃었다.

"이젠 행동대라고 부르지 않습니다. 기조실 직원, 또는 총무부 사원 등으로 부르지요. 사건에 따라서 명칭이 다릅니다."

이광이 시선만 주었으므로 김태창이 말을 이었다.

"각 부서에 정식 직원으로 분산 배치시켰다가 유사시에 호출합니다. 각 계열사에 파견된 요원들은 감찰 기능까지 맡고 있지요. 그것을 제가 다 총괄합니다."

"……."

"매달 두 번씩 모여서 훈련을 하고 유사시에 대비한 전쟁 연습을 합니다."

"……."

"이 요원들은 별도 채용을 하지요. 고등학교의 일진 출신을 4년 전부터 양성시켰는데 일본의 가미가제 특공대를 모범으로 삼아서 조직을 위해서 목숨을 바쳐야 한다는 정신을 주입시키고 있습니다."

그때 이광의 시선이 옆에 앉은 윤경호에게로 옮겨졌다. 윤경호는 김태창이 말하는 동안 이쪽저쪽으로 시선을 옮기고 있다. 윤경호는 국제건설 사장 겸 그룹 기조실 사장이다. 김태창의 직속상관인 셈인데 한마디도 거들지 않는다. 그때 이광이 다시 김태창을 보았다.

"내가 고 회장님한테서 다 들은 이야기야."

김태창이 이제는 시선만 주었고 이광이 말을 이었다.

"너, 내가 고 회장님을 어떻게 모셨는지 들었지?"

대뜸 '너'라고 불린 김태창이 숨을 들이켰다. 얼굴이 희게 변했고 옆에 앉은 윤경호는 몸을 굳혔다. 이광이 소파에 등을 붙였다.

"난 사회로 뛰어나와 지금 회사를 운영하고 있다. 내 손으로 밑바닥에서부터 일으킨 회사지."

이광이 두 손을 갈퀴처럼 만들어 보이고는 김태창을 향해 웃었다.

"너 같은 개새끼한테 휘둘릴 인간이 아니란 말이다."

이광을 향한 김태창의 눈동자가 흔들렸다. 그때 이광이 다시 물었다.

"내가 행동대는 몇 명이냐고 물었다."

김태창이 숨을 들이켰을 때 이광의 목소리가 낮아졌다.

"몇 명이냐?"

"예, 일, 일백 명쯤……."

김태창이 갈라진 목소리로 말했을 때 이광이 턱을 들었다.

"일어서."

김태창이 엉거주춤 일어서자 이광이 낮게 말했다.

"앉아."

김태창이 소파에 다시 앉았다.

"일어서."

일어선 김태창이 붉어진 얼굴로 이광을 보았다.

"회장님……."

"앉아."

김태창이 다시 엉거주춤 앉은 순간이다. 자리에서 일어선 이광이 구 둣발로 김태창의 턱을 그대로 올려 찼다.

"털컥!"

뼈가 부서지는 소리가 들리더니 김태창이 뒤로 벌떡 넘어졌다. 소파 위여서 그대로 눕는 형국이 되었다. 그때 다가간 이광이 다시 구둣발로 김태창의 관자놀이를 찼다.

"퍽!"

신음도 뱉지 못한 김태창이 옆으로 쓰러졌을 때 이광이 윤경호에게 말했다.

"비서실에서 기다리는 사람들 오라고 해요."

방으로 들어선 사내는 윤방철, 전에 이광과 함께 종로파 보스 오대 수를 칠 때 망을 보던 고성규의 경호원, 지금은 국제건설 계열사인 아 주인테리어의 창고 관리자가 되어 있다가 이번에 이광의 호출을 받았 다. 출셋길에서 밀린 이유는 간단하다. 매사에 융통성이 없었기 때문이다. 이광과 함께 오대수를 치러 나갔을 때만 해도 윤방철의 서열이 김태창보다 높았다. 고성규의 경호원이 후진 룸살롱 영업부장보다 나았다. 그런데 시간이 흐르면서 윤방철은 유용 가치가 떨어졌고 김태창이 고성규의 눈에 자주 띄었던 것이다. 그러고 나서 김태창이 슬슬 윤방철을 밀어내어 한직으로 박아 버렸다. 이것도 직장 생활과 비슷한 구도다. 윤방철이 데려온 두 사내는 윤방철의 부하들로 역시 소외되었다가 불려 나왔다. 이광이 늘어진 김태창을 눈으로 가리키며 말했다.

"이놈을 안가에 가둬라."

"예, 회장님."

기세 좋게 말한 윤방철이 김태창을 부하들과 함께 들더니 방을 나갔다. 방에 둘이 남았을 때 이광이 쓴웃음을 짓고 윤경호를 보았다.

"김태창이 '국개위'에 정보를 다 주었어요. 박만수, 양성준이가 배신자로 알려져 있지만 김태창이 그놈들을 먼저 내보내고 연막을 친 겁니다."

윤경호가 숨을 들이켰다.

"그, 그럴 수가요? 그동안 회장님하고 수십 번 회의를 했고 그때마다 김 상무가 강경 발언을 쏟아냈는데……."

"위장한 것이죠. 그놈이 반역을 한 겁니다."

"어, 어떻게……."

"어떻게 안 것이냐고요?"

되물은 이광이 지그시 윤경호를 보았다.

"난 정보가 빠른 사람입니다, 윤 사장."

"아아, 예."

"날 잘 아십니까?"

"예, 조금⋯⋯."

"잘은 모르신다는 말씀이죠?"

"예, 실은⋯⋯."

"내 회사가 국제그룹의 10배는 될 겁니다."

이광이 눈을 가늘게 뜨고 윤경호를 보았다. 윤경호는 실감이 나지 않는다는 표정이다. 이광이 말을 이었다.

"내 투자회사가 현금 50억 불을 운용하고 있다면 믿기 어렵겠지요?"

"예? 예."

윤경호가 건성으로 대답했다. 한국의 1년 수출액이 1백억 불 정도인 것이다. 그 수출액의 절반을 현금으로 운용한다? 윤경호의 머릿속 한계를 넘어선 이야기다. 쓴웃음을 지은 이광이 탁자 위의 인터폰을 눌렀다.

"네, 회장님."

여비서의 목소리가 울리자 이광이 지시했다.

"손님들 들어오시라고 해."

"네, 회장님."

또 손님인가? 하는 표정을 짓고 윤경호가 자리를 고쳐 앉았을 때 곧 문에서 노크 소리가 들리더니 문이 열렸다.

"어서 와."

이광이 영어로 맞았다. 방 안으로 타미란과 조백진이 먼저 들어섰다. 그 뒤를 아랍계로 보이는 사내 셋이 따른다. 윤경호가 엉거주춤 일어섰을 때 이광이 소개했다.

"요르단의 리스타상사 관리부장 타미란 씨, 관리과장 조백진 씨 그리고 직원들이오."

윤경호가 일일이 악수를 나누었을 때 이광이 말을 이었다.

"국제그룹은 내일부터 외국 자본과의 합작회사로 시작될 겁니다. '리스타상사'와의 합작법인이 지금 검토 중이오."

이광이 손을 들어 앞쪽에 앉은 타미란과 직원들을 가리켰다.

"이 사람들 외에 내일은 쿠웨이트와 이라크에서 직원들이 올 겁니다. 그렇군, 두바이에서도."

윤경호가 숨을 들이켰다.

"그, 그럼, 회장님⋯⋯."

"내가 국제그룹, 리스타상사의 대주주 겸 회장 아닙니까? 국제그룹 직원을 쿠웨이트나 두바이, 암만의 내 회사로 보낼 수도 있고 그 반대도 가능하지 않겠습니까?"

"그, 그렇습니다."

"내일은 국제그룹에서 해외연수를 떠날 직원들을 고를 예정이오."

"아아, 예."

윤경호가 정신없이 대답했을 때 이광이 타미란에게로 머리를 돌렸다.

"타미란, 오늘 자로 기조실 전무 발령을 낼 테니까 회사 상황을 파악해 봐."

"그러지요."

쓴웃음을 지은 타미란이 옆에 앉은 조백진을 눈으로 가리켰다.

"미스터 조는 비서실이 낫겠습니다."

윤경호가 어깨를 늘어뜨렸다. 이광의 계획을 그때서야 깨달은 것이다.

"이 새끼가 우리를 뭘로 보고."

88

하용수가 어깨를 부풀렸다가 내렸다. 지금까지 승승장구, 한 번도 좌절이나 패배를 겪지 않은 인성(人性)은 배려심을 잃을 때가 많다. 항상 이겼고 부러움의 대상이 되며, 우대를 받아왔기 때문에 약자의 심정을 모르는 것이다. 패배자의 비참함은 더욱 모른다. 지금 하용수의 상황이 그렇다. 난생처음이라고 할 정도로 특정한 상대로부터 좌절을 당하고 있다. 수모라고 해도 맞을 것이다. 더구나 기가 막힌 일은, 자신의 위치가 그 어느 때보다도 강하며 단단하다고 자부하는 상황에서 이 일이 일어났다. 더구나 상대는 그야말로 듣지도 보지도 못 했던 애송이 이광, 병력을 체크했더니 보병으로 편의공작대 분대장 출신, 공비를 사살한 전과를 올려 하사로 특진했다가 무슨 일인지 두 달도 안 되어서 다시 병장으로 강등되고 제대했다. 하용수의 '끗발'로 삭제된 기록을 복원시켜 강등된 내막을 조사해 보았더니 기가 막힌다. '된장을 팔아서 오입을 했다'는 것이다. 이런 더러운 전과를 가진 놈이 어떻게 이렇게 사회에 나와서 '대성공'을 했단 말인가? 이라크의 후세인까지 이놈 편을 들어서 한국 대사와 상공부 장관을 인질로 삼다니, 더구나 미국 대사도 나섰지 않은가? 어깨를 늘어뜨린 하용수가 앞에 선 조경수를 보았다.

"야, 조 대령."

"예, 국장님."

"아무래도 너하고 이광이는 궁합이 안 맞는 것 같다, 안 그러냐?"

"예?"

"네가 밀린다는 말이다. 그래서 국개위의 체면이 똥이 되었어. 내 위신은 말할 것도 없고."

"……."

"처음에 그놈을 잡았을 때 바로 처리했어야 돼, 누가 나서기 전에 말이야. 증거 갖고 진술서 받을 필요가 없었단 말이야."

하용수의 목소리가 높아졌다.

"지금도 그런 식으로 나가면 안 돼, 또 당해. 그놈이 외국 법인으로 국제를 물타기하기 전에 처리해야 되겠다."

"어, 어떻게 말씀입니까?"

조경수가 더듬대며 묻자 하용수가 길게 숨을 뱉었다.

"너, 내 말 못 들었어?"

"예?"

"네가 이광이한테 밀린다는 말이다."

"……."

"넌 기세로도, 대가리 돌리는 것으로도 그놈 상대가 안 돼. 물론 끗발은 말할 것도 없고."

"……."

"그리고 넌 지난번 사건 때문에 그놈 앞에 나타나면 곤란해. 후세인이 또 지랄할 수도 있으니까 빠져."

"……."

"오늘부터 당분간 총무부로 옮겨가고 이광이 사건은 내가 직접 맡는다."

이렇게 상대가 조정이 되었다.

"양아치 새끼들."

오금봉의 말이 끝났을 때 1차장 서용만이 말했다. 안기부 1차장실 안, 오금봉은 이광에게 윗선에 보고할 성질의 문제가 아니라고 했지만 천만의 말씀이다. 윗선을 연루시키지 않으려는 작전이다. 조금 과장한다면 오금봉은 이광이 하루에 숨을 몇 번 쉬는 것까지 보고하고 있다. 서용만이 담배를 꺼내 물면서 말을 이었다.

"정말 안하무인, 무소불위로군. 아직 임자를 못 만나서 그래."

오금봉은 잠자코 듣기만 한다. 그러나 서용만이 지금 터뜨리는 분노도 종로에서 뺨 맞고 영등포에 가서 화풀이하는 식이다. 정작 '국개위' 앞에서는 입도 뻥긋하지 못하는 것이다. 그때 오금봉이 외면한 채 말했다.

"이번에는 '국개위'가 지난번처럼 설불리 나서지 않을 겁니다. 제 생각입니다만 1국장이 직접 나설 가능성이 있습니다."

"하용수가 말이지?"

"예, 명동파 회장 강일천이 하용수의 고향 후배지요. 전부터 자주 만나던 사이입니다."

"4년 후배라지?"

"국제그룹을 분해시키고 나눠 먹기로 했다는데요."

"나라를 팔아먹는 놈들이야."

"이광 씨한테는 제가 독단으로 진행시킨다고 했습니다, 차장님."

"믿을까?"

"믿을 겁니다. 그리고 알더라도 비밀을 지킬 사람입니다."

"지금 외국에서 몇 명을 데려왔지?"

"현재까지 요르단, 쿠웨이트, 이라크 국적까지 12명을 입국시켰는데 과시용입니다."

오금봉의 얼굴에 쓴웃음이 떠올랐다.

"외국계 회사와 합작 회사 분위기를 띄우려는 것뿐이지 아직 법적 효력은 없습니다."

"그래도 재빠른 대응이군."

"예, 하용수가 주춤하고 있습니다. 지난번에 이광한테 데인 적이 있거든요."

서용만이 길게 숨을 뱉고 말했다.

"이광을 도와줘."

"예, 차장님."

"나도 방법을 찾아볼 테니까."

머리를 든 서용만이 초점이 흐려진 눈으로 오금봉을 보았다. 뭔가를 생각하는 것 같다.

"이광이 회사는 어느 정도야?"

강일천이 묻자 정형준이 들고 있던 파일에서 서류를 꺼내 내밀었다.

"리스타상사와 유성상사를 합병해서 대주주가 되었는데 아직 대그룹에는 끼지 못합니다. 여기 자료를 보시지요."

서류를 들여다본 강일천이 곧 이맛살을 찌푸리더니 탁자 위로 내던졌다. 강일천은 대차대조표, 순이익, 경상이익 같은 단어를 모른다. 모르고서도 지금까지 수백 개의 영업장을 관리해온 것이다. 강일천이 눈을 치켜떴다.

"말로 해, 말로."

"예, 회장님."

전문 경영인으로 명동파의 중심 회사인 '제일유통' 사장을 맡고 있는 정형준이다. 강일천의 행동에 익숙한 터라 정형준이 차분하게 말을 이었다.

"기조실에서 조사했는데 '리스타상사' 수출액이 3억 5천만 불이 넘습니다. 오퍼상으로 수수료를 먹지만 그 정도는 큰 수출상입니다."

"수수료 먹는 놈이 유성을 인수했단 말이지?"

"예, 유성에서 부장까지 올랐으니까 회사 내막을 잘 알았겠지요."

"재산은?"

"한강 이남에 땅이 몇백만 평 있습니다, 현 시가로는 20억쯤 되지요."

"그것뿐이야?"

"외국에 '리스타상사' 본점, 현지 법인이 4개 정도 설립되어 있는데 자산 파악이 힘듭니다, 외국인과 동업 형식이 된 것도 있어서요."

"그놈이 지난번 '국개위' 감사에서 후세인 끗발로 빠져나간 것이 그 때문이군."

"예, 그런 것 같습니다."

"내가 그놈을 치겠다니까 하 국장이 말렸어, 조금 두고 보자는 거다."

강일천의 시선이 정형준 옆자리의 백갑상에게로 옮겨졌다.

"김태창이는 아직 연락 없어?"

"예, 회장님."

어깨를 편 백갑상이 강일천을 보았다.

"그날 이광이의 취임식에 참석해서 이광이하고 회장실로 들어간 것 까지는 확인되었는데 그 이후로는……."

"그 새끼가 공기냐?"

"예?"

"공기처럼 사라졌느냐고?"

강일천의 목소리가 높아졌다.

"병신 같은 놈들이 요즘 군기가 빠져서 시킨 일을 제대로 한 적이 없어."

"죄송합니다."

"추적하면 나올 것 아냐? 그날 같이 있었던 놈들, 비서실, 회장 경비실 놈들한테 말이야!"

"그것이⋯⋯."

어깨를 늘어뜨린 백갑상이 외면하고 말했다.

"오늘 아침에 확인해 보니까 이놈들이 다 딴 데로 발령이 났더라고요. 이광이가 모두 파악한 것 같습니다요."

"뭐?"

강일천의 눈썹이 모아졌다. 국제그룹 비서실과 회장 경호실, 회사 관리실에 심어놓은 정보원들을 말하는 것이다. 그때 백갑상이 말을 이었다.

"그래서 탄로 난 줄 알고 겁이 나서 도망간 놈들도 있습니다."

"⋯⋯."

"이광이가 미리 조사를 한 것 같습니다. 그래서 김태창이도 실종된 것이 아닐까요?"

"도대체 뭘 하고 있는 거야?"

강일천이 벌떡 자리에서 일어섰다. 흰 얼굴이 붉게 달아올라 있다.

"다 차려놓은 밥상에 수저만 들고 오면 되는 건데, 수저도 못 찾는단 말이야? 이 병신들."

지금 '국개위'를 욕하는 것이다.

"그 새끼가 보통이 아냐."

회장실을 나온 백갑상이 비서실에서 기다리던 박치구에게 말했다.

"뒤를 봐주는 조직이 있어."

"조직이라니요?"

박치구가 옆을 따르며 물었다. 엘리베이터 앞에 선 백갑상이 주위를 둘러보았다. 근처에는 사람이 없다.

"경찰이나 정보기관일 수도 있어."

"설마요."

"얀마, 이 정권을 다 따르는 것 같냐?"

엘리베이터 문이 열리자 둘은 안으로 들어섰다. 안에는 둘뿐이어서 백갑상이 말을 이었다.

"이광이는 지난번 '국개위'에 끌려갔다가 풀려나온 거물이야. 그 서슬이 시퍼런 국개위가 꼼짝 못 하고 풀어주었다고."

백갑상은 제일유통 총무부장 직책을 갖고 있지만 강일천의 수족이나 같다. 그래서 제일유통 산하의 120개 사업장은 물론 50여 개의 계열사 인사까지 총괄하고 있다. 41세, 강일천의 외사촌 동생으로 머리 회전이 빠른 데다 순발력까지 좋아서 강일천의 신임을 받고 있다.

"김태창을 어디다 묻어버린 것 같다."

엘리베이터에서 내린 백갑상이 혼잣소리처럼 말했다. 그날 김태창이 사라지기 직전에 함께 있었던 윤경호는 경호원에 둘러싸여 있어서 접근할 수가 없는 것이다. 그때 박치구가 목소리를 낮추고 말했다.

"부장님, 요즘 데모 때문에 나라가 시끄러운데 덮치기에 좋은 기회 아닙니까?"

백갑상은 어깨만 부풀렸다. 그 반대일 수도 있는 것이다.

"사업하기 힘들구면."

이광이 앞에 앉은 진남철에게 말했다. 오후 2시 반, 이곳은 소공동 안가(安家)다. 지금은 유스타상사로 바뀐 리스타상사 본사 건물에서 한 블럭 건너편 빌딩에 안가를 만들어 놓은 것이다. 본래 손님 접대용 숙박시설로 만들어놓은 방이었는데 지금은 비상대책 회의실로 사용되고 있다.

"국개위에서 우리 회사 세무 조사를 시작한다는 거야. 다음 주 중에 50명쯤을 투입시킨다고 했어."

진남철이 숨을 들이켰다. 국제건설과 전격적인 합병을 한 후에 이광은 사우디 제다에 있던 진남철을 불러들인 것이다. 진남철은 이광의 두뇌 역할이다.

"세무 조사에서 살아남은 기업이 없습니다. 기업을 죽이려고 시작한 세무 조사면 백발백중 당합니다."

진남철의 두 눈이 번들거렸다.

"막아야 합니다. 가장 좋은 방법은 조사를 막는 겁니다. 시작되면 여론을 의식해야 되니까 봐주고 싶어도 힘듭니다."

"국제건설을 안게 된 바람에 유스타상사까지 싸잡아서 당하게 생겼다."

"제가 보기에도 국제건설에 허점이 많습니다. 비자금 유용이 너무 많고 출처가 불분명한 자금 규모가 엄청납니다."

"……."

"말씀하신 대로 국제건설을 합병시킨 바람에 유스타상사까지 불덩이를 뒤집어쓰게 되었습니다."

그때 이광이 머리를 들고 진남철을 보았다.

"전화위복이란 말이 있어."

진남철의 시선을 받은 이광이 빙그레 웃었다.

"공자 앞에서 문자 쓴다고 생각하나?"

"아닙니다, 사장님."

"전쟁터나 독재 국가를 돌아다니다 보니까 때로는 힘이 필요하다는 것을 느꼈어."

"……."

"그런데 마침 국제건설이 합병 제의를 해 온 거야. 국제건설 고 회장하고 나 사이는 알지?"

"예, 요즘 들었습니다."

"난 이번 일 끝나고 그다음을 생각해."

이광이 눈을 가늘게 뜨고 앞쪽 벽을 보았다.

"국제건설 그리고 명동파의 행동대를 모으면 엄청난 무력(武力)이 되겠다는 생각."

"……."

"조직을 통합하고 쓸모가 없어진 행동대를 모아서 내가 중동이나 아프리카로 데리고 나가는 거야. 그럼 그것만으로도 거대한 사업체가 되는 거지."

"……."

"용병 회사를 차리는 거야."

눈동자의 초점을 잡은 이광이 진남철을 보았다.

"내가 무슨 말을 하는지 이해하나?"

"예, 사장님."

그때서야 추켜올렸던 어깨를 늘어뜨리면서 진남철이 길게 숨을 뱉었다.

"역시 사장님의 그릇은 크십니다."

"무슨 말이야?"

"역시 저희들이 따라가지 못하는 그릇이라고 했습니다."

"이봐, 어울리지도 않는 아부하지 마라."

"아닙니다."

머리를 저은 진남철이 똑바로 이광을 보았다.

"저보다 항상 두세 단계 앞을 내다보십니다. 저는 당장의 현안 처리에 급급한데……."

"그게 내가 할 일이지."

이제는 이광이 긴 숨을 뱉었다.

"너도 내 입장이 되면 그렇게 될 거다."

차에서 내린 강일천이 옆으로 다가온 비서 조택에게 말했다.

"내일 아침 8시에 오너라."

"예, 회장님."

"오늘은 몇 명이냐?"

"예, 여섯 명입니다."

"좋아."

머리를 끄덕인 강일천이 아파트 현관으로 들어섰다. 경비실의 경비가 강일천을 보더니 벌떡 일어나 경례를 올려붙였다. 머리만 끄덕인 강일천이 엘리베이터로 다가갔다. 이곳은 강일천의 애인 오희경의 집인 것이다. 오희경과 만난 지 한 달도 안 되어서 강일천은 푹 빠진 상태다. 조택은 강일천이 엘리베이터에 탄 것을 보고 나서 몸을 돌렸다.

오후 9시 반, 하용수가 앞에 앉은 천준호의 잔에 소주를 따라주면서 말했다.

"이번에는 전격전이다. 무슨 말인지 알겠나?"

"예, 국장님."

잔을 쥔 천준호가 굳어진 표정으로 하용수를 보았다.

"다음 주 중에 끝내도록 하겠습니다."

"일사불란하게 처리해야 돼."

"예, 국장님."

"술 마셔."

"예, 국장님."

잔을 든 천준호가 한 모금에 소주를 삼켰다. 천준호는 조경수 대신으로 이번 국제건설 사건을 맡게 되었기 때문에 사기가 충천한 상태, 헌병 중령 출신으로 수사에는 일가견이 있었지만 실세 측근들에게 밀려 국개위 안에서 한직을 맴돌았던 것이다. 하용수가 말을 이었다.

"국제건설 세무 조사 다음 날에 유스타상사에도 세무 조사가 나가게 될 거야. 그리고 그다음 날에 이광이를 전격 체포하면 모양이 그럴듯하게 돼. 그 보도를 본 사람들이 뭐가 있구나, 하고 생각하게 되거든."

제3장
피에는 피로 갚는다

지난달에 국회의원 보궐선거로 국개위원장을 사임한 박철상은 강골(强骨)이었다. 그런데 후임으로 온 장만기는 정치인 출신이다. 3선 의원으로 대통령의 정책보좌관을 지내다가 이번에 국가개혁위원회 위원장으로 취임했는데 온화한 성품에 적이 없었다. 그래서 국개위원장에 부적격이라는 말도 많았지만 대통령이 밀어붙인 것이다. 그러나과연 소문과 같이 장만기는 국개위에서 있는 듯 없는 듯한 존재가 되었다. 실무에 거의 간여하지 않고 매일 정치인들이나 만나러 다녔기 때문에 1국장 하용수가 위원장 대리 노릇을 했다. 그런데 오늘, 금요일 아침에 하용수는 장만기의 호출을 받았다. 장만기가 비서를 시켜 부른 것이다. 마침 천준호와 회의 중이던 하용수가 쓴웃음을 짓고 자리에서 일어섰다.

"이 양반이 이제 밖에서 할 일이 없어졌나? 왜 이래?"

위원장실로 들어선 하용수는 장만기 앞쪽에 총무국장 박순철이 앉아 있는 것을 보았다. 총무국장은 같은 국장이지만 하용수보다 서열이

한참 아래다.

"부르셨습니까?"

어깨를 편 하용수가 똑바로 시선을 준 채 물었더니 장만기가 평상시처럼 흐릿한 웃음을 띤 채 옆쪽을 가리켰다.

"거기 앉아요, 하 국장."

하용수가 잠자코 자리에 앉으면서 박순철을 흘겨보았다. 박순철은 공무원이다. 서울시청 과장에서 국개위 국장이 되었으니 영전이다. 전(前) 위원장 박철상이 데려온 인물이었다. 그때 하용수의 시선을 받은 장만기가 박순철에게 말했다.

"박 국장, 이야기를 하지."

"예, 위원장님."

어깨를 편 박순철이 앞에 놓인 서류를 들었다. 그 순간 하용수가 이맛살을 찌푸렸다. 방에 들어온 순간부터 지금까지 박순철과 시선이 마주치지 않았다는 사실이 떠올랐기 때문이다. 예감이 이상하다. 그때 박순철이 서류를 읽었다.

"이건 청와대에서 내려온 공문입니다."

청와대란 소리에 하용수는 숨을 죽였다. 다시 박순철의 말이 이어졌다.

"현진공영 한봉균 사장의 탄원서인데요, 하용수 국장께서 대통령님 대선후보 보좌관이셨을 때 대전 외곽도로 보수공사를 낙찰 받는 대가로 7억 5천만 원을 줬다고 했습니다. 그런데 보수공사 일부만 낙찰 받았는데도 7억 5천만 원은 그대로 챙기셨다고 하는군요."

하용수는 '현진공영'이란 말을 들은 순간부터 숨을 죽이고 있었는데 박순철의 말이 끝났을 때는 얼굴이 누렇게 굳어져 있었다. 박순철이 그때서야 정면으로 하용수를 보았다.

"한봉균 씨는 증거 자료를 모두 청와대에 제출했습니다. 녹음테이프도 있습니다. 위원장님하고 나도 들었습니다."

하용수는 물끄러미 박순철을 보면서 '저도'가 아니라 '나도'라고 한 것을 들었다. 그때 장만기가 물었다.

"하 국장, 청와대에서는 확인하고 나서 바로 결과를 알려달라고 했소. 지금 비서실장이 기다리고 계시오."

"저는……."

"뭐, 국개위는 법 집행기관이 아니니까 사실이냐 아니냐를 의례적으로 묻는 거지. 그리고 인사 조치까지는 해야겠지."

소파에 등을 붙인 장만기가 지그시 하용수를 보았다.

"하 국장, 대통령께서 진노하셨다고 들었어."

하용수는 장만기가 지금 반말을 하고 있는 것을 깨닫고는 온몸에 소름이 돋아 있다. 장만기가 5살 위이기는 했지만 처음 반말을 듣는다. 장만기가 말을 이었다.

"곧 검찰에서 올 거야. 지난번에 '리스타상사' 사건은 겨우 덮었지만 지금은 힘들 것 같아."

"이건 음모요."

마침내 하용수가 눈을 부릅뜨고 말했는데 목소리가 떨렸다. 얼굴도 상기되어 있다.

"이광이, 이놈이 만든 음모란 말입니다."

"음모라니?"

장만기가 헛웃음을 지었다.

"그럼 현진공영도 음모고 7억 5천만 원도 음모인가? 군 출신이 뭐

이래?"

"예? 뭐라고요?"

하용수가 어깨를 부풀렸을 때 장만기는 콧숨을 뱉으며 웃었다.

"남 핑계 대고 운 나쁘다고 하지 말라고, 이 사람아. 인과응보야, 뿌린 대로 거두는 법이여, 추한 꼴 보이지 말고 가서 책상 정리나 해. 한 시간쯤 후에 검찰이 체포 영장을 들고 올 테니까."

그러고는 장만기가 박순철을 보았다.

"자, 그럼 조경수를 부르지."

장만기가 하용수의 시선을 받더니 입맛을 다시면서 말했다.

"그 친구, 조경수는 질이 더 나빠. 1년 전에 업자한테서 받은 뇌물 건 외에 미성년자 성폭행, 공금 횡령, 음주운전 대리 혐의, 폭행까지 6건이나 돼."

의자에 등을 붙인 장만기가 다시 웃었다.

"그래, 누군가 작심하고 터뜨린 거야. 하지만 모두 사실인 걸 어떻게 하나? 그렇게 하지 못하도록 말렸어야지."

"10분 후에 내려간다."

강일천이 말하고는 전화기를 내려놓았다. 오전 8시 반, 아파트 현관 앞에서 조택이 기다리고 있는 것이다.

"저기요."

다가온 오희경이 수줍은 얼굴로 몸을 비틀었다.

"오늘 엄마한테 갔다 와도 돼요? 오후 5시까지는 돌아오는데."

"응? 그래?"

강일천이 지갑을 꺼내 만 원권을 모두 꺼내 내밀었다. 한 뭉치다.

"이거 받아라."

"저, 며칠 전에 주신 돈 있어요."

오희경의 얼굴이 빨개졌다.

"싫어요."

"받아. 이거, 어머니한테 용돈 드려."

"괜찮아요. 저 돈 많아요."

"어서 받아."

강일천이 한 걸음 다가서며 눈을 치켜뜨자 오희경이 두 손으로 받는다. 동그란 얼굴이 홍시처럼 붉어져 있다. 오희경은 22세, 룸살롱에 나온 그 날로 강일천에게 찍혀 파트너가 된 것이다. 몸을 돌린 강일천이 현관으로 다가가며 말했다.

"나, 오늘은 밤 10시쯤 올 거다."

"네."

고분고분 대답한 오희경이 강일천의 등에 대고 절을 했다. 아파트를 나온 강일천이 심호흡을 하고 났을 때 저절로 얼굴에 웃음이 떠올랐다. 오희경의 순진한 면이 귀여웠기 때문이다. 그러나 잠자리에서는 다르다. 경험이 별로 없으면서도 성감대가 민감해서 반응이 적극적인 것이다. 통로를 걸어 엘리베이터로 다가가면서 강일천의 입에서 저절로 콧노래가 흘러나왔다. 입을 꾹 다물고 코로 소리가 나가는 터라 콧노래다. 그때 앞쪽에서 두 사내가 다가왔기 때문에 강일천의 콧노래가 멈춰졌다. 후줄근한 점퍼 차림의 두 사내는 곧장 다가왔는데 둘 다 체격이 좋다. 그리고 젊다. 숨을 들이켠 강일천의 이맛살이 찌푸려졌고 이제는 걸음이 늦춰졌다. 사내들과의 거리는 어느덧 다섯 걸음 정도로 가까워졌다. 거리가 세 걸음 간격이 되었을 때 강일천이 걸음을 멈췄다. 그때 강일천은 뒤에서 인기척을 느끼고는 머리를 돌렸다.

"앗!"

강일천의 입에서 처음으로 짧은 외침이 터졌다. 놀란 외침이다. 어느새 뒤쪽에도 두 사내가 다가와 있었던 것이다. 거리는 두 걸음 정도, 그때 강일천이 버럭 소리쳤다. 통로에는 그들뿐이다.

"너희들 누구야?"

그 순간 앞쪽 두 사내가 덤벼들었고 뒤쪽도 동시에 강일천을 잡았다. 넷이 동시에 강일천의 몸을 잡은 것이다.

"아앗!"

강일천의 두 번째 외침이 터진 다음 순간이다. 네 쌍의 손이 강일천의 몸을 번쩍 들어 올려 통로 벽 밖의 공간으로 던졌다. 통로 밖의 공간은 아파트 9층의 허공이 된다.

"아아아아!"

허공에서 강일천의 외침이 꽤 길게 울리더니 곧 둔탁한 충격음이 들리면서 그쳤다.

사장실로 들어선 이광의 뒤를 곽영훈이 따라왔다. 그 뒤를 비서 민영주가 따른다.

"사장님, 회장님께서 언제 오실 것이냐고 물으셨는데요."

곽영훈이 선 채로 보고했다. 오전 9시 10분, 유성상사의 사장실 안이다. 이제 유스타상사로 개명을 했지만 아직도 대부분의 사원은 '유성' '리스타'로 부른다. 자리에 앉은 이광이 비서 민영주를 보았다.

"홍콩의 린린 씨한테 연락을 해. 내가 사흘쯤 후에 도착할 테니까 준비하라고."

"예, 사장님."

몸을 돌린 민영주에게 이광이 말을 이었다.

"회장님한테도 연락을 하라고 해."

린린은 홍콩의 '유스타 푸저우 홍콩 연락사무소' 소장을 겸하고 있는 것이다. 한국에서 푸저우 직통전화가 안 되는 터라 홍콩을 통해야만 한다. 사장실에 둘이 남았을 때 이광이 곽영훈에게 말했다.

"곽 부장, 앞으로 네가 유성상사를 맡아야겠어."

숨을 죽인 곽영훈을 향해 이광이 말을 이었다.

"진남철은 제다 법인장이 되었고 나는 국제건설까지 맡아서 더 바빠졌다."

"사장님, 저는……."

"나는 어떠냐?"

손가락을 굽혀 제 얼굴을 가리켜 보이면서 이광이 웃었다.

"난 국제건설 영업장 2백여 개도 관리하게 되었어. 그러니까 서로 분담하자."

어느덧 이광의 얼굴에서 웃음기가 지워졌다.

"너는 네 의자에 맞는 일을 하면 되는 거야."

"사고가 났습니다!"

윤방철이 소리치듯 말했다.

"강일천이 아파트에서 떨어져 죽었습니다! 지금 명동파는 난리가 났습니다!"

이광은 전화기를 고쳐 쥐었다. 오전 9시 25분, 방금 곽영훈이 방을 나가서 혼자 앉아 있던 참에 윤방철이 직통전화를 해온 것이다.

"8시 30분에 떨어져 죽었다고 합니다. 거기가 강일천의 애인 아파트라는데요!"

"떨어져 죽었다고?"

"예, 9층에서. 자살한 것 같습니다!"

"자살?"

"예, 또는 미끄러졌든지요. 거기 난간이 1미터 정도밖에 안 되거든요."

"……"

"앞으로 미끄러졌다가 몸이 난간에 걸리면 체중이 앞으로 쏠려서 그렇게 될 가능성이……"

"내가 곧 갈 테니까 11시까지 간부들을 소집해."

"예, 회장님."

국제건설에서는 이광을 회장이라고 부른다. 전화기를 내려놓은 이광이 자리에서 일어섰다.

11시 정각, 국제건설 회의실에는 30여 명의 간부들이 모였다. 오늘 회의에는 단 한 명도 빠지지 않고 모인 것이다. 어제만 해도 아프다고, 집에 초상이 났다고, 급한 업무 때문에, 심지어는 연락도 되지 않아서 회의에 불참했던 얼굴들이 다 모였다. 이광은 처음 만나는 얼굴도 여럿이다. 그동안 간부회의를 세 번이나 했는데도 그렇다. 회의실 안은 조용하다. 숨소리도 나지 않는다. 그것은 이광이 입을 꾹 다문 채 테이블을 훑어보고만 있었기 때문이다. 좌에서 우로, 다시 우에서 좌로 차례차례 간부들의 얼굴을 훑고 또 훑고 있다. 이광의 시선을 받고 머리를 끄덕이며 눈인사를 하는 상대가 있는가 하면 굳어져서 금방 시선을 내리는 사내, 아예 처음부터 시선을 마주치지 않는 인사도 여럿이다. 이

육고 이광이 머리를 돌려 기조실 부장 윤방철을 보았다. 윤방철은 회의 테이블 뒤쪽 벽에 붙여진 의자에 부하들과 나란히 앉아 있다.

"윤 부장, 출석 체크를 해라."

"예, 회장님."

윤방철이 벌떡 자리에서 일어섰다. 회의실 안은 바늘 떨어지는 소리도 들리지 않는다. 그때 윤방철이 출석부 같은 파일을 펴고 읽었다.

"오늘은 고위 간부 33명 전원이 출석했습니다, 회장님."

이광이 머리만 끄덕였고 윤방철의 보고가 이어졌다.

"지금까지 고위 간부 회의가 3회 개최되었는데 오늘 처음 참석한 간부는 세 명입니다, 회장님."

그때 이광이 옆에 놓인 인터폰 벨을 누르자 곧 방문이 열리더니 타미란과 조백진을 선두로 7, 8명의 사내가 들어와 뒤쪽 벽에 붙여진 의자에 앉았다. 그런데 조백진의 손에는 플라스틱 야구 배트가 쥐어져 있는 것이 특이했다. 그것도 검정색이다. 윤방철이 다시 출석부를 읽었다.

"오늘 처음 참석한 간부는 대동실업의 오기만 사장."

그때 이광이 자리에서 일어나자 조백진이 서둘러 다가가 손에 야구 배트를 쥐어 주고 옆에 붙어 섰다. 윤방철이 머리를 들고 간부들을 둘러보았다.

"오기만 사장, 앉은 채로 손을 들어 보시죠."

그러자 30대 후반쯤의 사내가 주춤대며 손을 들었다. 얼굴이 벌겋게 달아올랐다가 곧 누렇게 굳어졌다. 사내의 시선을 받은 윤방철이 머리를 끄덕였을 때였다.

오기만의 뒤로 돌아간 이광이 야구 배트를 치켜들더니 장작을 빠개는 것처럼 어깨를 내려쳤다.

"으악!"

비명 소리 전에 뼈가 부러지는 소리가 났다. 한쪽 어깨가 무너진 오기만이 테이블 위에 엎어졌을 때 두 번째 내려친 배트가 다른 쪽 어깨 뼈를 부쉈다.

"아이고!"

비명이 회의실을 메웠다. 그때 윤방철이 헛기침을 하더니 다시 출석부를 읽었다.

"대신상사의 양기찬 사장, 손을 들어요."

그러나 아무도 손을 들지 않는다. 오기만이 맞아 늘어진 꼴을 보더니 얼어버린 것이다. 그때 윤방철이 손으로 넓은 얼굴의 사내를 가리켰다.

"저놈입니다."

이광이 그쪽으로 다가가자 사내가 벌떡 일어섰다. 그러나 그보다 빠르게 달려간 윤방철의 부하 둘이 양쪽 팔을 잡았다. 두 사내가 양기찬의 팔을 잡고 테이블에 밀어붙인 순간이다. 다가간 이광이 야구 배트로 왼쪽 어깨를 내려쳤다.

"빽!"

뼈에 배트가 맞는 소리가 그렇게 들렸다. 도끼로 장작을 빠개는 소리하고 비슷했다.

"으악!"

비명이 회의실을 울렸다. 그때 다시 배트를 쳐든 이광이 오른쪽 어깨를 찍었다. 이번에는 더 큰 소리와 비명이 함께 울렸다.

"아이고오!"

양기찬이 테이블 위로 늘어졌을 때 윤방철이 다시 소리쳤다.

"오산상사의 최한진 사장!"

그때는 최한진이 손을 들기도 전에 두 사내가 다가와 양쪽 팔을 잡았고 이광이 다가갔다.

"으아악!"

겁에 질린 최한진이 맞기도 전에 비명을 질렀고 이광은 이제 익숙해진 도끼질로 양쪽 어깨뼈를 부쉈다. 늘어진 셋이 제각기 신음을 뱉고 있었지만 다른 스물아홉은 숨소리도 죽이고 있다. 그때 야구 배트를 쥔 채 자리로 돌아가면서 이광이 말했다.

"내가 어떤 미국 영화에서 이 장면을 보았는데 인상적이었어."

이광이 웃지도 않고 말을 이었다.

"그건 배신한 간부를 갑자기 뒤에서 때려죽였는데 난 좀 신사적으로 바꿨어."

야구 배트를 테이블 위에 올려놓은 이광이 윤방철을 보았다.

"자, 그럼 간부회의에 두 번 불참한 인간들을 불러라."

"예, 회장님."

윤방철이 어깨를 부풀리더니 다시 출석부를 보았다. 그때 이광이 손을 들었으므로 윤방철이 입을 다물었다.

"두 번 불참한 간부는 몇 명이냐?"

"예, 여덟 명입니다."

"그럼 한 번 불참한 간부는?"

"예, 열넷입니다."

"그럼 세 번 다 제대로 출석한 간부는 여덟 명뿐이로군."

"예, 첫 회의에 여덟 명이 참석했습니다, 회장님."

머리를 끄덕인 이광이 앞에 놓인 야구 배트를 들고 조백진을 보았다.

"두 번 빠진 간부들은 한쪽 어깨만 박살을 내라."

"예, 회장님."

조백진이 서둘러 다가와 야구 배트를 받아 쥐었을 때 이광이 말했다.

"반항하는 놈은 머리통을 깨뜨려라."

"예, 회장님."

그때 윤방철이 다시 호명했다.

"대현실업의 홍배석 사장!"

"예, 저는……."

사내 하나가 벌떡 일어나 해명을 하려는 듯이 입을 벌렸다가 곧 두 사내에게 양팔이 잡혔다. 서둘러 다가간 조백진이 사내가 테이블에 엎드리기도 전에 배트를 휘둘러 어깨를 부쉈다.

"아이고!"

다시 회의실에 비명이 이어졌다. 이광은 의자에 등을 붙이고 앉아 차례로 어깨가 부서지는 간부들을 보았다. 이에는 이, 피에는 피다. 같은 맥락으로 조폭 기반을 바탕으로 형성된 국제그룹 기율을 무역회사 기준으로 잡을 수는 없는 것이다. 양아치는 양아치가 되어서, 더 무서운 양아치가 되어서 상대하는 것이 효과적이다. 양아치와 신사복을 입고 흙탕물 위에서 싸운다면 그건 병신 짓이다. 아예 질 작정을 한 것이나 같다. 곧 여덟 번의 비명이 그쳤고 33명 중 11명이 늘어졌다. 22명이 남았다. 그때 윤방철이 이광을 보았다.

"한 번 불참한 간부 14명이 남았습니다, 회장님."

이광이 머리를 끄덕였다.

"그 열넷은 불참 사유서를 받기로 하고 끝내지."

"예, 회장님."

그때 이광이 어깨를 펴고 온전한 스물둘을 둘러보았다.

"명동파 강일천이가 오늘 아침에 디졌다는 거 알지?"

"예, 회장님."

온전한 스물둘이 일제히 대답하는 바람에 회의실이 울렸다. 엎드렸다가 늘어져 있던 열한 명은 신음을 뚝 그쳤다. 이광이 말을 이었다.

"내가 보기에 자살한 것 같은데 우리 국제그룹 입장에서는 기반을 넓힐 절호의 기회다. 분발해야겠다, 알았나?"

"예, 회장님."

이번 대답은 더 커서 메아리까지 일어났다.

"예, 백갑상입니다."

백갑상이 대답했다. 오후 3시 반, 명동병원의 영안실로 걸려온 전화다. 그때 수화구에서 사내가 말했다.

"백 부장, 나 국제건설 윤방철이오."

"아, 윤 부장."

백갑상이 숨을 들이켰다. 윤방철이 어디 있는지도 모르게 한직으로 밀려나 5년 가깝게 사라져 있다가 요즘 국제그룹 실세가 되었다. 그것은 새로 회장이 된 이광과의 인연 때문이라는 것은 모두가 안다. 어떤 인연인지는 알 수 없지만 대번에 최측근인 기조실 부장으로 임명했으니 조직 사회가 떠들썩했었다. 그때 윤방철이 말했다.

"삼가 애도를 표합니다. 우리 회장님께서도 애도 말씀을 전하라고 했습니다."

"고맙습니다."

"회장님이 백 부장의 외사촌 형님이 되시지요? 그래서 더 애통하시겠습니다."

"아, 그거야, 뭐……."

"자살하셨다고 들었는데 유서라도 발견했습니까?"

"아니, 그건…… 그런데."

백갑상이 어깨를 부풀렸다가 내렸다.

"내가 좀 바빠서 말이오."

"우리 회장님이 좀 보자고 하십니다."

"예?"

백갑상의 시선이 앞쪽 영안식장을 훑어보았다. 비었다. 1백 평 규모의 영안식장 안에 모인 손님은 20명 정도. 그중 10명이 백갑상의 부하들이었고 간부급은 제일유통 사장인 정형준뿐이다. 정형준이 머리를 돌려 백갑상을 보았다. 가라앉은 표정이다. 그때 백갑상이 물었다.

"무슨 일로 보시자는 거요?"

"거기 영안식장에 간부급들 없지요?"

불쑥 윤방철이 묻자 백갑상은 눈을 부릅떴다.

"이것 봐, 당신……."

"김춘택이하고 박상만이가 지금 아시아호텔과 명동회관에서 세력을 모으고 있는 것을 알고 있지요?"

숨을 들이켠 백갑상이 어금니를 물었다. 그렇다. 김춘택은 제일건설 전무로 강일천의 최측근이며 죽으라면 죽는시늉을 했던 충성파다. 강일천과 함께 명동파를 일으킨 동지였지만 철저하게 복종했기 때문에 다른 동지들은 다 제거되었지만 살아남았다. 그런데 강일천이 죽었다는 사실이 확인되자마자 영안실에도 나타나지 않고 아시아호텔에서 세력을 모으고 있다. 그리고 박상만 이놈은 김춘택보다 더하면 더했지 뒤지지 않았던 충성파로 유통의 전무를 맡고 있었던 놈이다. 강일천이 의리의 사내라고 칭찬했던 놈이 영안식장에는 얼굴도 보이지 않고 명동회관에서 동조자를 모으고 있다. 죽은 강일천이 벌떡 일어날 만큼 분할 노릇이었다. 그때 윤방철이 말을 이었다.

"옛날, 우리도 회장이 당했을 때 똑같은 일이 일어났지요. 그 문제를 해결해버린 사람이 누군지 아시오? 우리 회장님, 그러니까 지금 회장님이란 말씀입니다. 지금 회장님이 고성규 회장님을 만드신 분이지요."

윤방철의 목소리에 열기가 띠어졌다.

"그래서 회장님이 백 부장을 찾으시는 거요. 이제 이해가 되시오?"

"무슨 일이야?"

오금봉이 눈썹을 모으고 앞에 앉은 하동일을 보았다. 하동일도 진급을 해서 지금은 부장이다. 안기부 안가(安家) 응접실 안, 오후 4시, 하동일이 보고할 것이 있다면서 이곳으로 달려온 것이다. 유선상으로 보고하기 어렵다는 말이어서 오금봉도 긴장하고 있다. 하동일이 숨을 고르고 나서 대답했다.

"국제그룹에서 조금 전에 대대적인 인사 개편을 했습니다."

오금봉은 시선만 주었고 하동일이 말을 이었다.

"최고 간부급 33명 중에서 8명만 제 자리를 지켰고 나머지 25명은 교체되었습니다."

"25명이나?"

숨을 들이켠 오금봉이 이맛살을 찌푸렸다.

"이광 씨가 너무 과격하게 몰아붙이는 거 아냐? 잘린 놈들 반발이 심할 텐데."

"예, 그런데……."

어깨를 치켰다가 내린 하동일이 오금봉을 보았다.

"오늘 오전 회의에서 일이 일어난 것 같습니다."

"뭔데?"

"서울 근교의 병원에 최고 간부급 3명이 어깨뼈가 박살이 나서 입원한 것이 파악되었습니다. 그런데 그자들이 모두 이번에 교체된 자들이고 소문은 여러 명이 더 있답니다."

오금봉이 입을 딱 벌렸다.

"아니, 그러면."

오금봉이 숨을 들이켜고 나서 물었다.

"누가 그런 거야?"

"이것도 소문입니다만……."

"또 소문?"

"예, 현재 확인 중입니다만 어느 정도 정확합니다."

"그게 안기부 부장이라는 작자가 보고하는 거냐?"

"급해서 확인도 못 하고 보고 드리는 것입니다."

"말해봐, 어서."

"이광 씨가 야구 배트로 팼다는 것입니다. 양쪽 어깨가 박살이 나서 병신이 된 놈들이 여럿이라는 겁니다."

"으음."

"처음에는 이광 씨가 했다는 말이 믿기지 않다가 시간이 좀 지나니까 이광 씨답다는 생각이 들었습니다."

"으음."

"그, 편의점공작대라고 했지 않습니까? 그 부대가 굉장히 센 부대인 것 같던데요."

"하 부장, 자네 군대 갔다 왔어?"

"예, 공군 중위로 제대했습니다."

"편의공작대야, 편의점이 아니라고."

"예, 국장님, 어쨌든……."

"그래, 이광이야."

숨을 들이켠 오금봉이 길게 숨을 뱉었다.

"우린 지금 애국하는 거야, 하 부장."

"그렇습니다."

어깨를 편 하동일의 눈빛이 강해졌다.

"솔직히 이놈의 정권은 무슨 짓을 하는지 모르겠습니다. 도대체……."

"쉿."

미간을 좁힌 오금봉이 빈 사무실을 둘러보는 시늉을 하더니 말을 이었다.

"놔둬, 지금 제대로 잡아가고 있으니까."

"예, 국장님."

"전화위복이 되었어."

"과연 그렇습니다."

"이광이 국제그룹뿐만이 아니라 명동파의 제일그룹까지 장악할 수 있을 것 같고."

이제는 머리만 끄덕이는 하동일을 향해 오금봉이 눈을 가늘게 뜨고 웃었다.

"이번에는 국개위의 암 덩어리가 떨어졌으니까."

그 시간에 이광이 백갑상과 마주 보고 앉아 있다. 이곳은 신촌의 파라다이스호텔 스위트룸, 이광이 앉은 소파 뒤쪽에는 윤방철을 비롯해서 국제그룹 최고위 간부 10여 명이 앉지도 못 하고 부동자세로 서 있었는데 분위기가 엄숙했다. 백갑상 입장에서는 엄숙한 것이 아니라 위압적이다. 백갑상은 혼자 빠져나왔기 때문이다. 그때 이광이 똑바로 백갑상을 보았다. 백갑상이 시선을 마주쳤다가 곧 내렸다. 이광의 분위기에 압도되었기 때문이다. 젊다. 30대 초반이라고 들었기 때문에 선입견이 있었던 것은 사실이다. 국제그룹 회장 고성규와 형 동생 하는 사이라고 했어도 그렇다. 그 나이에 꽤 큰 기업을 운영하고 유성상사를 흡수했다는 말을 들었어도 그렇다. 그런데 지금, 10여 명의 간부들을 벽에 부동자세로 붙여 세우고 자신을 똑바로 응시하는 이광의 기세는 죽은 강일천까지 주먹만 하게 보일 만큼 크다. 백갑상이 저절로 입안에 고여 있던 침을 삼키는 바람에 물 한 컵이 목구멍으로 넘어가는 소리가 났다. 넓은 방 안에 10여 명이 모여 있었지만 백갑상의 침 넘어가는 소리가 메아리까지 만들었다. 제 침 넘어가는 소리에 얼굴이 붉어진 백갑상이 숨을 들이켰을 때다. 그제야 이광이 입을 열었다.

"여기까지 오면서 많이 생각했을 것이다. 자, 네 부탁을 듣자."

때려 붙이는 것 같은 말. 말이 형체가 되어서 자신의 몸에 철썩철썩 붙는 느낌이 들었으므로 백갑상은 어금니를 물었다. 머리를 든 백갑상이 이광을 보았다. 그렇다. 생각을 했다. 지금 이광은 다짜고짜 핵심을 끄집어냈다. 이 상황에서 나는 불러서 왔노라고 말한다면 체면이 안 선다. 그때 백갑상이 입을 열었다. 지금 이광이 반말을 던진 것에 대한 반발은 일어나지 않았다. 이광은 국제그룹을 인수한 보스인 것이다. 고성규와 동격, 죽은 강일천과도 동격으로 봐야 한다.

"그 전에 물어볼 말씀이 있습니다."

어깨를 편 백갑상이 똑바로 이광을 응시했다. 자신의 목소리가 곧게 나가고 끝이 떨리지 않는 것을 제 귀로 듣고 배에 힘을 주었다. 이광이 머리를 끄덕였다.

"물어라."

"예, 제 회장님을 누가 죽였습니까?"

찌르듯 묻자 이광이 빙그레 웃더니 대답했다.

"대한민국이."

"알겠습니다."

"자, 그럼 네 부탁을 듣자."

"그 두 놈한테 제일그룹이 넘어가면 안 됩니다. 도와주십시오."

"도와주마."

머리를 끄덕인 이광이 백갑상을 보았다.

"생각했겠지만 네가 네 부하들만 데리고 나한테 와라. 그럼 그 병신 같은 두 놈을 간단하게 처리해주마."

백갑상이 숨만 들이켰을 때 이광이 소파에 등을 붙였다.

"국제그룹과 제일그룹이 합병하는 거다."

그날 밤 9시가 되었을 때 이광이 소공동의 팰리스호텔 라운지로 들어섰다. 안에서 기다리고 있던 사내가 말없이 이광을 안쪽 밀실로 안내하더니 문을 열었다. 방 안으로 들어선 이광이 자리에서 일어서는 오금봉을 보았다.

"바쁘시네요."

탁자를 사이에 두고 마주 보며 앉았을 때 오금봉이 거두절미하고 말했다.

"백갑상하고는 잘되었습니까?"

"예, 강일천의 동산은 가족들이 가져가겠지요. 하지만 사업체나 부동산은 제일그룹에 남게 될 겁니다."

이광이 말을 이었다.

"백갑상이 조직원과 함께 국제그룹에 합류하기로 했습니다."

오금봉이 천천히 머리를 끄덕였다.

"김춘택과 박상만이한테 와락 쏠렸으니까 어쩔 수 없었겠지요."

강일천이 죽자마자 중간 간부 이상의 80퍼센트가 둘에게 흡수된 것이다. 흡수되었다고 하기보다 제 발로 몰려갔다고 해야 맞다. 비정한 세상이지만 그것을 나무라는 인간이 오히려 시대에 뒤진 것이다. 오금봉이 머리를 조금 기울였다.

"괜찮을까요? 백갑상이 지분은 20퍼센트도 되지 않는데, 김춘택, 박상만이 벌써 영업장 사장들을 회유해서 80퍼센트 가까운 지분을 획득했단 말입니다."

"백갑상은 행동대를 쥐고 있거든요."

이광의 얼굴에 웃음이 떠올랐다.

"강일천이 단련시킨 행동대 대부분을 아직도 백갑상이 쥐고 있습니다."

"몇 명입니까?"

"60명 정도."

"우리도 파악하지 못했는데, 그건 김춘택, 박상만도 알고 있겠지요?"

"윤곽만 알고 있을 정도라고 합니다."

"비장의 카드로군."

한숨을 뱉은 오금봉이 지그시 이광을 보았다.

"상부에서 상당히 신경을 쓰고 있어요, 이 사장님."

오금봉이 말을 이었다.

"국개위의 방해 세력은 당분간 제거되었지만 국제그룹에 이어서 제일그룹까지 이 사장님이 손을 댄다면 기존의 사업체까지 위험해질 가능성이 큽니다."

"저는 이 기회에 국제그룹은 물론 제일그룹도 모두 양성화시킬 겁니다."

이광이 똑바로 오금봉을 보았다.

"모두 밝은 햇빛 아래로 내놓겠다는 말입니다. 세금 확실하게 내는 사업체로 만든다는 것이지요."

"아, 그렇다면야……."

오금봉이 말했지만 이맛살이 조금 찌푸려져 있다.

"가능할까요?"

"국제그룹은 이제 시작했습니다. 제일그룹이 확보되면 함께 시작할 겁니다."

오금봉이 천천히 머리를 끄덕이더니 다시 물었다.

"김춘택, 박상만은 어떻게 하실 겁니까?"

"그놈들이야말로 이 사회의 암적인 존재들이지요."

이광이 동문서답했다.

"독소만 생산하는 놈들입니다."

120

그날 밤 이광의 팔을 베고 누워 있던 강은서가 불쑥 물었다.

"나영찬이 잘 있어?"

"응?"

생각에 잠겨 있던 이광이 강은서의 어깨를 당겨 안았다. 방 안의 열기가 조금 가셔지면서 알몸에 서늘한 기운이 덮였다. 이광이 침대 시트를 당겨 둘의 몸을 덮었다. 이곳은 강은서의 침실 안이다. 벽시계가 오전 12시 반을 가리키고 있다. 벽에 붙여진 아이 침대에서는 상철이 깊게 잠이 들었다.

"그래, 지금 카이로에 있어."

이광이 대답하자 강은서가 눈을 크게 떴다.

"카이로? 거기서 뭐해?"

"여행사 사장이야."

"응? 여행사? 사장?"

강은서가 이제는 머리를 들고 이광을 보았다. 머리칼이 젖은 이마에 붙었고 얼굴은 아직도 상기되어 있다.

"어떻게 된 건데?"

"내가 여행사 차려 주었단 말이지. 지금은 직원이 여덟 명이야, 미니 버스가 2대."

"어머나!"

"일에 재미를 붙인 모양이야. 다음 달부터는 순이익을 올릴 수 있다고 했어."

"별일이네."

"처음으로 생산적인 일을 하는 거지."

이광이 강은서의 어깨를 당겨 다시 팔에 눕혔다. 그러고는 이마에 입술을 붙이고는 말했다.

"너처럼 말이야."

"나는 아냐."

강은서가 머리를 저었다.

"난 자기를 보면서 이렇게 나라가 지탱이 되는구나 하는 믿음이 생겨."

"그게 무슨 새가 똥 누는 소리야?"

"자기 같은 사람들이 나라를 이끌어 간다는 것이지."

강은서가 두 팔로 이광의 허리를 감싸 안았다.

"이렇게 다 포용해서 같이 살아간다는 것, 나나 나영찬이 같은 부류도."

"내가 널 포용하는 걸 얼마나 좋아하는데."

이광이 강은서의 몸 위로 오르면서 말하다가 허리를 꼬집었다. 세게 꼬집는 바람에 방 안에 신음이 터졌다.

시간이 나는 대로 회사 일을 했지만 푸저우와 리비아는 전화로 처리할 수가 없는 상황이 되어 있었다. 푸저우 생산 공장은 아직도 황학수 회장이 머물고 있었는데 예상의 65퍼센트를 달성했다는 것이다. 그것은 생산 능력이 한국 공장의 65퍼센트라는 말이었다. 3개월 반 만의 일이었으니 그만하면 대성공이다. 이광이 현장에 가서 확인을 해야 될 사항이다. 그리고 리비아는 시급했다. 카다피가 날짜까지 정해놓고 부른 것이다. 그날이 나흘 후로 다가왔다. 이제 막 강일천의 제일그룹을 분해, 흡수하려는 시기였지만 급하게 서둘 것도 없다는 생각이 들었다. 아직 명동파의 제일그룹은 김춘택과 박상만이 주도권을 잡으려고 악을 쓰는 상황이 되어 있다.

"당분간 두 놈이 싸우도록 놔두기로 하지."

이광이 백갑상에게 말했다.

"우리가 지금 불쑥 나선다면 두 놈이 연합해서 우리부터 해결하려고 할 테니까 말이야."

"그렇습니다, 아직 둘의 세력이 엇비슷하거든요."

백갑상도 남의 일처럼 말했다. 현재 백갑상은 제일유통의 총무부장 직위는 유지하고 있지만 전처럼 계열사, 영업장에 대한 영향력은 대폭 줄어들었다. 김춘택, 박상만이 나눠서 장악했기 때문이다. 국제건설의 회장실 안이다. 소파에는 이광과 윤방철, 백갑상 셋이 둘러앉았는데 요즘 윤방철과 백갑상은 함께 있는 경우가 많다. 둘이 두 그룹의 행동대를 이끌고 있기 때문이다. 오전 10시 반이다. 그때 방문이 열리더니 백갑상의 심복 박치구와 함께 사내 하나가 들어섰다. 40대쯤으로 보이는 사내다. 사내가 이광을 보더니 허리를 꺾어 절을 했다.

"아, 김 형, 여기 앉으세요."

이광이 사내에게 앞쪽 자리를 눈으로 가리키며 말했다. 백갑상 옆자리다.

"예, 회장님."

다시 공손히 인사를 한 사내가 조심스럽게 자리에 앉는다. 건장한 체격, 넓은 얼굴, 눈이 작지만 반짝였고 입술은 꾹 닫혀졌다. 머리도 단정하게 깎고 양복도 말쑥했지만 어색하다. 양복 차림에 익숙하지 않았기 때문일 것이다. 사내 이름은 김태수, 죽은 강일천과 함께 명동파를 일으킨 공신이었지만 10년쯤 전에 도태된 인물, 지금 머리를 치받으며 싸우고 있는 김춘택과 박상만의 대선배가 된다. 이광이 오금봉의 도움을 받아 강릉에서 통닭집을 하고 있는 김태수를 찾아 데려온 것이다. 백갑상이 데리러 갔기 때문에 이야기는 대충 된 상태였고 이광도 한 번 만났다. 이광이 말했다.

"김 형이 제일유통 전무로 발령이 날 거요. 그러니까 김 형 중심으로 기반을 굳혀 보시오."

"예, 회장님."

김태수가 번들거리는 눈으로 이광을 보았다.

"맡겨주신 일은 최선을 다해서 처리하겠습니다."

"백 상무가 도와줄 테니까."

백갑상은 이제 상무로 승진되었다. 그동안 이광은 모회사인 제일유통의 주식 22퍼센트를 사들였다. 이광이 백갑상과 합의를 하고 나서 주식을 대거 인수했던 것이다. 강일천이 편법으로 위장 분산시킨 주식 내역을 백갑상이 알고 있었기 때문에 가능한 일이었다. 이광이 백갑상을 보았다.

"내가 잠깐 나가 있는 동안 내 대리인이 제일유통 주식 30퍼센트를 더 인수할 거야. 그때는 법적으로 제일유통의 대주주가 될 테니까."

이광의 얼굴에 웃음이 떠올랐다.

"그리고 그동안에 김 전무와 백 상무의 기반도 어느 정도 굳어 있겠지."

그사이에 김춘택과 박상만의 싸움은 더 격렬해져서 둘 중 하나가 승자가 되더라도 만신창이 상태일 것이다. 이광의 시선이 윤방철에게로 옮겨졌다.

"윤 상무, 네가 적극 도와줘야 할 거다."

"예, 회장님."

윤방철이 기운차게 말했다. 윤방철은 국제그룹 기조실 상무다. 서당 개도 3년이면 시조를 읊는다고 했다. 윤방철은 조직의 생리를 두르르 꿰고 있는 터라 하나를 말하면 둘은 안다. 윤방철의 업무는 협조와 감시 2개의 역할인 것이다.

그날 오후, 이광은 홍콩행 비행기에 탑승했다. 동행자는 10여 명이다. 이번 국제그룹 인수 때부터 사우디 제다에서 달려와 브레인 역할을 했던 진남철과 암만에서 온 타미란과 조백진, 며칠 전에 자금 조달 문제로 쿠웨이트에서 날아온 하사드도 있다. 거기에다 그들이 각각 직원들을 데리고 왔기 때문에 10여 명이나 된다. 그들이 모두 한꺼번에 떠나는 것이다. 홍콩에서 그들은 제각기 다른 방향으로 갈라질 예정이다. 비행기가 이륙했을 때 옆자리에 앉아 있던 하동일이 말했다.

"사장님이 중국과의 관계를 이어줄 가장 중요한 연결자가 되어 있습니다."

이광의 시선을 받은 하동일이 쓴웃음을 지었다.

"외교관보다 몇십 배 더 성과를 올리고 계시지요. 미국 정부까지 사장님의 역할을 특급으로 보호하고 있는데 국개위 인간들만 모르고 있었습니다."

의자에 등을 붙인 이광은 대답하지 않았다. 지금 하동일은 과장급 직원 한 명과 함께 이광을 따라 푸저우에 들어가려는 것이다. 물론 둘의 신분은 유스타상사 직원으로 위장해놓았다. 하동일은 중국 땅에 들어가는 한국의 첫 고위직 정보원이 될 것이다.

공항에는 린린이 마중 나와 있었는데 이광을 보더니 활짝 웃었다.

주위가 환해지는 것 같은 웃음이다.

"푸저우에서 모두 기다리고 있어요."

일행의 여권을 받으면서 린린이 말을 이었다.

"공장의 성과가 훌륭합니다. 황 회장님이 기적을 만드셨다고까지 해요."

"과연 황 회장님이시군."

기분이 좋아진 이광이 소리 내어 웃었다.

"중국 땅에 기적을 만드시다니."

"오늘은 일행이 많네요."

린린이 여권을 직원에게 넘겨주면서 뒤를 따르는 하동일과 안기부 과장 강선택, 비서 안학태를 보았다. 영어로 말했지만 하동일과 강선택의 표정이 굳어졌다.

"아, 우리 기조실에서 생산량 파악을 하려고."

이광이 눈으로 하동일을 가리키며 말했다.

"그래야 오더가 적절하게 배분될 수 있거든."

하동일은 기조실 차장, 강선택은 과장으로 통보된 것이다. 린린은 입국 비자를 받아야 한다. 트랜짓 게이트에서 기다렸던 그들은 곧 푸저우행 중국항공으로 갈아탔다. 비행기가 이륙했을 때 이제는 이광의 옆자리에 앉은 린린이 조금 굳어진 얼굴로 이광에게 물었다.

"한국에서 일은 잘 끝나셨어요?"

"덕분에 잘 끝났어."

머리를 돌린 이광이 린린을 보았다. 옆자리에 있었기 때문에 린린의 검은 눈동자가 이십 센티 거리에서 반짝이고 있다. 들이켠 숨 속에 린린의 독특한 향내가 맡아졌다. 이광이 린린의 눈동자에 박힌 자신의 얼굴을 보았다. 그때 린린이 말을 이었다.

"제일그룹까지 인수하실 건가요?"

"잘 아는군, 린린."

"정보원이 있으니까요."

"고 회장을 만날 수 있겠지?"

"고 회장은 베이징에 갔습니다."

"베이징?"

놀란 이광의 얼굴이 굳어졌다.

"베이징에는 왜?"

"본인이 구경하고 싶다고 해서요. 전화 연락이 되니까 푸저우에서 연락해보시죠."

"잘 지내나?"

"제한 받지 않고 여행 다닐 수 있을 정도죠."

머리를 끄덕인 이광이 길게 숨을 뱉었을 때 린린이 다시 물었다.

"국제그룹에 이어서 제일그룹까지 인수하시면 유흥업계를 장악하게 되시는 건가요?"

"린린이 왜 관심이 많은 거야?"

이광이 되묻자 린린이 상체를 더 기울였다.

린린의 매끄러운 볼이 눈앞에 드러났다. 뽀얀 피부가 무르익은 복숭아 같다. 린린이 말을 이었다.

"우리는 사장님에 대해서 관심이 많은 겁니다. 왜냐하면 우리 푸저우의 경제발전과 직결된 분이기 때문이죠."

"영광이군."

"지난번 고 회장님을 탈출시켜달라는 연락을 받았을 때 푸저우 시당국은 물론 베이징 중앙정부까지 긴장한 상태였지요."

이광이 심호흡을 했다. 거대한 국가인 중국이지만 한국에서 범법자가 탈출해오는 것을 도와주는 상황인 것이다. 그럴 만했다. 그때 린린이 말을 이었다.

"중앙정부의 허락을 받고 고 회장을 탈출시켜 드린 것이지요. 그만큼 이 사장님의 비중이 크다는 증거라고 볼 수 있습니다."

"영광이군."

"주고받는 것이니까요. 당신은 그럴 자격이 있어요."

린린이 낮게 말하더니 눈웃음을 쳤다. 그래서 이광도 낮게 물었다.

"푸저우에서는 우리 둘이 있을 수 없겠지?"

그때 린린이 눈을 흘기더니 입술도 달싹이지 않고 말했다.

"홍콩으로 돌아와서 해요."

"어서 와."

황학수 회장이 두 팔을 벌리며 반겼다. '유스타 푸저우 공장' 사장실 안이다. 이광은 푸저우에 도착하자마자 숙소에 들르지도 않고 이곳으로 온 것이다. 황학수가 다가와 이광의 어깨를 두 손으로 감싸 안았다. 얼굴에 가득 웃음이 떠올라 있다.

"생산량이 67퍼센트야. 이젠 각 팀별로 야근하겠다면서 경쟁을 해."

"그렇습니까?"

"불량률이 0.7퍼센트로 떨어졌어, 7퍼센트에서 말이네!"

"훌륭하십니다."

"내가 훌륭한 게 아냐, 자본주의가 훌륭한 거야."

황학수가 이광 앞에 서류 뭉치를 내려놓았다.

"보게. 경쟁을 시켰더니 어떤 팀은 한국 수준을 뛰어넘었어!"

"정말입니까?"

서류를 펼친 이광이 숨을 들이켰다. 같은 스타일의 한국 공장 생산량이 적혀 있었는데 그것을 뛰어넘은 팀도 있는 것이다. 황학수가 온 얼굴에 주름살을 만들면서 웃었다.

"자본의 위력이야. 공동 생산 체제로는 죽었다가 깨어나도 이런 상황은 안 돼. 1등에서 꼴등까지 차별해서 성과별로 독려하는 자본주의 체제가 나은 거야. 이제 푸저우는 중국 제1의 경제 도시가 될 것이네."

옆에 앉은 강선택은 물론 하동일까지 열심히 메모를 하고 있다. 이것이 현장의 정보일 것이다.

"사장님!"

문이 열리면서 정남희가 들어섰다. 황학수만 없었다면 달려와 안길 기세였다.

"어, 고생 많지?"

이광이 다가온 정남희에게 손을 내밀었다. 그때 황학수가 말했다.

"정 부장이 뛰어나. 리더십도 뛰어나고 특히 기획, 조정력이 발군이야."

그만하면 최고의 찬사다. 이광이 정남희의 부드러운 손을 강하게 쥐었다가 놓았다. 지금은 그렇게밖에 해줄 수가 없다.

"회장님이 잘 이끌어 주셨기 때문이죠."

정남희가 수줍은 얼굴로 대답했다. 황학수의 꿈도 정남희가 옆에서 기획, 조정해주지 않았다면 불가능했을 것이다. 정남희는 이제 '유스타 푸저우'의 실질적인 책임자가 되어 있다. 자리에 앉은 정남희가 이광에게 보고했다.

"국제통상의 물량은 다음 달부터 선적시킬 수 있습니다, 사장님."

"잘 했군."

이광의 얼굴에 웃음이 떠올랐다. 전전긍긍하고 있던 김성규가 펄쩍 뛰면서 반길 것이었다. 김성규가 쥐고만 있던 쿼터 1천만 장을 제대로 소진시킬 수가 있게 되었다. 그때 황학수가 말했다.

"난 당분간 이곳에서 공장 생산관리를 맡을 거야. 그러니까 날 '유스타 푸저우'의 고문으로 발령을 내게."

"그렇게 하겠습니다. 그리고……."

이광의 시선이 정남희에게로 옮겨졌다.

"정남희 씨를 '유스타 푸저우' 사장으로 발령을 내겠습니다."

"당연히 그래야지."

황학수가 대번에 찬성했지만 정남희는 얼굴을 붉히며 사양했다.

"전 과분해요. 아직 경력도 짧은데……."

"그만하면 됐어."

황학수가 자르듯 말했다.

"내가 지켜봤는데 자격이 충분해."

"푸저우 공장을 세계 제일로 만들어야 돼."

이광이 거들었다.

"앞으로 할 일이 많아."

이제 정남희는 '유스타 푸저우'의 37명 법인 직원과 13,500명의 공장 근로자를 관리하는 사장이 된 것이다.

그날 저녁은 푸저우시 당서기와 시장, 시의 고급간부 10여 명이 참석한 환영 만찬이 열렸다. 화기애애한 만찬이 끝났을 때는 오후 10시 반경이다. 시 간부들과 건배를 10번도 더 했기 때문에 황학수는 대취했고 이광과 정남희도 술기운으로 상기되어 있다. 만찬장 앞에서 먼저 황학수를 실어 보내고 회사 차에 둘이 탔을 때 정남희가 말했다.

"제 숙소로 가요."

이광의 시선을 받은 정남희가 정색했다.

"주무시고 내일 아침에 숙소로 돌아가시면 돼요."

예상하지 않았기 때문에 이광이 쓴웃음부터 짓고 물었다.

"괜찮은 거냐?"

"다 알고 있는데요 뭐."

정남희의 얼굴에 그제야 웃음이 떠올랐다.

"제가 사장님 애인이라는 것."

"어떻게 소문이 난 거야?"

이광의 시선이 앞쪽 운전사를 스치고 지나갔다. 중국인 운전사다.

"현지인 사원한테서 들었어요. 제 심복으로 만든 여사원이 있어요."

정남희가 상기된 얼굴로 말을 이었다.

"제가 올 때부터 그런 소문이 쫙 퍼졌다고 하더군요. 그런데 그것이 전혀 이상하거나 불순하다는 분위기가 아녜요."

"……."

"당연한 것처럼 생각하고 있는 거죠."

"중국은 그런가?"

그때 정남희가 쓴웃음을 지었다.

"사장님, 우린 아직 미혼남 미혼녀예요. 불륜이 아니라고요."

"그렇군."

"그리고 내가 불륜의 낙하산이 아니라는 증명도 했고요."

"옳지, 요점이 그것이군."

이광이 활짝 웃었을 때 정남희가 몸을 붙였다.

"보고 싶었어요."

정남희한테서 익숙한 향내가 났다. 정남희만의 체취다.

꿈틀거리며 탄성을 뱉는 정남희는 고양이 같다. 날카롭게 대들면서 할퀴다가 다시 가르릉거리며 엉겨 붙는다. 방 안에 열풍이 휘몰아치고 있다. 눅눅한 습기 속에서 한 쌍의 알몸이 엉켜 몸부림을 친다. 방 안의 불은 켜 놓아서 흩어진 침구, 땀이 배어 번들거리는 몸이 다 드러났다. 이윽고 둘의 몸이 늘어졌을 때 정남희가 가쁜 숨을 뱉으면서 말했다.

"전 만족해요."

"뭐가?"

"이렇게 가끔 만나는 거."

"내가 욕심을 부리게 될 것 같다."

이광이 정남희의 허리를 당겨 안으면서 말을 이었다.

"너하고 같이 있으려고 말이야."

정남희가 알몸을 딱 붙이더니 긴 숨을 뱉었다. 만족한 한숨이다.

서울에서 데려간 안기부 하동일 부장과 강선택 과장은 유스타상사 본사 기조실 직원으로 위장하고 중국에 입국했다. 그리고 강선택은 유스타 푸저우 법인 기조실 과장이 되어서 중국에 남았다. 한국 입장으로 보면 중국에 심은 정보원이다. 강선택이 안기부 과장이라는 사실은 정남희만 안다. 다음 날 오후에 이광은 푸저우를 출발했다. 일행은 이틀간 중국을 둘러보고 귀국하는 하동일과 홍콩까지 동행할 린린이다. 홍콩에서 이광은 리비아로 가야만 한다. 수행원은 비서 안학태 하나다.

"바쁘셨죠?"

비행기가 순항 고도에 떴을 때 린린이 불쑥 물었지만 이광은 금방 무슨 말인가를 알아차렸다. 이광이 옆자리에 앉은 린린을 보았다. 린린은 웃지도 않고 차분한 표정이다.

"바빴어."

린린의 눈동자를 똑바로 보면서 이광이 대답했다.

"정 사장은 내 애인이야."

"몇 번째 애인이죠?"

다시 그 얼굴로 린린이 물었고 이광도 차분한 표정으로 말을 받았다.

"글쎄, 몇 명 돼, 세어보지 않았지만."

"그중에 나도 포함이 돼요?"

"당연하지."

그때서야 린린의 얼굴에 웃음이 떠올랐다.

"그렇다면 난 홍콩 애인인 셈이군요."

"푸저우에서는 좀 그렇잖아?"

"하긴 그렇죠."

"오늘 밤은 같이 있을 수 있어, 홍콩에서."

"바쁘군요."

"아, 글쎄, 그렇다니까?"

이광이 웃자 린린도 따라 웃었다.

린린의 역할이 대단히 중요하다. 푸저우시 당국은 아직 국교가 수립되지 않은 한·중 관계를 고려하여 홍콩에 연락사무소를 설치하고 린린을 책임자로 임명했는데 지금도 대부분의 연락은 홍콩 사무소를 통해 이루어진다. 홍콩사무소 직원은 린린을 포함해서 5명, 유스타상사와 푸저우 공장과의 연락은 물론 출입국 관리까지 맡고 있는 것이다. 린린의 아파트는 항구 근처였는데 고층이었고 낡았다. 30층 정도였지만 한국에는 아직 고층 아파트가 없어서 28층의 창가에 섰더니 다리가 허전해진 느낌이 들었다. 린린의 아파트가 28층인 것이다. 물론 셋집이다. 오후 9시 반, 린린과 저녁을 먹고 나서 아파트로 들어온 참이었다.

"경치는 좋구나."

불야성이 된 항구 근처의 야경을 내려다보면서 이광이 말했다. 아파트는 방 2개에 거실 겸 주방, 욕실이 있었지만 10평쯤 되었다. 그러나 깔끔하게 정리되었고 은근한 향내까지 풍겨왔다.

"이 아파트만 해도 고맙게 생각해야죠, 시 예산에서 쪼개 준 건데."

어느새 가운으로 갈아입은 린린이 옆에 다가와 서서 말했다.

"1년 전세금이 2만 불이나 돼요. 그 돈이면 푸저우에서 저택을 5채 살 수 있다고요."

"이제 중국에서는 부동산 사업이 돼?"

"시작한 지 얼마 안 돼요."

머리를 끄덕인 이광이 린린의 허리를 감아 안고 소파로 다가갔다. 소파 밑에 내려놓은 가방을 든 이광이 린린에게 내밀었다.

"받아."

"뭔데요?"

"운영 자금이야."

"어디 운영 자금?"

"글쎄 받아."

가방을 받은 린린이 무거운지 곧 탁자 위에 놓았다. 둘이 나란히 소파에 앉아 탁자 위의 가방을 보았다.

"열어 봐."

이광이 말하자 린린이 가방의 지퍼를 열었다. 그 순간 린린이 숨을 들이켰다. 가방 안에 100불짜리 뭉치가 가득 들어 있었기 때문이다.

"이거 어디 운영 자금이에요?"

린린이 굳어진 표정으로 묻자 이광이 어깨를 당겨 안았다.

"린린, 네가 써."

"……."

"30만 불이야, 네 마음대로 써."

"……."

"내가 애인한테 주는 돈이다."

"……."

"네가 내 애인이라면 받아. 그렇지, 네가 말한 대로 홍콩 애인인 셈이지."

이광이 린린의 볼에 입을 맞췄다.

"이래야 정상이야, 린린. 네가 비행기에서 말해주는 바람에 깨달았어."

그때 린린이 이광의 손을 끌고 소파에서 일어섰다.

"침대로 가요."

다음 날 오전, 이광과 안학태가 린린의 배웅을 받으며 홍콩 공항의 출국장으로 다가갔다. 출국 게이트 앞에서 이광이 발을 멈추자 린린이 바짝 다가와 섰다. 눈과 눈 사이가 30센티밖에 되지 않는다. 안학태가 대여섯 걸음 앞쪽으로 떨어졌을 때 린린이 이광을 똑바로 응시하며 말했다.

"돈 잘 쓸게요."

"애인한테 주는 돈이야, 린린. 뇌물이 아냐."

이광이 정색하고 말하자 린린이 머리를 끄덕였다.

"사랑해요, 리."

이광이 활짝 웃었다. 가장 적당한 대답이다.

이번에도 로마를 거쳐 리비아의 트리폴리 공항에 도착했다. 미리 연락을 해놓은 터라 공항에는 샤로프가 보낸 군인들이 마중 나와 있었다. 그들을 따라 순식간에 공항 건물을 빠져나온 이광이 샤로프를 만났을 때는 오후 3시 반이다.

"리, 원수께서 저녁 식사에 초대하셨네."

샤로프가 이광의 손을 잡으면서 말했다.

"자네한테는 특전을 베푸시는 것이지. 외국인 중에서 단독으로 만나신 경우는 자네가 처음이야."

"영광입니다. 그런데 무슨 일입니까?"

"그건 나도 알 수 없어."

샤로프가 머리를 저었다.

"여쭤볼 수도 없고. 그저 자네를 부르라고만 하셨네."

머리를 끄덕인 이광이 들고 온 가방을 샤로프 앞쪽 탁자에 놓았다.

"여기 선물 가져왔습니다."

샤로프가 쓴웃음을 짓더니 방 안을 둘러보는 시늉을 했다. 집무실에는 둘뿐이다.

"이봐, 뇌물인가?"

"뇌물 드릴 시기는 지났지 않습니까?"

이광이 웃지도 않고 말하자 샤로프가 입맛을 다셨다.

"하긴 그렇지."

"자수정입니다."

그때 가방을 열어본 샤로프가 숨을 들이켰다. 자수정이 가방에 가득 넣어져 있었기 때문이다. 수백 개다. 투명한 비닐봉지에 넣어졌기 때문에 눈이 부실 정도다. 이광이 서울에서부터 가져온 것이다. 샤로프가 비닐봉지 하나를 들어 보면서 상기된 표정으로 말했다.

"내가 보물 더미에 파묻힌 신드바드가 된 것 같군그래."

"비싼 건 아닙니다."

"이 사람아, 여기서는 엄청나게 비싸."

비닐봉지에서 자수정을 꺼낸 샤로프가 한참 동안을 주물럭거리다가 이윽고 가방을 닫고 나서 이광을 보았다.

"자네가 후세인 대통령 그리고 미국을 연결시켜 주는 역할을 맡고 있어."

이광의 시선을 받은 샤로프가 빙그레 웃었다.

"아주 중요한 역할이지."

그날 저녁, 대통령궁 접견실에서 기다리던 이광이 카다피가 들어서자 머리를 숙여 인사를 했다.

"각하, 알라신의 축복을 받으십시오."

"어, 자네도."

웃음 띤 얼굴로 다가온 카다피가 이광의 손을 쥐었다.

"자네가 한국에서 기업체 두 곳을 인수했다면서?"

"예? 예."

놀란 이광이 어설프게 대답하자 카다피가 이를 드러내고 웃었다.

"나하고 동업을 하는 것이 어때?"

자리에 앉은 카다피가 이광을 보았다.

"내가 자네 배경이 돼줄 테니까 말이야."

"영광입니다, 각하."

앞쪽에 앉은 이광이 조심스럽게 대답하자 카다피가 소리 내어 웃었다.

"그건 나중에 상의하기로 하지, 리."

"예, 각하."

"오늘 저녁은 사막에서 먹기로 하지."

"예, 각하."

"오늘 밤이 기대되지 않나?"

불쑥 카다피가 묻는 순간 이광의 심장이 철렁 내려앉았다. 옆쪽에 앉은 비서실장 하타는 무표정한 얼굴이다. 이광의 눈앞에 아타야의 얼굴이, 뜨거운 몸이 펼쳐졌다가 사라졌다. 그때 카다피가 자리에서 일어서며 말했다.

"그럼 사막에서 보자고."

밤, 사막의 밤이다. 오늘도 별 무리가 천장의 샹들리에처럼 현란하게 비추고 있다. 장대를 들고 별을 따려는 아이들이 있을 만한 풍경이다. 모닥불이 군데군데 피워졌고 모래 위에 깔아놓은 양탄자 위에서 이광은 카다피와 양고기를 먹는다. 커다란 은쟁반에 어린양 한 마리가 통째로 놓였고 밥과 야채 대추야자뿐인 식사였지만 꿀맛 같다. 쟁반에 둘러앉은 사람은 넷, 카다피와 이광, 비서실장 하타와 정보국장 무바라크다. 삶은 양고기를 삼킨 카다피가 물그릇에 손을 담그면서 이광을 보았다.

"곧 우리가 앉아 있는 이 사막 아래로 대수로(大水路)가 지나갈 거다."

이광의 시선을 받은 카다피가 빙그레 웃었다.

"한국 건설 회사가 그 공사를 맡았지. 남쪽에서 사막을 관통하는 대수로야. 직경 4미터짜리 관이 수천 킬로에 이어지는 거야. 사막이 옥토로 변할 것이다."

카다피의 목소리에 열기가 띠어졌다. 이것이 카다피의 대수로 공사다. 그것을 한국 건설 회사가 맡은 것이다.

"리, 자네 군대 갔다 왔나?"

그때 카다피가 물었기 때문에 이광은 생각에서 깨어났다.

"예, 각하."

세 쌍의 시선을 받은 이광이 심호흡을 했다. 여기서 '편의공작대장'이니 '대위' 출신이니 따위로 허풍을 칠 수는 없다.

"예, 3년 동안 군 복무를 했습니다, 각하."

"한국은 징병제도가 잘되어 있더군."

카다피가 머리를 끄덕였다. 그 순간 이광 머릿속에서 수많은 생각이 스치고 지나갔다. 대수로(大水路) 이야기를 하다가 갑자기 군(軍) 이야기는 왜 꺼내는가? 카다피도 후세인처럼 럭비공 스타일이기는 하다. 그때 카다피가 지그시 이광을 보았다.

"월남전(戰)에서 한국군이 용맹을 떨쳤더군. 미군보다 훈련이 더 잘되어 있고 군기가 엄청났어."

"감사합니다, 각하."

월남전이 끝난 지 3년이 지났다. 달러가 없어서 애를 태우던 대한민국은 월남전 특수로 조금 형편이 나아졌다. 월남에 파병까지 하면서 얻은 효과다. 6·25 때 일본이 앉아서 그냥 먹었던 엄청난 경제 이득과는 비교도 안 된다. 한국군이 수천 명의 전상자를 내고 얻은 효과다. 그때 씹던 것을 삼킨 카다피가 이광을 보았다.

"우린 차드와 전쟁 중이야, 알고 있나?"

"예, 각하."

그래서 이번에 미국 무기를 대량 수입한 것이다. 차드는 리비아 남쪽에 국경을 맞대고 있다. 프랑스로부터 1960년에 독립했지만 공용어로 프랑스어를 쓸 정도로 깊은 관계이고 지금도 군사 원조를 받는 상황이다. 카다피가 말을 이었다.

"우린 군사 고문관이 필요해, 베트남전(戰)에서 단련된 한국군 고문관이 말이야."

숨을 죽인 이광이 눈만 크게 떴고 카다피의 목소리가 사막 위로 퍼져나갔다.

"자네가 한국으로 돌아가서 안기부 고위층에 내 이야기를 전해. 대수로 공사 조사단 명목으로 파견하면 될 거야. 고문관은 많을수록 좋지만 우선 5백 명쯤, 보수는 한국군 장성급으로 주겠어."

"……."

"월남전이 끝나서 한국군 용병들이 남아돌 것 아닌가? 외화 획득에도 도움이 되고 말이야. 아마 지원자가 넘쳐날 거야."

"……."

"그리고 미국 정부도 반대하지 않을 거야. 차드에서 프랑스 영향력이 커지는 것을 좋아하지 않거든. 아마 모르는 척 눈을 감아주리라 생각해."

카다피의 얼굴에 웃음이 떠올랐다.

"내가 이번에 미국 무기까지 구입해줬으니까 토레스사(社) 측에서도 미국 정부에 로비를 할 것이고, 전쟁이 계속되어야 무기를 팔아먹을 테니까."

카다피가 이제는 물그릇에 손을 씻으면서 마무리를 했다.

"세상은 서로 이용하는 관계로 엮여서 나아가고 있다네. 그리고 그 관계를 적절하게 이용하는 자가 승자지."

숙소로 지정된 텐트로 들어선 이광이 숨을 들이켰다. 예상은 했지만 안에서 아타야가 기다리고 있었기 때문이다. 이광의 시선을 받은 아타야가 자리에서 일어섰다. 히잡을 쓰고 있었지만 얼굴에 수줍은 웃음이 떠올라 있다.

"아타야, 다시 만났군."

다가선 이광이 말하자 아타야가 똑바로 이광을 보았다.

"보고 싶었어요."

"나도 그래, 아타야."

아타야가 히잡을 벗자 파마한 머리가 쏟아지듯 어깨 위로 늘어졌다.

"오셨다는 말 듣고 기뻤어요."

"나도 그래."

이광이 재킷을 벗자 아타야가 받아들었다. 자연스러운 동작이다. 이광은 아타야가 무엇을 하는지, 어디 사는지도 모르고 있다는 것을 깨달았다. 텐트에는 욕실도 마련되어 있다. 샤워기가 설치되어 있는 것이다. 욕실에는 갈아입을 파자마도 준비되어 있어서 씻고 갈아입고 나왔더니 아타야도 원피스 차림이 되어 있었다. 밤 10시 반이다. 사막에 세워진 텐트여서 TV는 물론 없다. 오늘도 뚫린 천장에서 별 무리가 거대한 샹들리에처럼 반짝이고 있다. 침대에 누운 이광이 옆으로 파고드는 아타야의 어깨를 당겨 안으면서 물었다.

"아타야, 지금 뭐하고 있어?"

"중학교 교사예요."

아타야가 이광의 가슴에 얼굴을 붙이면서 말을 이었다.

"카이로에서 대학을 나왔고요, 나이는 스물넷, 이제야 물어 보시는군요, 리."

트리폴리에서 카이로 공항에 도착했을 때는 오후 2시 반이다. 공항 입국장에는 나영찬이 기다리고 있었는데 이광을 보더니 활짝 웃었다.

"형님, 어서 오십시오."

"이젠 여행사 사장이 어울리는구나."

이광이 나영찬의 어깨를 감싸 안으면서 말했다. 나영찬은 말쑥한 캐주얼 차림으로 얼굴도 환해졌다. 직원들에게 가방을 맡긴 이광이 나영찬과 함께 공항 건물을 나와 차에 올랐다.

"최 전무는 지금 프랑스 단체 여행자들을 인솔하고 룩소르에 가 있습니다."

차가 출발했을 때 나영찬이 보고했다.

"이번 달에 관광버스 5대를 더 주문하고 전세 비행기 계약을 할 겁니다."

"잘하는구나."

"목표를 상향 조정해야 될 것 같습니다."

"네가 관리를 잘하기 때문이지."

이광이 웃음 띤 얼굴로 나영찬을 보았다.

"네 경영 능력, 특히 경리가 탁월한 거다. 난 너를 발탁했다는 것에 자부심까지 느끼고 있어."

"아이구, 과찬이십니다."

나영찬이 손으로 뒷머리를 긁으며 쑥스러워했다. 그러나 사실이다. 나영찬은 카이로의 '리스타여행사' 대표가 된 후에 비약적으로 회사를 성장시켰다. 처음에 최국진과 현지 직원 셋까지 5명으로 시작된 회사다. 6개월이 지난 지금 '리스타여행사'는 직원 155명, 버스 24대, 전속 여객선 2척, 전속 호텔과 모텔 127개소, 이제는 전세 비행기도 도입할 예정인 것이다. 더구나 본사인 '리스타상사'로부터 거의 자금 지원을 받지 않은 상태에서 현지 금융기관으로부터 융자를 받아 이렇게 성장시켰다. 그때 나영찬이 머리를 돌려 이광을 보았다.

"제가 월급의 반을 한국으로 송금시키고 있는 것 알고 계시지요?"

"그래."

의자에 등을 붙인 이광이 얼굴을 펴고 웃었다.

"오 국장한테서 들었다."

"오 국장도 알고 있군요."

"안기부가 허수아비인 것 같으냐? 다 알면서도 눈감아 주는 거야."

"형님 때문입니까?"

"별로 해가 되지 않기 때문이겠지."

나영찬은 이곳에서 받은 월급의 절반을 한국에 있는 운동권 동지들에게 꼬박꼬박 송금해주고 있는 것이다. 그때 나영찬이 길게 숨을 뱉었다.

"형님, 전 다시 운동은 못 할 것 같습니다."

이광의 시선을 받은 나영찬이 쓴웃음을 지었다.

"이 일이 제 적성에 맞아요. 적성에 맞는 일을 한다는 것이 이렇게 보람될 줄은 상상도 못 했습니다."

"잘된 거야, 나도 기쁘다."

"형님이 제 은인입니다."

"나도 네 덕분에 사업체가 커져서 좋은 거지."

"이렇게 번 돈을 운동권 자금으로 기부하는 것에 만족해야 될 것 같습니다."

"내가 어떻게든 그것은 방해받지 않도록 해줄게."

"감사합니다, 형님."

"최국진은 어떠냐?"

이광이 화제를 돌리자 나영찬의 얼굴에 쓴웃음이 띠어졌다.

"영업 능력은 뛰어나지만 자금 관리에 허점이 많습니다. 지난달에도 교통비, 숙박비 일부를 횡령했다가 저한테 혼났지요."

"어떻게?"

"제가 운동권 간부 아닙니까? 양아치 같은 놈한테는 지독한 양아치가 되어서 다뤄야 합니다."

"옳지."

"창고에다 거꾸로 매달아 놓고 물고문을 했지요. 과장급 간부들을 참석시킨 데서 말입니다."

"어이쿠."

"울고불고하다가 기절을 하더군요. 횡령한 금액은 월급에서 공제하기로 하고 전무 직책은 그대로 됐습니다."

"잘했다."

"제 버릇을 버릴 수 없다는 말이 맞더군요. 몇 달 후에는 귀국시키는 것이 낫겠습니다. 이곳에 있으면 방해가 될 것 같으니까요."

"그때는 내가 손을 쓰도록 하지. 그놈은 외국을 떠도는 것에 익숙해서 언제 잠적할지도 모르니까 여권을 압수해야 돼."

"이미 제가 압수했습니다."

나영찬이 빙그레 웃었다.

"저도 거칠게 살아와서 많이 변했습니다, 형님."

과연 그렇다. 나영찬은 형무소를 여러 번 들락거려서 별 인간을 다 만났을 것이다. 그래서 형무소를 '학교'라고 하지 않는가?

"참, 형님께 이런 말씀 드려야 될지 모르겠는데요."

차가 호텔에 도착했을 때 나영찬이 주춤대며 말했다.

"제 누나 있잖아요?"

이광의 시선을 받은 나영찬의 얼굴이 붉어졌다.

"결혼, 실패했지 않습니까?"

"너한테서 들었잖아?"

"지금 저하고 같이 있습니다."

"어, 그래?"

프론트에서 나영찬의 직원이 곧 키를 받아왔으므로 그들은 곧장 엘리베이터로 다가갔다. 나일강 강변에 위치한 엠퍼러호텔은 '리스타상사'의 전용 호텔이다. 엘리베이터에 탔을 때 나영찬이 말을 이었다.

"제가 혼자 있으니까 좀 불편하기도 해서 어머니하고 누나를 불렀습니다."

"잘했다."

"형님 덕분에 둘을 호강시키고 있지요."

"네가 잘난 때문이지."

"어머니도 이제는 이해하고 계십니다."

"뭐를 말이냐?"

"형님이 돈 가져가신 거요."

이광이 심호흡을 했다. 전(前)에 나영찬의 어머니가 나은현과의 관계를 끊으라고 했을 때 1천만 원을 주면 그러겠다면서 돈을 받아낸 것을 말한다. 이광은 그 돈으로 안창문의 어머니가 슈퍼를 차리도록 했던 것이다. 엘리베이터에서 내려 복도를 걸으면서 나영찬이 말을 이었다.

"어머니가 그때 일이 부끄럽다고 하시더군요, 뵐 낯이 없다고요."

"나 참, 별말씀을 다 하시는군."

당시에는 죽일 놈, 더러운 놈, 했을 것이다. 나은현의 어머니는 바로 나은현에게 그 사실을 털어놓았을 것이고 그 결과는 바로 나타났지 않은가? 그 이후로 나은현은 전화 한 통 하지 않았다. 방은 스위트룸이어서 회의실까지 갖춰져 있다. 방을 둘러본 이광이 만족한 표정으로 말했다.

"여자만 있으면 좋겠다."

조백진이 방으로 들어섰을 때는 오후 5시가 되었을 무렵이다. 조백진은 암만에서 날아온 것이다. '리스타상사' 요르단 지점에서 타미란과 함께 근무하는 동안 조백진의 국제적인 감각이 부쩍 향상되었다. 월남전 용사이기도 한 조백진이다.

"응, 잘 왔다."

조백진의 인사를 받은 이광이 웃음 띤 얼굴로 손을 잡았다.

"네가 할 일이 있어."

조백진이 앞쪽 자리에 앉았을 때 이광이 카다피한테서 들은 고문관 이야기를 해주었다. 조백진은 파월 용사로 화랑무공훈장까지 받고 제대했다. 군 경력으로 보면 이광보다 윗길이다. 이야기를 들은 조백진의 눈빛이 강해졌다.

"정부에서 허락할까요?"

"우리도 모르는 복잡한 계산이 있을 거다, 특히 미국 정부도 알아야 될 테니까."

눈을 가늘게 뜬 이광이 말을 이었다.

"우선 안기부에 카다피 제의를 전하면 정부가 미국 정부하고 상의를 하겠지. 카다피도 그것을 염두에 두고 말한 것이니까."

"그렇군요."

"일이 성사가 되면 고문관도 나를 통해서 리비아로 들어가게 될 거다. 그때 군 경력이 있는 네가 보좌관 역할을 해야 돼."

"알겠습니다."

"이 기회에 미국도 카다피 정권 내부에 영향력을 심으려고 할 거야, 고문관을 통해서 말이지."

이광이 말했다. 상대방의 입장은 내가 그쪽 입장이 되었을 때를 생각하면 읽기가 수월해진다. 이광이 미국 입장이 되어서 생각해본 것이다. 이광의 얼굴에 웃음이 떠올랐다.

"나는 이번에 귀국하면 국제, 제일그룹을 통합시켜야 돼. 둘이 통합하면 엄청난 저력이 생기게 된다."

조백진은 윤곽은 알고 있었기 때문에 시선만 주었다. 이광은 옛 신촌의 카스파였던 국제그룹을 인수했고 다시 명동파가 원류인 제일그룹의 실세 백갑상을 영입했다. 명동파 두목 강일천이 '국개위' 간부 하용수와 짜고 국제그룹을 먹으려다가 아파트 통로에서 미끄러져 죽었기 때문이다. 뻔한 죽음이었지만 금방 덮었고 지금은 간부 두 놈이 조직을 먹으려고 죽기 살기로 싸우는 중이다. 다시 이광이 말을 이었다.

"이런 상황에서 나한테 용병의 중개자 역할이 맡겨진 거야. 기회는 찾는 사람한테 오는 법이다."

그때 회의실에 있던 안학태가 들어섰다.

"사장님, 나은현 씨란 분한테서 전화가 왔습니다."

전화기를 귀에 붙인 이광이 심호흡부터 했다. 앞에 앉아 있던 조백진이 안학태와 함께 회의실을 나가는 바람에 이제 혼자다.

"여보세요."

"저, 나은현입니다."

나은현이 바로 대답했다. 주저하지도, 그렇다고 당당한 목소리도 아니다. 차분한 분위기다. 이광이 가볍게 말했다.

"아, 오랜만이야."

"네, 오셨다고 해서요. 인사를 드리는 것이 나을 것 같아서요."

"나도 영찬이한테서 들었어. 목소리 들으니까 바로 알아듣겠어."

"감사해요."

"어머니도 같이 오셨다고?"

"네, 행복해하십니다, 관광을 다니고 계세요."

"아들이 여행사 사장이니까 관광 실컷 하시겠네."

"도와주셔서 감사해요."

"인사는 됐고."

148

"소식은 자주 듣고 있었습니다."

"그런가?"

"축하드려요."

"고맙고."

"잘되시기를 바랄게요."

"나한테 할 말이 그런 것뿐이야?"

불쑥 이광이 묻자 나은현이 주춤하는 것 같더니 말을 이었다.

"우린 인연이 되지 않은 것 같아요."

"지금도?"

"네?"

"지금도 이어지고 있잖아?"

"그건……"

"나한테 전화하는 건 그런 맥락 아닌가? 미련이 조금도 없어?"

"저는……"

"언제까지 카이로에 있을 거야?"

"좀 오래 있을 것 같아요. 여기 집도 크고 환경도 좋아서……"

"알았어, 어머니한테 안부 전해드려."

"네, 전해 드릴게요."

"그럼……"

이광이 전화기를 내려놓고는 길게 숨을 뱉었다. 인연은 임의로 맺고 끊을 수만은 없다는 것을 실감하고 있다. 인연은 저도 모르는 사이에 다시 이어지기도 하는 것이다.

제4장
비행기가 미사일에 맞았을 때

이광이 귀국한 것은 다음 날 오후 6시경이다. 공항에는 미리 연락을 받은 오금봉이 나와 있었는데 이광은 오금봉과 차에 나란히 앉자마자 본론을 꺼내었다.

"카다피 국가 원수가 한국 정부에 제의를 했습니다."

숨을 들이켠 오금봉에게 이광이 말을 이었다.

"이 제의를 안기부를 통해 전달하라고 하는군요."

"뭐, 뭡니까?"

오금봉이 다급하게 묻고는 침을 삼켰다. 이광이 말하는 동안 오금봉은 숨소리도 죽였다. 이윽고 이광이 말을 마쳤을 때 오금봉이 심호흡을 세 번이나 하고 나서 입을 열었다.

"이건 대통령께 직보를 해야겠군."

이광의 시선을 받은 오금봉이 얼굴을 일그러뜨리면서 웃었다.

"이 사장님도 대통령을 한번 뵐 때도 된 것 같습니다."

"아이구, 난 됐습니다. 후세인, 카다피면 만족해요."

"아니, 우리 대통령은 왜?"

"독재자니까요."

"에이, 여보쇼."

오금봉이 정색을 하고 나무라는 바람에 이광이 숨을 들이켰다. 그러나 할 말은 했다.

"그럼 아닙니까? 지금 학생들이 데모하는데 다 틀렸단 말입니까?"

"틀렸다기보다 말씀 조심하셔야지. 그리고 지금은 민주화 단계로 가기 위한 과정이라고 봐줘도 될 겁니다."

"말이 길면 거짓말이라고 내 아버지가 그러십니다."

"그건 그렇고."

오금봉이 앞쪽 거치대에 놓인 무전기를 집어 들었다. 그러고는 먼저 1차장한테 떠들썩한 목소리로 보고를 하더니 곧 CIA 한국 지부장 코린스하고 길게 이야기를 했다. 이윽고 전화가 끝났을 때는 어느새 이광의 목적지인 강은서의 아파트 앞이다.

"오늘 밤은 푹 쉬시고."

오금봉이 강은서의 아파트를 눈으로 가리키며 말했다.

"내일 회사로 연락드리지요, 이 사장님. 어쨌든 수고 많으셨습니다."

오금봉이 두 손으로 이광의 손을 감쌌다.

"큰일 하고 오셨습니다."

다음 날 아침, 이광은 된장국 냄새에 눈을 떴다. 창밖은 환했고 벽시계는 오전 7시 반을 가리키고 있다. 조금 열려진 침실 문을 통해 주방의 냄새가 흘러온 것이다. 벽에 붙여진 아이 침대에서는 상철이 아직 깨어나지 않았다. 침대에서 일어난 이광이 거실로 나가자 주방에 있던 강은서가 웃었다.

"된장국 냄새에 깼지?"

"그래."

"외국 갔다 오면 된장국 냄새에 민감하더라."

강은서는 헐렁한 원피스 차림에 맨발이다. 소파에 앉은 이광이 물끄러미 강은서를 보았다.

"뭘 봐?"

눈을 흘긴 강은서가 돌아서서 그릇을 챙겼다. 이광이 강은서의 등에 대고 말했다.

"나영찬이 사업 능력이 뛰어나. 여행사를 6개월 만에 30배 규모로 신장시켰어."

"그래?"

강은서가 웃음 띤 얼굴로 이광을 보았다.

"그럼 사업을 시켜, 운동권은 그만두라고 하고."

"둘을 병행하고 있어. 제 월급의 절반은 운동권 자금으로 송금하고 있어."

"내가 본받아야 되겠네."

강은서는 운동권에서 손을 뗀 것이다. 그때 전화벨이 울렸다. 강은서가 서둘러 전화기를 들었다가 곧 이광을 불렀다.

"오 국장님 전화."

전화기를 받아든 이광이 소파에 앉았다.

"예, 접니다."

"이른 시간에 미안합니다."

"아닙니다, 일어났습니다."

"저희들은 부장님 보고까지 다 마친 상태고요, 오늘 오전 11시에 부장님이 대통령 각하하고 만나십니다."

오금봉이 활기찬 목소리로 말을 이었다.

"부장님이 대통령께 보고하시고 나서 이 사장님을 부르실지 모릅니다."

"부장님이요?"

"아니, 대통령 각하께서 말씀이죠."

이광이 입맛만 다셨을 때 오금봉이 서두르듯 말을 이었다.

"그래서 말씀인데요, 11시쯤 소공동 안가에서 뵈었으면 좋겠는데요. 정장 차림으로, 양복과 넥타이 색깔은 좀 짙은 색이 좋습니다. 남색이나 진회색으로……."

"그런 색깔은 없는데요."

"아이구, 내 참, 내가 준비를 하지요. 그럼 11시에 뵙겠습니다."

전화가 끊겼을 때 이광이 이맛살을 찌푸렸다. 그때 강은서가 이광에게 물었다.

"뭐래?"

"여자 하나 소개시켜준다는군."

"잘됐네."

강은서가 얼굴을 펴고 웃었다.

"내가 덜 귀찮게 될 것 같네."

오전 12시 반이 되었을 때 이광은 오금봉과 함께 청와대로 달려가는 차 안에 앉아 있다. 이광은 말쑥한 양복 차림이었지만 찌뿌듯한 표정이었고 오금봉은 굳어 있다. 오금봉도 대통령 면담은 처음이라고 했다. 차가 청와대 정문을 통과해서 본관 1층의 소회의실에 도착할 때까지 검문이 3번 있었다. 본관 안에서는 소지품 검사까지 2번을 더 했다. 회의실에 들어선 둘은 의전관이 지정해준 끝 쪽 자리에 앉았는데 장방형 테이블의 자리는 여섯 개였다. 이윽고 오후 1시 5분이 되자 의전관이 들어와 말했다.

"대통령 각하께서 오십니다, 일어나세요."

오금봉이 벌떡 일어섰고 이광은 부스럭대며 일어났다. 그때 대통령이 세 사내를 대동하고 들어섰는데 이광은 둘만 얼굴을 알아보았다. 대통령하고 안기부장이다. 나머지 둘은 모르겠다. 그때 대통령에게 안기부장 최도광이 오금봉부터 소개했다.

"각하, 해외작전국장 오금봉입니다."

"오!"

대통령이 웃음 띤 얼굴로 손을 내밀었고 오금봉이 허리를 45도 꺾으면서 손을 잡았다. 얼굴에 '황공무지로소이다'라고 쓰여 있다. 그때 최도광이 이광을 소개했다.

"각하, 리스타 상사의 이광 사장입니다."

유스타 상사로 상호를 바꿨는데 까먹은 것 같다. 대통령이 다시 머리를 끄덕이며 웃었다.

"이 사장이 수고가 많아요."

"감사합니다, 각하."

이광이 대통령이 내민 손을 잡았고 머리는 15도쯤 숙였다.

"자, 앉읍시다."

대통령이 자리에 앉으면서 말했는데 두 사내는 소개시켜 주지도 않았다. 대통령은 마른 체격에 피부도 검었다. 눈매가 날카로웠지만 이광을 향했을 때는 눈빛이 약해졌다. 그러나 독재자다. 강은서는 물론 나영찬에게도 대통령 이름을 대는 순간 펄펄 뛸 만큼 증오의 대상인 인물. 그러나 정치에 관심이 없는 이광에게는 '강한 인간' 정도의 존재일 뿐이다. 정신없이 수출을 하고 해외시장을 쥐가 곳간을 공략하듯이 분주하게 드나들면서 이것이 '정치'를 잘 했기 때문이라고 생각한 적도 없다. 이광뿐만이 아니다. 대부분의 수출 일꾼이, 기업인들이 그렇다. 오히려 '국개위'라는 개떡 같은 조직을 만들어서 방해까지 하지 않았던가. 그때 대통령이 이광에게 물었다.

"이 사장, 지금 나이가 몇인가?"

"예, 서른셋입니다."

"허, 서른셋."

대통령이 눈을 가늘게 뜨고 웃었다.

"그 나이에 큰 회사 사장이 되었구먼, 내 나이 때는 세계적 기업가가 되겠어."

이광이 대통령의 나이가 딱 50세가 되었다는 것을 떠올렸다. 대통령은 44세 때 별 2개짜리 육군 소장이었다가 쿠데타를 일으켜 단숨에 대한민국을 먹었다. 이광처럼 말단 신입에서부터 온갖 곡절을 겪으면서 대리, 과장 부장을 거쳐 사장에 오른 것이 아니다. 뭔 소리여? 하고 싶었지만 이광이 숨만 쉬었을 때 대통령이 다시 물었다.

"카다피한테서 제의를 받았다고?"

"예, 각하."

"그 사람 나이가 몇이지?"

"카다피 말씀입니까?"

"그래."

옆쪽에 앉은 사내들이 입을 꾹 다물고는 눈동자만 굴리고 있었기 때문에 이광과 둘의 문답이 되었다. 무하마드 카다피는 1942년생이다. 그러니 1977년인 현재 35세다. 대통령보다 15살 연하다. 카다피는 27살 때인 1969년에 중위 계급장을 달고 쿠데타를 일으켰다. 대통령은 1961년에 소장으로 쿠데타를 일으켰으니 시기나 계급으로 봐도 대선배다. 뻐길 만하다. 이광이 공손하게 대답했다.

"예, 35살입니다."

"나보다 15살 연하인가?"

"예, 각하."

"성격이 어때? 알려진 대로 난폭하고 제멋대로인가?"

"아닙니다, 제가 보기에는 사려가 깊고 신중합니다. 그리고 절제력이 강합니다."

"오, 그래?"

눈을 가늘게 뜬 대통령이 머리를 끄덕였다. 둘러앉은 안기부장, 작전국장, 그리고 두 사내는 입에 자물쇠를 채운 것처럼 숨만 쉬고 있다. 그때 대통령이 다시 물었다.

"우리한테 용병을 파견해 달라고 했는데, 이 사장 생각은 어때? 카다피를 믿고 우리 군인들을 보낼 수 있겠느냐는 말이야."

"제 생각을 물으십니까?"

"그래."

대통령의 눈에 웃음이 떠올랐다.

"정책적인 관계, 국제적인 문제는 다른 전문가들이 검토할 거야. 나는 카다피를 여러 번 접촉한 이 사장한테 카다피를 믿고 우리 군인들을 보낼 수 있겠느냐고 묻는 거야."

"예, 카다피는 믿을 만합니다, 각하."

"조건이 나빠졌다고 배신하지 않을까?"

"예, 각하."

"이 사장 같으면 가겠나?"

"예, 갑니다, 각하."

"이 사장이 병장으로 제대했지? 공비를 잡고 하사 달았다가 한 달 만에 강등되었더군."

"예, 각하."

"된장 팔아먹었어?"

"제 분대원이 저 모르게……."

말이 빗나갔지만 대통령은 이 화제가 마음에 드는 모양이었다. 얼굴에 웃음기가 가득 번졌지만 이광은 그 반대다. 똥을 싸고 휴지가 없어서 변기에 그냥 앉아 있는 분위기가 되어 있다. 다시 대통령이 물었다. 당시의 심문서까지 다 읽은 것 같다.

"그, 분대원이 된장을 갖고 오입을 하러 갔단 말이지?"

"예, 각하. 조영관이라고 사고자인데……."

"그놈이 하다가 잡혔어?"

"예, 그 민가에서……."

"벗고 있었던 거야?"

"저는 모릅니다, 각하."

"그 자식, 싸기나 하고 잡혔어야 일이 공정하게 돌아가는 건데."

"예?"

"싸지도 못 하고 잡혔다면 억울하지 않겠느냐 말이야, 세상일이 다 그래."

"예, 각하."

"이번 리비아 고문관 파견도 싸지도 못 하고 나오면 안 돼. 미국 놈들이 하라는 대로만 해서는 안 된다고."

이광이 숨을 들이켰다. 이렇게 쿠데타를 했구나.

"내가 오늘 같은 날은 처음이오."

안기부장 최도광의 목소리는 흥분으로 떨렸다. 돌아가는 차 안이다. 이번에는 최도광이 제 차를 타고 가자고 권해서 이광은 뒷좌석에 나란히 앉았다. 오금봉은 운전석 옆자리로 밀려났다. 최도광이 웃음 띤 얼굴로 이광을 보았다.

"각하께서 이 사장을 좋아하시는 모양이오. 이렇게 오래 이야기하시는 것 처음 보았다니까."

오래도 아니다. 대통령이 거의 혼자 떠들었다. 이광은 묻는 말에 대답만 했을 뿐이다. 그런데도 최도광은 왠지 신바람이 났다.

"그, 이 사장 말씀 잘하신 거요, 이 사장 같으면 리비아에 가겠다는 말씀 말이오."

"……."

"각하께선 이미 보내기로 결정을 하셨어요, 미국 정부도 적극 밀어주겠다고 했고."

"……."

"그런데 카다피가 미국도 코딱지로 여기는 인간인데 이 사장하고 친하다는 것이 각하 마음에 쏙 드신 것 같단 말이오."

바로 이것이다. 그래서 대통령은 쓸데없이 싸고 안 싸는 이야기까지 길게 늘어놓았고 안기부장은 제 차를 타고 가자는 호의를 베풀었던 것이다. 이광은 심호흡을 했다. 환경에 적응하는 것은 1급 인간이다. 그러나 특등급 인간은 환경을 이용하는 부류다. 이제 '국개위'가 아니라 '국개위' 할아버지도 나를 건드리지 못할 것이었다. 이미 대통령과의 독대는 권력 주변의 인간들에게 좍 퍼져 있을 것이기 때문이다. 그렇다면 이 기회를 이용해야 된다. 그렇지, 국가와 민족을 위하여.

"김춘택이 거의 장악했습니다."

백갑상이 어깨를 늘어뜨리면서 말했다.

"박상만은 사흘 전에 심복 한경출이 식당에서 칼에 배를 찔려 중상을 입었는 데다 곽명수가 행불이 되었습니다. 그래서 어제부터 나타나지 않습니다."

"다 끝났습니다."

윤방철이 거들었다.

"오늘 아침에 김춘택의 본부인 아시아호텔에 간부급 70퍼센트가 참석했습니다. 이대로 가면 며칠 만에 주주총회로 끝장을 내게 될 겁니다."

그때 이광이 머리를 끄덕였다.

"잘되었다."

둘의 시선을 받은 이광이 이를 드러내고 웃었다.

"화장실의 구더기 같은 놈들을 한꺼번에 소독제를 뿌려 죽일 기회가 온 거다."

"예?"

윤방철이 외마디 소리로 물었을 때 이광이 의자에 등을 붙였다. 오후 5시 반, 국제건설의 회장실 안이다. 한 달쯤 전만 해도 이 방은 고성규의 집무실이었다. 신촌 카스파 두목 고성규도 그동안 비약적인 성장을 거듭했고 사업장을 양지의 기업체로 변화시켰다. 그러나 '국개위'의 위세를 견디지 못하고 이광에게 사업체를 맡긴 다음 중국으로 도피했던 것이다. 모두 국개위와 명동파가 원조인 제일그룹 강일천의 작전이었다. 그런데 보라, 세상은 순식간에 변한다. 제일그룹의 수뇌 강일천이 아파트 통로에서 미끄러져 즉사하리라고 누가 상상이라도 했겠는가? 그리고 이제 강일천 사후(死後)의 주도권 다툼으로 제일그룹은 피투성이가 되어 있다. 그때 이광이 말했다.

"올챙이 같은 놈들."

윤방철과 백갑상이 숨만 쉬었을 때 이광이 어깨를 부풀렸다가 내렸다.

"그럼 김춘택이하고 같이 붙어 있는 놈이 누구냐? 심복 말이다."

"유종배, 천광호 둘입니다."

백갑상이 바로 대답했다.

"좌종배, 우광호로 통하지요. 그놈들이 김춘택의 머리와 행동대장 역할을 맡고 있습니다."

"그럼 김춘택까지 세 놈만 없애면 되겠군, 그렇지?"

"예."

백갑상의 대답이 어설펐다. 셋은 이제 1백여 명의 행동대에 둘러싸였고 더 모으면 5백 명도 된다. 더구나 김춘택까지 포함해서 그들은 어떤 범법 사실도 없는 것이다. 착실하게 법을 지키면서 장악했다. 박상만의 심복 한경출은 칼에 찔렸지만 가해자는 전혀 이번 내전(內戰)과는 관계가 없는 인물이다. 김춘택은 털끝만 한 혐의도 없는 것이다. 더구나 거물 변호인단이 뒤를 받치고 있다. 그때 이광이 옆에 놓인 전화기를 들더니 버튼을 눌렀다. 버튼을 누르는 소리가 방 안을 울렸고 윤방철과 백갑상은 제각기 숨소리도 죽이고 있다. 그때 이광이 전화기에 대고 말했다.

"시작해야 되겠습니다."

"검찰청이라는데요."

오택규가 가쁜 숨을 고르며 말했을 때 김춘택이 쓴웃음을 지었다.

"어디 검찰?"

"그건 모르겠습니다."

오후 8시 반, 아시아호텔의 스위트룸에는 간부 10여 명이 모여 앉아 있었는데 술 냄새가 진동했다. 오늘은 김춘택이 술을 마시라고 했기 때문이다. 김춘택은 술과 여자를 밝히지 않는다. 그래서 이 바닥에서는 유별난 성품으로 통한다. 방 안이 조용해졌고 다시 김춘택이 물었다.

"무슨 용건이야?"

"그것도……."

"이 병신."

마침내 김춘택의 눈썹이 치켜 올라갔다. 강일천이 살아있을 때는 이런 표정을 지은 적이 없었던 김춘택이다. 그러나 지금은 전혀 달라졌다. 그때 문에서 노크 소리가 났다. 크다, 한 번, 두 번, 세 번, 네 번.

"몇 명이냐?"

다시 김춘택이 묻자 오택규가 손등으로 이마의 땀을 닦았다.

"20여 명 됩니다."

"신분증 확인했어?"

"경찰들도 데리고 와서요. 아는 경찰도 있습니다."

다시 문에서 두드리는 소리가 났다. 안에서 잠가 놓았기 때문에 문을 열지 못하는 것이다. 이제 방 안의 간부들은 다 일어서 있다. 그때 유종배가 나섰다.

"일단 박 변호사한테 연락을 하지요."

김춘택이 머리를 끄덕였고 바로 유종배가 전화기를 들었다. 다시 문 두드리는 소리가 났을 때 김춘택이 말했다.

"문 조금 있다 열어라."

유종배가 연락할 때까지 기다리라는 말이다.

"도대체 무슨 일이야? 이 개새끼들이."

간부 하나가 욕설을 뱉었지만 방 안 분위기가 가라앉아 있다. 그 순간이다.

"우지끈!"

방문이 부서지면서 경찰들이 쏟아져 들어왔다. 10여 명이다. 그 뒤를 양복 차림의 사내들이 따른다. 그들도 10여 명이다.

"당신들 뭐야?"

간부 하나가 소리쳤다.

"영장 있어? 영장 보여 봐"

"시발, 우리도 변호사 있다고!"

이쪽저쪽에서 고함을 쳤을 때 양복 차림의 사내들이 곧장 안쪽의 김춘택에게 다가왔다.

"당신, 김춘택이지?"

"뭐야?"

김춘택이 눈을 부릅뜬 순간이다. 와락 달려든 두 사내가 김춘택의 양쪽 어깨와 팔을 제각기 눌렀고 앞으로 다가온 사내 하나가 수갑을 채웠다. 실로 눈 깜빡하는 순간이다. 그때 사내 하나가 소리쳤다.

"모두 체포해! 반항하면 제압해라!"

"이것 놔!"

김춘택이 버럭 소리쳤다가 곧 마음을 바꿔먹고 부하들에게 말했다.

"걱정 마라! 내일 아침에는 다시 여기에서 모이게 될 테니까!"

다음 날 오전 10시 반, 제일건설의 총무부장 장한섭이 자리에 앉아 있다가 벌떡 일어섰다. 사무실로 백갑상이 들어섰기 때문이다. 백갑상이 누구인가? 죽은 회장 강일천의 심복으로 제일유통의 총무부장이었다가 이번에 김춘택, 박상만의 세 싸움에 밀려 라이벌인 국제그룹의 이광에게 붙은 반역자다. 그때 다가온 백갑상이 말했다.

"이봐, 장 부장, 사고(社告)를 내."

"예? 어, 어떻게 말입니까?"

"제일건설 전무 김춘택이 외화를 갖고 해외로 도망치려다가 잡혔어. 아마 내일 자 신문에 나올 거다."

장한섭뿐만 아니라 총무부 직원들이 모두 들었다. 사무실이 조용해졌고 백갑상의 말이 이어졌다.

"내일 주총이 열리게 돼. 주총에서 우리 제일그룹의 사주가 결정될 테니까 그렇게 사고(社告)를 내라고."

"예, 부장님."

같은 부장이 아니다. 백갑상은 장한섭을 채용한 실세였다. 지금 백갑상의 말의 진위를 따질 형편이 아니다. 어젯밤 김춘택과 간부들이 싹 잡혀간 후에 제일그룹은 그야말로 머리를 잃은 뱀 꼴이었다. 별 소문이 다 돌았고 김춘택이 살해되었다는 설(說)이 가장 유력했던 것이다. 그때 백갑상이 웃음 띤 얼굴로 말을 이었다.

"이제 제일그룹도 새 시대가 열리는 거다. 모두 맡은 일만 열심히 하면 돼."

"김춘택은 외화 밀반출에다 밀항 혐의로 5년형을 받을 겁니다."
오금봉이 정색하고 말을 이었다.
"외환관리법이 엄중하거든요."
"그래야지요."
이광이 당연하다는 표정으로 오금봉을 보았다.
"1달러가 아쉬운 나라에서 150만 불을 숨겨서 나가려고 했다니 매국노나 같습니다."
이광 뒤쪽에 서 있던 윤방철은 숨소리도 죽이고 있다. 국제건설의 회장실 안이다. 이광을 방문한 안기부 국장 오금봉이 시치미를 딱 뗀 얼굴로 말을 이었다.
"이 사장님이 빨리 이곳 일을 수습하시고 리비아로 가셔야 될 것 같습니다."

당시에는 수세식 화장실이 드물었지만 대통령 거처인 청와대가 재래식 변소를 사용하지는 않았다. 다 수세식이었다. 줄을 잡아당기면 '쏴아' 하고 물이 쏟아지는 식이 대부분이다. 그런데 청와대의 '똥 푸는' 직원이 전라도 어딘가로 갔다가 그 지역의 경찰서장이 호위해서 기차역까지 모셔다드렸다는 소문이 퍼졌다. 추측성 신문기사로도 났다. 장안이 떠들썩한 화제였다. '똥 푸는' 직원이란 재래식 화장실에는 '똥'이 씻겨 내려가지 않고 화장실 밑에 쌓여 있기 때문에 가끔 '똥'을 퍼서 버리는 일을 맡은 직원이다. 꼭 필요한 직원이다. 없으면 '똥'이 넘쳐 냄새가 천지를 진동한다. 그래서 수세식 화장실이 아니라 재래식 변소를 보유한 기관이나 사업장에는 '똥 푸는' 직원을 고용하고 있는 것이다. 가장 더러운 일을 맡은 최하급 직원이 되겠다. 그러나 이곳은 청와대다. 청와대의 '똥 푸는' 직원의 위세가 시골 경찰서장의 경호를 받은 정도라는 비유인 것이다. 그것이 바로 이광에게도 적용되었다. 이광 본인은 가만있는데도 순식간에 내외(內外)에서 알아서 챙겨주고, 이용하는 사태가 벌어졌다. 먼저 소문이 엄청났다.

"대통령과 장시간 독대" "대통령을 파안대소시킨 인물" "대통령의 절대적인 신임을 받음" "대통령이 이광의 기업을 적극적으로 밀어주라고 지시" 등이었는데 만 하루도 지나지 않아서 대한민국의 각 기관장, 정치인들에게 소문이 퍼졌다. 그래서 이틀째 되는 날 오후가 된다. 이광은 제일그룹의 4개 주력사 주식을 대량으로 매입했다. 단숨에 주식 55퍼센트를 매입해서 최대주주가 된 것이다. 처음 신청했을 때 '증권거래소' '상공부' '금융원' '경제위원회' 등 해당 기관을 거치려면 최소한 6개월이 소요되고 327개의 도장을 받아야 하며 7개 부서의 심사를 거쳐야 한다고 상공부 담당 과장이 으스대고 말했다. 그런데 신청서를 작성한 지 6시간 만에 327개의 도장이 박혔고 7개 부서 심사가 합격으로 끝났다. 만 반나절도 되지 않아서 이광은 국제그룹에 이어 제일그룹의 최대주주가 된 것이다. 물론 55퍼센트의 주식은 제값을 쳐서 다 샀기 때문에 가능했다. 이것이 청와대 '똥 푸는' 직원의 위세를 떠올리게 한다.

"자, 이제 끝났지요?"

책상 위에 놓인 등록서류를 눈으로 가리키면서 오금봉이 물었다. 오후 4시 반, 오금봉이 직접 서류를 들고 다니면서 일을 끝낸 것이다. 물론 이광 측에서는 다시 제다에서 날아온 진남철과 회사 직원들, 변호인단이 오금봉을 중심으로 일을 했다. 그러나 기관을 상대하는데도 오금봉의 선봉대 역할이 위력적이었다. 이광의 '소문'에다 오금봉의 선봉대장 역할이 각 기관장을 주눅 들게 한 것이다. 이광이 웃음 띤 얼굴로 머리를 끄덕였다.

"권력의 힘이 엄청나긴 하네요."

그러자 오금봉이 바로 말을 받는다.

"그것을 이용하지 못하면 낙오되는 것이지요."

그날 오후 8시 반에 이광이 성북동의 2층 양옥집 거실에서 유정미와 마주 보고 앉아 있다. 유정미는 고성규의 아내로 이광과는 여러 번 만난 사이여서 분위기는 자연스럽다. 고성규의 6살 난 아들 광수는 이광이 사온 장난감을 들고 제 방으로 갔고 3살짜리 딸 지윤은 소파에서 잠이 들었다. 이광이 들고 온 가방을 탁자 위에 내려놓았다.

"형수, 여기 3천 가져왔어요. 이젠 저금해놔도 되니까 은행에다 맡기고 꺼내 쓰세요."

"정말요?"

유정미의 흰 얼굴이 환해졌다. 유정미는 34세, 이광보다 한 살 위다. 결혼하기 전부터 알고 지낸 사이여서 이광을 친정 동생처럼 대하고 있다. 이광이 머리를 끄덕였다.

"예. 앞으로 세무서나 경찰이 찾는 일도 없을 겁니다. 하지만 형은 지난번 여러 가지 사건이 남아 있어서 당분간 귀국은 안 돼요."

지난번 '국개위'에서 고성규가 카스파 시절부터 저질렀던 폭력, 살해 교사, 탈세, 인신매매, 매춘, 공갈 협박, 사기 등 수십 가지 범법 사실을 증거들과 함께 검경에 송부했기 때문이다. 그때 증인들이 적극 협조를 했기 때문에 지금은 어쩔 수가 없다. 그때 유정미가 말했다.

"광수 아빠한테 우리 데려가라고 해요. 이렇게 떨어져서 살면 애들한테도 안 좋아요. 이번에 꼭 좀 그렇게 말해줘요. 홍콩이나 미국으로 가도 돼요."

다음 날 오전, 이광은 공항으로 달려가는 차 안에 앉아 있다. 오후에 제일그룹 주주총회가 열릴 것이지만 참석할 필요도 없는 것이다. 이미 국제그룹은 물론이고 제일그룹까지 완전 장악하게 된 이광이다. 오히려 소주주에게 위장 분산시켜 놓았던 주식까지 모두 이광 이름으로 인수했기 때문에 대주주는 더 분명해졌다. 이번 연이은 주식 인수로 미화 1억 불이 넘게 지출되었지만 몇 년 안에 그 몇십 배의 가치가 될 것이다. 이광의 현금 동원 능력이 엄청났기 때문에 가능한 일이었다. 정상적인 대금 지급이 선행되지 않았다면 이광이 대통령 아들이라고 해도 불가능했을 것이기 때문이다.

"수시로 연락해."

이광이 옆에 앉은 조백진에게 말했다.

"네 역할이 중요해."

"알고 있습니다, 사장님."

조백진이 어깨를 펴고 이광을 보았다. 두 눈도 반짝이고 있다. 조백진은 이미 한국의 군사고문단 연락관 직책을 받았다. '군사고문단 파병 위원회' 위원장은 국방장관이 맡았으니 이것도 월남 파병에 이어서 거국적인 사업이 되었다. 조백진은 파병단과 함께 현지에 투입될 예정이라 의욕이 넘치고 있다. 마치 뭍에 던져졌던 물고기가 물을 만난 것 같다. 조백진이 말을 이었다.

"이번에는 사막에서 싸우게 되었습니다."

카이로를 거쳐 트리폴리에 도착했을 때는 다음 날 오전 11시 무렵이다. 이번에는 공항에 대통령궁 경호대 장교가 나와 있었기 때문에 이광은 곧장 대통령궁으로 직행했다.

"원수께서 기다리고 계십니다."

중령 계급장을 붙인 경호대 장교가 이광에게 보고하듯 말했다. 검은색 벤츠 안이다. 이광은 뒷좌석에 앉았고 중령은 운전석 옆자리다. 짙은 콧수염을 기른 중령은 배우처럼 잘생겼지만 표정이 없다. 중령이 말을 이었다.

"제 이름은 하카드입니다. 당신이 리비아에 계시는 동안 제가 보좌역을 맡으라는 지시를 받았습니다."

"고맙군."

"이게 제 전번입니다. 언제든지 이 번호로 연락을 하시면 됩니다."

하카드가 주머니에서 전번이 적힌 쪽지를 내밀었다. 모두 카다피의 지시일 것이다. 이광은 문득 카다피가 한국의 고문단 파견을 미리 예측하고 있는 것 같다는 생각이 들었다.

"어, 왔나?"

무하마드 카다피는 웃는 모습을 거의 보인 적이 없다. 거의 모든 사건이나 필름은 엄격한 표정으로 일관되었다. 아직 35세여서 대부분의 각료, 또는 외국의 수반들이 그보다 훨씬 연상인 것도 그 원인일지도 모른다. 그런데 오늘 이광을 보더니 카다피가 활짝 웃었다. 그 순간 이

광이 숨을 들이켰다. 카다피가 갑자기 어리게 보였기 때문이다. 카다피
는 이광보다 겨우 두 살 연상이다. 그런데 웃는 모습이 동안이다. 그래
서 항상 얼굴을 굳히고 있는 건가?

"각하, 다녀왔습니다."

카다피가 내민 손을 잡은 이광이 존경의 표시로 가슴에 입술을 붙
였다가 떼었다. 카다피가 손으로 이광의 등을 두드렸다. 주위에 둘러선
비서실장 하타, 정보국장 무바라크, 국방장관 마후드, 경호실장 함메드
하고는 인사를 할 겨를이 없다.

"자, 앉아."

파격의 연속이다. 카다피가 이광의 손을 잡아 옆자리에 앉힌 것이다.
그러고는 카다피가 각료들을 보았다.

"당신들도 앉고."

각료들이 선생님의 말을 따르는 유치원생처럼 소파에 주르르 앉았
다. 대통령궁의 대통령 집무실 안, 흰옷을 입은 하인들이 들어와 각자
의 앞에 홍차 잔을 놓고 소리 없이 사라졌을 때 카다피가 머리를 들고
이광을 보았다.

"미스터 리, 결과는?"

"예, 파견할 것입니다."

이광도 짧게 대답했다. 그러자 카다피가 정색하고 머리를 끄덕였다.

"인원은?"

"각하께서 요구하신 대로 1차 500명입니다."

"좋아, 기간은?"

"각하께서 원하신 대로 한 달 후부터 도착할 것입니다."

그러고는 이광이 어깨를 펴고 카다피를 보았다.

"대한민국 대통령의 전언을 말씀드리겠습니다. 이것은 기밀이라 제가 구두로 전하라고 하셨습니다."

"무슨 말인데"

카다피가 굳어진 목소리로 물었다. 어느덧 얼굴의 웃음기가 지워져 있다. 방 안의 시선이 모두 모였고 숨소리도 들리지 않는다. 그때 상체를 편 이광이 카다피를 보았다.

"백 대통령은 고문단을 5천 명까지 파견할 수 있다고 하셨습니다."

"5천 명?"

되물은 카다피의 입에서 숨 들이켜는 소리가 났다. 놀란 것이다. 카다피는 1차로 500명, 3차까지 1,500명을 기대하고 있었던 것이다. 그것만 되면 대만족이라고 했다. 그런데 5천이라니? 3배 반이다. 이광이 대답했다.

"예, 각하, 백 대통령이 직접 말씀하셨습니다."

"미국이 가만있을까?"

"그 말씀도 하셨습니다. 문제가 생기면 미국은 우리는 모르는 일이라고 할 것이라는군요."

"그렇겠지."

어깨를 부풀린 카다피의 얼굴에 웃음이 떠올랐다.

"백 대통령이 미국에 대해서 잘 알겠지."

"그리고 또 있습니다, 각하."

"말해."

"대통령께서는 각하께 각별한 관심을 품고 있다는 말씀을 전하라고 하셨습니다."

카다피는 시선만 주었고 이광의 말이 방을 울렸다.

"'우리 둘은 둘 다 군인 출신인 데다 부패한 사회를 정화시키고 잘사는 나라를 만들기 위하여 목숨을 걸고 나섰다는 것도 같다.'고 하셨습니다."

외우고 있었던 터라 이광의 말이 거침없이 쏟아졌다. 카다피는 숨을 들이켰고 두 눈이 치켜떠졌다. 이광의 열변이 이어졌다.

"그래서 대통령께서는 각하가 형제처럼 느껴진다고 하셨습니다."

말을 그친 이광이 어깨를 늘어뜨렸을 때 카다피는 심호흡을 세 번이나 했다. 감동한 것 같다. 각료들은 석상처럼 굳어진 채 움직이지도 않는다. 이윽고 카다피가 입을 열었다.

"백 대통령 나이가 몇이야?"

"올해 50이 되셨습니다."

"쿠데타는 언제 일으켰지?"

"1961년이니까 벌써 16년이 되었습니다."

"음, 나보다 8년 빨리 쿠데타를 일으켰구먼."

"예, 각하."

"쿠데타 일으킬 때 많이 죽였나?"

"아닙니다, 총격전은 있었지만 별로 사상자는 없는 것으로 알고 있습니다."

"16년이나 되었단 말이지?"

혼잣소리처럼 말한 카다피가 곧 눈동자의 초점을 잡고 이광을 보았다.

"그렇다면 내가 형님으로 모셔도 되겠구먼, 물론 비밀리에 말이야."

오후 10시가 되었을 때 문에서 벨 소리가 울렸다. 이곳은 트리폴리

바닷가의 프린스호텔, 스위트룸이다. 이광이 예약한 것이 아니라 대통령궁 경비실에서 방을 잡아놓았다. 이번은 리비아 정박 손님으로 방문한 것이다.

"누구요?"

물었지만 대답이 없었기 때문에 이광이 문을 열었다. 그 순간 이광이 숨을 들이켰다. 아타야다. 시선이 마주치자 아타야가 눈웃음을 쳤다. 히잡을 썼지만 진남색 투피스 차림의 아타야는 눈이 부시도록 아름답다. 검은 눈동자가 보석 같고 피부는 흑갈색 대리석 같다. 이광이 비켜서자 아타야는 방으로 들어섰다. 앞을 스치는 아타야한테서 짙은 향내가 맡아졌다. 소파로 다가간 아타야가 머리를 돌려 이광을 보았다.

"다음부터는 내 전번을 알려줄 테니까 전화를 해요."

"그러지."

다가간 이광이 뒤에서 아타야의 허리를 감아 안았다. 그때 아타야가 히잡을 풀었기 때문에 머리칼이 이광의 얼굴을 덮었다. 이광은 머리칼의 향내를 들이키고는 아타야의 목덜미에 입술을 붙였다.

"아타야, 너 아름답다."

"보고 싶었어요."

"다음에는 선물 사올게."

"그럴 필요 없어요, 리."

몸을 돌린 아타야가 이광의 목을 두 팔로 감아 안고 하반신을 딱 붙였다. 얼굴에 웃음이 떠올라 있다.

"난 당신만 있으면 돼요, 리."

"나도 너뿐이야, 아타야."

마음이 급해진 이광이 아타야의 스커트를 들치면서 말했다.

172

"나한테 여자는 너밖에 없어."

이광은 양심의 가책 따위는 느끼지 않는다. 왜냐하면 지금 제 입에서 무슨 말이 나왔는지도 모르기 때문이다.

다음 날 오전, 이광은 호텔방 안에서 서울로 전화를 한다. 지금까지 호텔방에서 국제전화가 허용되지 않았지만 이광은 특별 케이스다. 신호음이 세 번 울렸을 때 오금봉이 전화를 받았다.

"이광입니다."

이광의 목소리를 들은 오금봉이 깜짝 놀란다.

"아, 지금 어딥니까?"

"트리폴리에 있어요."

"이야기 끝나셨습니까?"

"예, 계획대로 진행시키자고 합니다."

이광이 말을 이었다.

"한국의 조건을 다 받아들인다고 했습니다. 그러니까 서둘러야 합니다."

"알겠습니다."

오금봉이 소리치듯 말했다.

"각하께 바로 보고 드리도록 하지요. 수고하셨습니다."

통화를 끝낸 이광이 몸을 돌렸다. 뒤쪽 창가에 서 있던 아타야가 시선이 마주치자 수줍게 웃었다. 아타야는 말끔하게 옷을 갖춰 입었다. 이제 집에 가려는 것이다.

"리, 갈게요."

다가온 아타야가 이광의 볼에 입술을 붙이더니 귀에 대고 속삭였다.

"사랑해요."

"사랑해, 아타야."

얼굴이 굳어지는 느낌이 들었지만 이광도 정색하고 대답했다.

"다음에는 내가 연락을 할게."

"기다릴게요."

이광이 아타야의 허리를 두 손으로 감아 안고는 입을 맞췄다. 아타야가 이광의 목을 감더니 입을 열어 주었다. 달콤한 혀가 이광의 입안에서 꿈틀거리다가 곧 떨어졌다. 아타야가 몸을 떼면서 이광에게 눈을 흘겼다.

"루주 다 지워졌어요, 리."

몸을 돌린 아타야가 손을 들어 보이더니 문을 열었다.

"안녕, 내 사랑."

"잘 가, 아타야."

문이 닫히자 털썩 소파에 앉은 이광이 긴 숨을 뱉었다. 아타야를 유혹해서 이렇게 된 것이 아니다. 그러나 관계가 깊어질수록 책임감이 쌓인다. 아타야는 가볍게 사랑한다고 말했지만 듣는 이광은 한마디가 천근 같다. 그렇다고 나쁜 기분은 아니다. 오히려 행복하다. 그러나 대가 없는 행복이 있는가? 장사꾼인 이광의 계산법이다.

그날 오후에 트리폴리를 출발한 이광이 암만에 도착했을 때는 저녁 7시가 되어갈 무렵이다. 공항에 나온 타미란이 이광과 함께 시내로 돌아오는 차 안에서 말했다.

"사장님, 군수품 오더가 3천만 불가량 됩니다."

이광이 머리만 끄덕였다. 이라크의 군수품 오더는 타미란이 바로

'서울 유스타상사'로 보내는 것이다. 이제 군수품 오더는 타미란이 수주한다. 타미란이 말을 이었다.

"이번 오더는 동부군에서 2천만 불, 특전군이 1천만 불가량입니다."

"오더양이 줄어든 건가?"

"독일의 군터 상사가 3천만 불가량을 가져갔습니다."

이광의 시선을 받은 타미란이 쓴웃음을 지었다.

"군터 상사에 오더를 준 것이 강 부사장이십니다."

"······."

"강 부사장이 저한테 연락하셨습니다. '리스타상사'에 오더를 몰아주면 아무리 대통령의 지시라고 해도 불만이 일어난다는 것입니다."

"그렇지, 맞는 말이야."

"전쟁은 오래 계속될 것 같습니다."

이광은 의자에 등을 붙였다. 전쟁으로 국민은 굶주리고 생사의 경계선을 오락가락하겠지만 '전쟁상인'은 호시절을 구가하는 것이다. 그들에게 전쟁은 길면 길수록 이득이다.

그날 저녁, 타미란과 암만 식당으로 들어선 이광이 자리에서 일어서는 전수현을 보았다.

"안녕하셨어요?"

이광을 향해 인사를 한 전수현의 얼굴이 빨개졌다. 타미란이 연락해서 식당으로 부른 것이다.

"전수현 씨, 몰라보겠는데."

이광이 눈을 크게 뜨고 놀란 시늉을 했다. 조금 과장을 했지만 전수현은 많이 변했다. 표정이 밝아졌고 얼굴은 물론 몸에서 윤기가 흐르는 것 같다. 이광의 시선을 받은 전수현이 몸을 비트는 시늉을 했다. 얼굴도 붉어졌다. 교태다. 남자를 향한 본능적인 유혹이다.

"학생 수가 70명이 되었다면서요?"

자리에 앉았을 때 이광이 전수현에게 물었다. 타미란을 통해 전수현이 운영하는 어학원, 유아원에 대한 보고를 받아온 이광이다. 전수현이 맑은 눈으로 이광을 보았다.

"네, 그래서 한국어반은 학급을 3개로 나누었고 선생님 수를 6명으로 늘렸습니다. 지금도 학생 수가 늘어나고 있어요."

"잘되는군."

이광이 크게 머리를 끄덕였다.

"모두 전수현 씨가 열심히 노력했기 때문이죠."

"사장님 덕분인데요 뭐."

이광의 시선이 타미란에게로 옮겨졌다. 타미란은 잠자코 이광의 시선을 받는다. 이광과 전수현은 한국어로 대화하고 있었던 것이다. 그때 이광이 영어로 전수현에게 말했다.

"좋아하는 일을 할 때가 행복한 겁니다. 전수현 씨는 그래서 능력이 발휘되는 것 같습니다."

"이렇게 만들어주셔서 감사합니다."

그때 이광이 정색하고 전수현을 보았다.

"전수현 씨는 남자친구 없어요?"

"네? 저는……."

전수현의 시선이 타미란을 스치고 지나갔다. 그때 주문한 요리가 나왔으므로 잠깐 분위기가 어수선해졌다. 이윽고 다시 셋만 남았을 때 전수현이 이광을 보았다.

"저기, 있었는데 헤어졌습니다."

영어다. 그런데 거짓말이다. 15일쯤 전에 전수현의 남자친구 유중화가 암만으로 찾아와 나흘 동안 머물고 간 것이다. 전수현의 자택에서 머물렀고 일절 아무도 만나지 않았지만 타미란이 누구인가? 유중화가 도착한 첫날부터 파악하고 있었던 것이다. 그때 이광이 길게 숨을 뱉고 나서 물었다. 여전히 영어다.

"그럼 앞으로 혼자 살 겁니까?"

"네, 당분간 학원 일에 집중하려고요."

이광이 다시 머리를 끄덕였다. 세상에 완벽한 인간은 없다. 올바른 인간은 결점을 안고 그것을 끊임없이 의식하고 살아간다. 반면에 싹수가 없는 인간은 그것을 숨기고 잊는다. 지금 전수현이 그렇다. 그때 타미란의 시선이 이광과 마주쳤다가 떨어졌다. 입을 꾹 다물고 있었지만 타미란도 같은 분위기일 것이었다. 타미란은 이광과 큰 공사(?)를 여러 개 같이 하면서 전체 분위기를 파악한 경우가 될 것이다. 이광도 타미란의 행동을 보면 자신의 심복이 되어 있다는 것을 느끼고 있다. 그때 포크를 들었던 이광이 불쑥 물었다. 이번에도 한국말이다.

"난 요르단에 애인이 없는데 전수현 씨가 내 요르단 애인이 돼줄 수 있어요?"

이광의 시선을 받은 전수현의 얼굴이 금방 빨개졌다. 그러나 시선을 떼지 않고 바로 대답했다.

"네."

식당에서 나온 이광이 현관에서 전수현에게 손을 내밀었다.

"나, 오늘 밤에 바그다드로 떠나야 돼."

전수현의 손을 잡은 이광이 눈을 보면서 말을 이었다.

"무슨 일 있으면 타미란한테 상의하고."

"네, 그런데 언제 돌아오세요?"

"언제라도."

"빨리 돌아오세요."

전수현이 이광의 손을 조금 세게 잡았다가 놓으며 말했다. 두 눈이 반짝이고 있다.

공항으로 가는 차 안에서 이광이 옆자리에 앉은 타미란에게 말했다.

"내가 전수현한테 요르단 애인이 되어 줄 수 있겠느냐고 물었더니 바로 그렇게다고 하더군."

"당연하지요."

타미란이 앞쪽을 향한 채 말을 이었다.

"노, 할 수 있는 여자는 영화나 소설에서나 가능합니다. 현실에서는 없습니다."

"현관에서 나한테 빨리 돌아오라고 했어."

지난번 암만에서 같이 있다 간 유중화는 돌아갈 때 공항에서 외화 2만 5천 불을 소지했다는 혐의로 세관 당국에 억류되었던 것이다. 당황한 유중화는 그 돈이 전수현이 준 돈이라고 자백했다. 서울의 전수현 어머니께 전해주라는 부탁을 받았다는 것이다. 세관 당국에 연줄이 있던 타미란은 그 정보를 받자마자 유중화를 출국시켰다. 그러고는 이광에게만 보고를 한 것이다. 유중화는 물론 전수현도 이 사실을 이광이 알고 있을 줄은 모를 것이었다. 그때 이광이 쓴웃음을 짓고 말했다.

"전수현을 안정시키려는 의도였어. 하지만 지금 관계는 철저히 단속하도록."

"쾅!"

요란한 폭발음과 함께 기체가 상하로 크게 흔들리는 바람에 이광이 잠에서 깨어났다. 어느새 눈앞에 노란색 산소호흡기가 떨어져서 흔들리고 있다.

"아앗!"

주위에서 여자들의 자지러지는 비명이 울렸고 기체가 이제는 옆으로 기울었다. 맞았는가? 이광이 눈을 부릅떴다. 기울어진 기체 통로를 여승무원이 필사적으로 지나가고 있다.

"으아악!"

이제는 남자 서너 명이 비명을 지른다. 머리를 든 이광이 앞쪽을 보았다. 조종석의 문은 닫혀졌고 여승무원 둘은 벽에 필사적으로 매달려 옆쪽 전화기를 붙잡고 통신 중이다. 다시 요란한 비명이 터졌다.

"으아악!"

기체가 이번에는 떨어져 내리기 시작했다. 머리끝이 곤두섰고 두 손으로 의자 손잡이를 쥐었지만 기체는 곤두박질로 떨어진다.

"으음!"

악문 이 사이로 이광의 입에서도 신음이 터졌다. 주위는 이제 아우성이다. 너도나도 마음껏 비명을 지른다. 비행기가 추락하는 것이다. 암만을 떠난 쿠웨이트 항공의 비행기 안, 밤 12시가 넘었다. 조금 전에 곧 바그다드 공항에 착륙할 것이라는 기장의 안내 방송을 잠결에 들은 것 같다. 추락인가? 조금 전 충격음은 미사일을 맞았기 때문인가? 기장은 왜 설명을 해주지 않는가? 이곳은 1등석이지만 뒤쪽 일반석은 아수

라장이 되어 있을 것이다. 마침내 이광이 5미터쯤 앞쪽의 여승무원에게 소리쳤다. 비행기는 곤두박질로 아래쪽을 향해 쑤셔 박히려는 듯 떨어진다. 통로로 온갖 물건들이 뒤쪽을 향해 날아가고 있다.

"승무원! 무슨 일이야!"

이광이 악을 쓰자 여승무원 하나가 머리를 돌려 이광을 보았다. 쇼트커트 머리, 검은 눈이 크게 치켜떠졌고 얼굴도 하얗게 질려 있다. 그때 이광의 입에서 저절로 외침이 터져 나왔다.

"기운 내! 조금 먼저 갈 뿐이야!"

이광이 이제는 고래고래 소리쳤다.

"비명을 지른다고 해서 나아질 것 없어! 시끄러울 뿐이야!"

그때 주위가 조금 조용해졌다. 승무원의 시선을 받은 이광이 다시 악을 썼다.

"비행기 추락으로 가는 건 제일 행복한 코스야! 몇 분만 참으면 천국이거든!"

이제 비명이 그쳤다.

"며칠, 몇 달, 몇 년을 병으로 앓다가 가는 것보다 훨씬 나은 거야! 안 그래?"

지금 이광은 곤두박질치는 비행기 안에서 악을 쓰고 있다. 어느덧 이광은 반쯤 일어섰고 주먹을 쥔 한쪽 손을 흔들고 있다.

"기운을 내! 비명보다는 차라리 노래를!"

버럭 소리친 이광이 주먹을 흔들며 노래를 부르기 시작했다.

"동해물과 백두산이, 마르고 닳도록! 하느님이 보우하사 우리나라 만세!"

이 대목에서 눈물이 흘러내렸지만 놔두었다.

"무우궁화 사암천리 화려가앙산."

그때 몇 명이 노래를 부르기 시작했는데 제각기 다르다. 대신 비명이 쑥 들어갔다.

"대한사람 대한으로 길이⋯⋯."

이광은 문득 비행기의 추락 속도가 늦춰져 있다는 것을 깨달았다. 그것을 느꼈는지 승객들의 노래 소리가 제각기 더 높아졌다. 승무원 둘도 입을 쩍쩍 벌리고 있는 것이 그들도 노래를 부르고 있는 것 같다.

"⋯⋯보전하세."

이광은 그때 비행기가 좌우로 흔들리기는 했지만 추락이 멈춰 있다는 것을 깨달았다. 그때다. 기장의 안내 방송이 울렸다.

"잠시 후에 불시착을 하겠습니다. 안전띠를 매시고 몸을 웅크려 주십시오."

그러자 승무원들이 통로를 내달려오면서 소리쳤다. 얼굴이 밝다.

"안전띠를! 의자를 펴세요!"

조금 전의 쇼트커트 머리가 옆으로 다가왔기 때문에 이광이 덥석 손을 잡았다. 머리를 든 승무원의 두 눈이 반짝였다.

"오늘 밤, 내 방에 올 거야?"

이광이 거침없이 묻자 승무원이 대번에 머리를 끄덕였다.

"갈게요."

"난 후세인호텔 특실에 있어, 미스터 리야. 내 방으로 와."

"갈게요, 미스터 리. 내 이름은 마리안이에요."

"사랑해, 마리안."

"사랑해요, 리."

마리안이 지나갔을 때 옆쪽 자리에 앉아 있던 백발의 백인이 이광에게 소리쳤다.

"당신은 영웅이오."

"다 영웅이오, 미스터."

이광도 소리쳐 대답했다.

"우리는 영웅시대에 살고 있어!"

비행기는 먹물 속 같은 공항 활주로에 동체 착륙을 했고 이광은 승객들과 함께 고무 튜브를 미끄러져 내려와 활주로에 착지했다. 그때 어둠 속에서 벌떼처럼 달려온 앰뷸런스와 소방차들 사이에서 마이크 소리가 울렸다.

"코리안 미스터 리! 미스터 리!"

이광을 찾는 목소리다. 지프 한 대가 엉덩이에 불이 붙은 강아지처럼 차량과 승객들 사이를 헤치면서 미친 듯이 불러대었다. 그래서 이광은 마리안의 얼굴도 다시 보지 못하고 지프에 타야만 했다.

"이란군 게릴라가 미사일을 쏜 겁니다."

야합의 보좌관 만수르 중령이 이광에게 말했다. 공항에서 시내로 달리는 지프 안이다. 우선 맨몸으로 만수르와 함께 공항을 벗어난 이광은 온몸이 늘어질 것 같은 피로를 느꼈다. 그때 만수르가 말을 이었다.

"다행입니다. 엔진 하나가 미사일에 맞았지만 폭발하지 않았습니다. 하마터면 날개 하나까지 잃을 뻔했는데 조종사가 기를 쓰고 기체를 들어 올렸다고 하는군요."

천행이다. 이광은 인간의 운명이 하늘에 맡겨져 있다는 것을 다시 한 번 실감한다. 2백여 명이 탑승했던 여객기에서 10여 명의 부상자만 나왔을 뿐으로 모두 살아나온 것이다. 어둠 속에서 활주로에 엎어진 여객기의 모습은 악전고투를 끝내고 귀환한 용사 같았다. 엔진 하나는 아직도 검은 연기를 내뿜고, 날개 중심부가 곧 떨어져 나갈 것처럼 갈라져 있었던 것이다.

"리, 당신은 오래 사실 겁니다."

만수르가 정색하고 말했기 때문에 이광이 생각에서 깨어났다. 어둠 속에서 만수르가 이를 드러내며 웃었다.

"죽을 고비를 넘긴 인간은 신께서 오래 살도록 기회를 주신다는 거요."

한국에서도 그런 말이 있다.

야합 소장의 방에는 강인숙까지 와 있었는데 이광을 보더니 왈칵 소리쳤다.

"아유, 다행이야."

한국말이었지만 야합도 알아들은 것 같다.

"운이 좋았어, 다행이야."

이렇게 말을 받았으니 둘의 말이 어울렸다. 야합이 말을 이었다.

"미사일을 쏜 놈들을 조금 전에 잡았어. 이란군 특수부대 소속으로 게릴라전 전문가들이야."

"그놈들 목적이 뭡니까?"

이광이 묻자 야합은 쓴웃음을 지었다.

"바그다드에 군용기건 민항기건 이착륙을 하지 못하게 하려는 거지."

한동안 교착상태가 이어졌던 전쟁이 이제 다시 격렬해질 모양이다.

이번 바그다드 방문 목적은 지금도 계속해서 선적하고 있는 군수품 오더에 대한 중간보고와 이번에 타미란이 받은 오더의 신용장 체크다. 그러나 진짜 목적은 따로 있다. 수수료 계산이다. 지금까지 이광은 한 번도 수수료 계산을 빠뜨린 적이 없다. 그리고 동업 형식으로 창업했던 '쿠웨이트 리스타상사'의 카심 대장 측 지분이 5퍼센트 대로 떨어졌지만 연말 결산 배당금도 꼬박꼬박 지급했다. 야합과 둘이 만났을 때는 오전 2시 반이 되었을 무렵이다. 지하 벙커에서는 오더 이야기만 하고 호텔로 돌아왔을 때 야합이 찾아온 것이다. 야합은 전통 복장인 쑵을 입었고 터번인 쿠피야를 썼다. 둘은 호텔 건너편 골목 안에 있는 물담배 찻집 안으로 들어가 앉았다. 오전 2시 반이었지만 찻집 안에는 손님이 많았다. 등화관제가 실시된 후에도 일상은 변함없이 계속되고 있다. 홍차 잔을 들면서 야합이 입을 열었다.

"미국에는 우리 대통령 각하보다 이란의 호메이니가 더 위험한 존재야. 그래서 우리를 밀어주고 있는 거라고."

이광이 머리만 끄덕였다. 중동 정세에 대해서 꾸준히 정보를 모아왔다. 호메이니는 미국 입장에서 보면 꽉 막힌 고집불통 정신병자다. 말이 통하지 않는 인간이다. 호메이니보다는 후세인이 낫다. 그때 야합이 목소리를 낮췄다.

"리, 앞으로는 수수료를 그 계좌로 보내지 말고 다른 곳에 보관해."

"왜 그렇습니까?"

"곧 감찰이 실시될 거야."

"알겠습니다. 따로 보관하죠."

"서류도 모두 폐기 처분하고, 암만 사무실에 증거서류가 있으면 곤란해."

"알겠습니다. 즉시 시행할 테니까 걱정하실 것 없습니다."

184

"사령관 계좌도 마찬가지야."

"알겠습니다. 그런데 감찰이 실시되는 이유는 뭡니까?"

"부정이 많기 때문이지."

쓴웃음을 지은 야합이 말을 이었다.

"각하께서 어지간한 리베이트는 관행으로 여기고 눈을 감아 주셨는데 그것을 오해한 놈들이 엄청나게 국고를 탕진하고 있어."

"……."

"곧 대대적인 숙청작업이 있을 거야."

"알겠습니다."

"북한군이 호메이니한테 붙었어."

불쑥 야합이 말하자 이광은 숨을 들이켰다. 그 이야기를 오금봉한테서 듣기는 했다. 북한군(軍)의 동향에 대해서 가장 민감한 국가가 바로 한국인 것이다. 야합이 말을 이었다.

"우리가 한국하고 여러 면에서 가깝게 되니까 자연스럽게 이란과 북한이 제휴한 것이지."

이광이 잠자코 시선만 주었다. 한국은 이라크에 군수품을 공급하지만 이란에도 건설회사가 진출해 있는 것이다. 이라크와 이란 양국과 교역 중이라고 해야 맞다. 공식적으로는 양국과 친선관계인 것이다. 그때 야합이 말을 이었다.

"이란이 곧 한국 업체들을 간첩 혐의를 씌워서 억류시키거나 원부자재와 장비를 몰수하고 배상금까지 물릴 거네."

숨을 들이켠 이광을 향해 야합이 쓴웃음을 지어 보였다.

"이건 군 고위층만 알고 있는 기밀인데 우리는 한국 정부에 그걸 알려줄 필요는 없는 거지, 그렇지 않은가?"

"그건 그렇습니다."

"그래서 내가 개인적으로 미스터 리한테 정보를 주는 거야."

"감사합니다, 장군."

"나하고 카심 대장은 자네를 신뢰하고 있네. 우린 형제나 같아."

"저도 그렇습니다, 장군."

그때 야합이 다시 쓴웃음을 지었는데 이광의 가슴이 서늘해졌다. 그 웃음이 쓸쓸하게 보였기 때문이다. 자리에서 일어선 야합이 그 웃음을 띤 채로 말했다.

"리, 자네는 우리의 마지막 숨겨진 카드네. 우리도 의지할 곳이 필요하다네."

이광은 벨 소리에 잠에서 깨어났다. 전화기를 들면서 벽시계를 보았더니 오전 10시 반이다. 야합과 헤어져 호텔로 돌아왔을 때 3시 반이었으니 7시간을 잔 셈이다. 침대에서 상반신만 일으킨 이광이 응답했다.

"여보세요."

"나야, 지금 뭐 해?"

강인숙이다.

"잤어."

"그래? 그럼 밥 먹어야지. 거기서 사거리 하나만 지나면 중식당이 있어, 거기로 와."

강인숙이 거침없이 말을 이었다.

"11시 반까지. 할 이야기가 있어."

"알았어."

전화상으로 이야기하는 것은 피해야 된다. 사무실이나 호텔방에서 이야기하는 것은 방송국에서 말하는 것이나 같다고 오금봉이 주의를 준 적이 있다. 더구나 이곳은 전쟁 중인 나라다. 11시 반이 되었을 때 중식당 앞으로 다가간 이광의 옆으로 검정색 벤츠가 멈춰 섰다. 옆쪽 창문이 열리면서 운전석에 앉은 강인숙이 말했다.

"타."

이광이 서둘러 옆자리에 오르자 벤츠는 출발했다.

"이거, 왜 이러는 거야?"

쓴웃음을 지은 이광이 몸을 돌려 뒤쪽을 보면서 말했다.

"부처님 손바닥 위의 손오공이지. 네가 미행 차 따돌릴 수 있겠어?"

말하면서 살폈지만 뒤를 따르는 차는 없는 것 같다. 도로는 차 대신 행인들이 채우고 있어서 속력을 낼 수도 없다. 그때 강인숙이 따라 웃으면서 말했다.

"식당에 앉아서 이야기하는 것보다는 낫지."

"차 안은 안전하다는 건가?"

"이 차는 대통령 전용차야, 누가 여기다 도청장치를 부착했겠어? 그랬다가는 사형이지."

"대통령 각하한테도 비밀인 이야기야?"

"각하 말씀을 전하려는 거야."

"말해, 그럼. 무슨 이야기야?"

정색한 이광이 강인숙의 옆모습을 보았다. 강인숙은 히잡을 썼고 긴소매 재킷에 바지 차림이다. 차 앞길이 조금 뚫렸기 때문에 속력을 낸 강인숙이 말을 이었다.

"리스타투자에서 대통령 각하의 자금을 운용해줘."

숨을 들이켠 이광이 강인숙의 옆모습만 보았다. 앞에서 얼쩡거리는 행인들에게 경적을 울린 강인숙이 말을 이었다.

"각하께서 믿고 맡기시겠다는 거야, 그만큼 자기를 신임하시는 것이지."

"……."

"물론 비밀로 해야겠지, 우리 셋만 아는 비밀."

"……."

"그 대가는 엄청날 거야, 각하의 비자금을 운용하는 부수적 대가 말이야."

"금액은?"

마침내 이광이 메마른 목소리로 물었다.

"25억 불."

강인숙이 말한 순간 이광이 숨을 들이켰다. 엄청난 자금이다. 현재 '리스타투자'는 비약적인 성장을 해서 현 자산이 35억 불, 거래액이 70억 불로 증가되어 있기는 하다. 후세인의 비자금 25억 불이 투입되면 자산이 2배 가깝게 늘어나게 된다. 자산은 곧 자본금이다. 자본금이 늘어나면 거래액이 늘어나는 것은 당연하다. 투자 범위가 늘어나고 잘 운용하면 이윤은 기하급수적으로 증대될 것이다. 그때 강인숙이 말을 이었다.

"리스타투자 주식을 매입할 수는 없으니까 투자금에 대한 확인서, 이윤 배당 등 제반 절차를 파리에 가서 마무리 짓도록 하자고."

"그래야겠군."

어깨를 늘어뜨린 이광이 강인숙을 보았다.

"내가 각하의 사설 은행이 된 거야?"

"그만큼 신용이 좋다는 소문이 났기 때문이기도 해."

"부담이야."

속력을 떨어뜨린 차는 이제 주택가의 한적한 대로를 천천히 달려가는 중이다. 머리를 돌린 강인숙이 이광을 보았다.

"거절할 수도 없는 일이야."

강인숙의 목소리는 가라앉아 있다.

"25억 불은 거금이야, 한 국가의 예산만큼 된다고."

아마 북한의 예산보다 많을 것이다. 강인숙이 말을 이었다.

"각하는 앞으로 대대적인 숙청 작업을 할 거야."

야합한테서 들은 이야기였지만 이광은 긴장한 표정이 되었다. 차를 길가에 세운 강인숙이 이광을 보았다.

"한동안 피바람이 불 테니까 그쯤 알고 있어."

강인숙이 더 이상 입을 열지 않았지만 이광은 그것이 오히려 더 나았다. 비밀을 알수록 해로운 경우도 있는 법이다.

그날 밤, 먼저 파리로 날아간 이광이 공항에서 기다리는 안학태를 만났다. 안학태가 호텔로 가는 차 안에서 말했다.

"조 부장이 전화 기다린다고 했습니다."

조 부장은 조백진이다. 리비아 파견 고문단 업무를 맡은 조백진은 지금 서울에 있다. 안학태가 말을 이었다.

"계획대로 진행이 된다고 했습니다."

리비아 고문단 파견은 양측이 만족할 만했다. 한국은 월남 파병에 이어서 고문단 파견으로 외화를 획득하게 되었다. 리비아 또한 한국군의 도움을 받음과 동시에 미국 측의 간접적인 응원을 확인하는 성과를 올린 것이다. 호텔에 도착한 이광은 먼저 백갑상에게 전화를 했다. 오전 8시, 한국 시간은 오후 4시다. 이광의 목소리를 들은 백갑상이 반색을 하면서 말했다.

"별일 없습니다. 제일그룹은 정상 운영이 되고 있습니다, 회장님."

이광은 제일그룹의 대주주가 되었으니 저절로 회장으로 불린다. 그러나 아직 대주주일 뿐 직함은 없다.

"무슨 일 있으면 오 국장한테 상의해."

"알겠습니다, 회장님."

기운찬 백갑상의 목소리를 들으면서 이광은 권력의 힘을 다시 한번 느낀다. 부패한 나라일수록 권력과 결탁하여 기업을 성장시키는 경우가 많다. 지금 제일그룹, 국제그룹의 인수 합병도 권력의 도움이 없었다면 거의 불가능했을 것이다. 전화기를 귀에 붙인 이광이 말을 이었다.

"내가 갈 때까지 백 상무, 네가 단속을 철저히 해."

"예, 회장님."

백갑상의 기운찬 대답을 들으면서 이광이 소리 죽여 숨을 뱉었다. 국가를 위한 일이지만 편법은 편법을 낳는다. 그렇다. 그 기회를 이용하지 못하고 원칙과 법을 찾는다면 그건 '병신' 아니면 '낙오자'가 될 것이다. 시대에 따라 융통성을 발휘하는 것이 국가를, 회사를, 자신을 살리는 것이 되지 않겠는가?

이광이 오금봉에게 전화했을 때는 서울 시간으로 오후 5시가 되어갈 무렵이다. 이광의 목소리를 들은 오금봉이 백갑상과 비슷하게 반기면서 대뜸 말했다.

"아이구, 지금 정신이 없습니다."

트리폴리에서 고문단 관련 연락을 했기 때문이다. 이광이 전화기를 고쳐 쥐고 말했다.

"국장님, 문제가 있습니다."

"예? 뭔데요?"

오금봉의 목소리가 대번에 굳어졌다.

"이란 문제인데요."

"이란요? 이라크가 아니라?"

"그래요."

"이란이 왜요?"

"호메이니가 북한과 밀접하게 가까워지면서 한국 건설업체들에 간첩 혐의를 씌워서 억류시키고 원부자재, 장비를 몰수하고 배상금까지 물릴 예정이라는 겁니다."

"아니? 왜?"

"북한이 이라크에서 우리한테 밀린 보복을 하려는 것이지요."

"이거 야단났는데, 그 정보 정확합니까?"

"고위층한테서 들었습니다."

"아이구, 또 고맙습니다!"

"서둘러야 될 겁니다."

그러자 오금봉이 인사도 없이 통화를 끊었다.

다음 날 오전에 도착한 강인숙과 후세인의 비자금을 찾아 리스타투자 자본금에 넣었다. 공증과 합의서, 각서 등을 주고받는 작업이 만 하루가 걸렸다. 극비로 진행된 일이어서 이광은 쿠웨이트에 있던 하사드만 불러 작업을 했다.

"국고를 25억 불이나 빼돌렸군요."

하사드가 처음에는 분개한 표정으로 말했지만 '리스타투자'의 자본금으로 투자된 때문인지 활기 있게 움직였다. 일을 마쳤을 때는 오후 6시 무렵이다. 강인숙은 후세인에게 보고를 해야 된다면서 밤 비행기를 타려고 떠났다. 그때 하사드가 생각난 것 같은 표정을 짓고 이광에게 물었다.

"사장님, 오늘 저녁에 같이 식사하시죠."

"그래야지."

이광이 당연한 일 아니냐는 얼굴로 하사드를 보았다. 안학태는 심부름을 보냈다.

"너 뭘 먹을래?"

"예, 그런데 마르카하고 같이 식사하는 것이 어떻겠습니까?"

그 순간 몸을 굳힌 이광이 하사드를 보았다. 시선이 마주치자 하사드는 멋쩍게 웃었다. 하사드는 누나 마르카하고 셋이 같이 있고 싶은 것이다. 가슴이 뭉클해진 이광이 소리 죽여 숨을 뱉었다. 마르카를 떠올리긴 했어도 만날 생각은 하지 못했다. 아아, 마르카! 나에게 여자란 욕구를 해결하기 위한 상대이거나 내 존재를 확인시키고 성취감을 느끼기 위한 상대 아니었던가? 그 짧은 순간에도 이광의 머릿속에서 회한이 일어났다. 나는 삭막하고 이기적인 인간이다. 인연을 맺은 여자들에게 상처만 주지 않았을까? 이광이 입을 열었다.

"그래. 누나한테 연락해라, 하사드."

호텔 안의 근사한 레스토랑도 아니고 시내의 유명한 식당도 아니다. 마르카가 알려준 식당은 몽마르트르 길가에 위치한 작은 한식당이다.

192

기다리고 있던 마르카가 둘을 보더니 일어섰는데 얼굴이 상기되었다.

"하사드!"

"마르카!"

먼저 남매가 서로의 이름을 부르더니 마주 보고 웃었다. 손을 잡지도 않고 포옹하지도 않는다. 그것이 오히려 더 애틋해서 이광의 가슴이 뜨거워졌다. 그때 마르카의 시선을 받은 이광도 머리를 끄덕여 보이고는 웃었다.

"마르카, 반갑다."

"오랜만이에요, 리."

마르카가 웃음 띤 얼굴로 대답했지만 눈 주위가 붉어져 있다. 한식당 주인은 50대쯤의 한국 여자였는데 이광을 보더니 반색을 했다. 한국인 손님이 아주 드물다는 것이다. 마르카는 식당에 서너 번 들러서 주인 여자하고 친해져 있다.

"예쁜 아가씨가 자주 찾아온 이유가 있었네요. 한국 남자 친구가 있었던 거야."

주인이 감동한 표정으로 말했다. 오랜만에 입에 맞는 한식으로 식사를 마친 셋이 식당을 나왔을 때는 11시가 되어갈 무렵이다. 그때 식당 앞에 선 이광이 먼저 둘을 번갈아 보면서 말했다.

"하사드, 너 누나 집에 가본 적이 없지?"

"예, 사장님."

하사드가 엉겁결에 대답하자 이광이 마르카를 보았다.

"마르카, 하사드를 데려가 재워라. 그리고 오랜만에 둘이 이야기 좀 해."

마르카와 하사드가 서로의 얼굴을 보더니 동시에 얼굴을 펴고 웃었다.

"고맙습니다, 리."

마르카가 먼저 인사했다.

"하사드하고 이야기한 적도 오래되었어요, 3년쯤 된 것 같아요."

"그런가?"

하사드도 감동한 표정으로 마르카를 보았다.

"그렇게 오래되었어?"

"난 여기서 택시 타고 호텔로 갈 테니까."

이광이 발을 떼자 마르카가 앞장을 섰다.

"제가 택시 잡아 드릴게요."

옆을 스치고 지나면서 마르카가 이광에게 속삭이듯 말했다.

"고마워요, 리."

이광은 숨을 들이켰다. 이 짧은 인사에 깊고 긴 감사의 마음이 실려 있다는 것을 느낄 수가 있었기 때문이다. 이기심과 욕망은 잠깐 억제하면 그 몇십 배의 보상이 오는 것이다. 그것을 알면서도 인간은 같은 실책을 계속해서 저지른다.

호텔방에 돌아온 이광이 인터폰으로 방에 있는 안학태를 불러들였다. 안학태는 호텔에 남아 있었던 것이다.

"안 대리, 넌 여자친구 없나? 파리 온 김에 여자친구 선물이라도 사 갖고 가."

이광이 주머니에서 접힌 지폐뭉치를 꺼내 내밀었다. 3천 불이다. 택시 타고 오는 길에 생각이 난 것이다. 배려심은 감자 넝쿨처럼 뻗어 간다. 그래서 시작이 중요하다.

다음 날 오전, 마르카가 호텔로 찾아왔다. 이광은 오후 비행기로 출국할 예정이었다. 방에 들어선 마르카가 웃음 띤 얼굴로 이광을 보았다.

"고마워요. 어젯밤에 하사드하고 오래 이야기했어요."

"잘살아야 돼, 마르카."

출발 준비를 마친 이광이 마르카의 손을 잡고 소파에 나란히 앉았다.

"하사드한테서 들었겠지만 난 사업을 많이 벌여놓았어. 바빠서 널 자주 만나지 못해 미안해."

"미안하다니요?"

마르카가 이를 드러내고 웃었다.

"날 자주 만날 의무는 없어요, 리. 받기만 하고 부담만 드리는 내가 오히려 미안하죠."

"부담 느끼지 마, 마르카."

이광이 마르카의 어깨를 끌어안고 볼에 입술을 붙였다. 인간은 준 만큼 받고 싶다는 욕구가 있는 법이다. 이광처럼 거래를 일상화하며 살아온 인간은 더욱 그렇다. 애당초 어렸을 때부터 각박하게 살아온 이광은 이성과의 관계에서도 주고받는 공식이 머리에 배어 있기도 했다. 그러나 요즘 들어서 이광은 조금씩 달라지는 자신을 느끼게 된다. 그때 마르카가 말했다.

"하사드가 연봉을 엄청나게 받는다면서 나한테 매달 생활비를 보내겠다고 했어요."

마르카가 두 팔로 이광의 목을 감싸 안고 얼굴을 내밀었다. 이광이 입을 맞추자 마르카가 더운 숨을 뱉으면서 말을 이었다.

"나는 그러지 말라고 했어요. 리가 나한테 보내주고 있으니까 네가 신경 쓸 필요 없다고요. 잘했지요?"

"잘했어, 마르카."

이광이 마르카의 턱을 손끝으로 받쳐 들고 웃었다.

"넌 영리하고 교양이 있는 여자야."

"당신과의 인연이 이어지기를 바라는 여자일 뿐이죠."

"하사드는 나한테 폐를 끼치지 않겠다는 생각에서 그런 거야."

"착해요. 그리고 내 생각을 금방 이해하더군요."

"시간이 있다면 널 침대로 데려갔으면 좋겠는데."

"다른 곳도 좋아요. 언제라도 연락만 하면 갈게요."

이광이 마르카의 입술에 다시 키스했다. 착한 여자다. 이런 인연은 소중하게 지켜야 한다.

이광이 서울에 도착했을 때는 오후 5시 반이었다. 공항에는 오금봉이 마중 나와 있었는데 이광을 보더니 서두르며 말했다.

"가시죠. 기다리고 계십니다."

"누가요?"

파리에서 도착 시간은 말해 주었지만 누구하고 약속하지는 않았다. 이광의 표정을 본 오금봉이 쓴웃음을 지었다.

"각하께서 기다리십니다. 그래서 지금 바로 청와대로 가야 합니다."

"각하께서요?"

"리비아 일을 듣고 싶다고 하셨습니다."

이미 전화로 상황을 다 알려주었기 때문에 대통령 면담은 생각하지 않았던 이광이다. 이광이 옆에 서 있는 안학태에게 말했다.

"그럼 너 먼저 돌아가."

안학태는 대통령이 부른다는 말에 놀라 몸이 굳어져 있던 참에 잘 되었다는 표정이 되었다.

"어, 잘 갔다 왔어?"

대통령이 웃음 띤 얼굴로 이광을 맞았다. 오후 7시, 청와대 경호실 차를 타고 공항에서 이곳까지 오는데 한 번도 검문을 받지 않았다. 식당 현관 앞에서 한 번 몸수색을 받았을 뿐이다. 이광의 절을 받은 대통령이 악수를 하자고 손을 내밀면서 말을 이었다.

"카다피하고 밥도 여러 번 먹었다던데 오늘은 나하고 먹지."

"감사합니다, 각하."

이광은 카다피, 후세인 등 독재자로 알려진 두 사람보다 대통령이 더 어색하고 부담스러웠다. 둘은 악질이지만 친한 동네 아저씨 같고 대통령은 잔소리 많고 까다로운 아버지 같은 느낌이다. 두 아저씨는 안 봐도 되니까 부담이 적은 반면에 대통령은 죽으나 사나 '우리' 아버지인 것이다. 재수 없다. 식당에는 안기부장 최도광, 비서실장 유근종, 국방부장관 오택수, 상공부장관 배경호까지 모여 있었는데 대통령은 그들을 소개시켜 주지도 않았다. 대통령이 이광의 소매를 끌고 안쪽 식탁으로 다가가면서 말했다.

"우리 밥 먹으면서 이야기하자."

"날 형님으로 모셔도 되겠다고 했단 말이지?"

대통령이 확인하듯 묻더니 빙그레 웃었다. 눈가의 잔주름이 많아졌고 시골 아저씨 같은 인상이 되었다.

"어디, 시커면 동생 하나 만들어 볼까?

그러자 옆에 앉아 있던 상공부장관 배경호가 웃다가 금방 얼굴을 굳혔다. 주위에 둘러앉은 아무도 웃지 않았기 때문이다. 이광은 배경호가 기억이 난다. 지난번 국개위 조경수가 자신을 잡아갔을 때 마침 이라크에 가 있던 배경호를 후세인이 대신 잡아 가뒀던 것이다. 죽을 고생을 하고 돌아온 배경호는 지금 자신을 가둔 그 원흉을 보고 있다. 그 원흉이 바로 이광이다, 이광이 없었다면 그런 일이 없었을 테니까. 그때 대통령이 말을 이었다.

"내가 카다피한테 선물을 하나 줄 테니까 나중에 가져가."

"예, 각하."

이제 또 선물 심부름을 하게 생겼다. 이광이 맛도 없는 된장찌개를 한 모금 삼켰다. 조미료를 안 넣었기 때문인지 국이 쓰다. 대통령이 김을 젓가락으로 집어 밥을 감싸더니 솜씨 좋게 입에 넣었다. 그러고는 씹으면서 말했다.

"곧 대수로 공사가 시작되면 엄청난 외화가 들어올 거야. 카다피하고 잘 사귀어야 돼."

맞는 말이다. 대수로 공사가 세계 역사에 기록될 만큼 엄청난 공사인 것이다. 사하라사막의 지하에 직경 4미터짜리 원통형 관을 수천 킬로미터나 까는 공사다. 관을 통해 물이 공급되는데 그 대공사를 한국건설이 맡은 것이다. 그때 대통령이 눈을 가늘게 뜨고 이광을 보았다.

"이 사장이 국제그룹에 이어서 제일그룹도 인수했지?"

"예, 각하."

이광의 등에서 식은땀이 솟아났다. 이 양반 한마디면 회사가 날아가는 건 일도 아니다. 그때 대통령의 눈빛이 부드러워졌다.

"좋은 현상이야. 음지에 있는 병균들은 햇볕을 쐬도록 해야 돼."

숨만 쉬는 이광을 향해 대통령이 말을 이었다.

"그렇지 않아도 조폭 기업들을 단속할 생각이었는데 잘한 거야. 이 사장이 모두 양성화시켜."

"예, 각하."

"모두 건강한 기업으로 만들란 말이야."

"예, 각하."

"어려운 일 있으면 나한테 직접 이야기해도 돼."

대통령의 시선이 비서실장 유근종에게로 옮겨졌다.

"유 실장한테 연락하면 바로 만날 테니까."

"예, 각하."

이광이 소리 죽여 심호흡을 했다. 어마어마한 특전이다. 대통령이 입단속도 시키지 않은 터라 이 말은 내일쯤이면 한국의 권력 기관, 정관계의 실세들에게 쫙 퍼져나갈 것이다. 대통령이 그것을 모를 리가 없다. 이 말 한마디로 이광에게 특전을 준 것이나 같다. 수저를 내려놓은 대통령이 마무리를 했다.

"내가 카다피 선물 준비하면 다시 부를게."

제5장
겸손하고, 대비하고, 베풀어라

청와대에서 나온 이광은 곧장 제일그룹의 모회사인 제일건설로 향했다. 명동에 위치한 제일건설 빌딩은 밤 9시가 되었는데도 불을 환하게 밝히고 있었는데 이광이 온다는 연락을 받았기 때문이다. 이광은 국제그룹의 핵심이 되어 있는 윤방철과 20여 명의 수행원을 거느렸다. 그들은 모두 청와대 앞에서 기다리고 있었던 것이다. 남의 등에 업히는 성격은 아니지만 찾아온 기회를 모른 척하는 이광은 더욱 아니다. 수행원들을 청와대 앞에 대기시켜 놓은 것도 그런 맥락이다. 내가 지금 '대통령을 만나고 나간다'라는 시위를 한 것이다. 따라서 제일그룹의 현관 경비도 이광이 도착하기도 전에 어디서 온다는 것을 안다. 건물의 현관 앞에는 제일유통의 상무가 되어 있는 백갑상이 기다리고 있었다.

"간부들이 모두 기다리고 있습니다."

백갑상이 관광회사 가이드처럼 앞장을 서서 안내하며 말했다.

"한 사람도 빠지지 않았습니다, 회장님."

"난 사장이야."

이광이 말을 잘랐다.

"아직 현역에서 뛰는 사장이야. 사장으로 불러."

"예, 사장님."

백갑상이 서둘러 정정했다.

"앞으로 주의하겠습니다."

회장실 옆 회의실로 들어선 이광을 보자 장방형 테이블에 둘러 앉아 있던 30여 명의 사내들이 일제히 일어섰다. 이광 일행도 20여 명이나 되어서 회의실이 컸지만 가득 찬 것 같다. 그때 이광이 상석으로 다가 가면서 말했다.

"야구 배트 가져와."

"예, 사장님."

뒤를 따르던 윤방철이 선뜻 대답하더니 몸을 돌리면서 손을 내밀었다. 그 순간 사내 하나가 검정색 야구 배트를 손에 쥐여 주었다. 회의실 안의 분위기가 순식간에 냉장고 안처럼 서늘해졌다. 모두 이광이 국제 그룹 간부회의 때 간부들의 어깨뼈를 박살내었다는 사실을 알고 있는 것이다. 배트를 받아든 이광이 상석에 앉았다. 배트는 테이블 위에 올려놓았다. 자, 30여 명의 간부 중에 전문 경영인은 10명쯤 된다. 모두 사장급이다. 나머지 20명이 부사장, 전무, 감사, 상무 등의 직함으로 각 업체의 실세 노릇을 해온 조폭 계열이다. 그리고 이들 대부분이 김춘택과 박상만 둘과 인연이 있다. 김춘택과 박상만이 사라져서 무주공산이 된 것 같지만 불씨는 남아 있는 셈이다. 그때 이광이 입을 열었다.

"여기 김춘택과 박상만의 심복들만 제외되었고 모두 둘 중 하나하고 인연이 있는 것으로 알고 있다."

숨소리도 들리지 않았기 때문에 이광의 목소리에 메아리까지 일어 났다. 이광이 말을 이었다.

"죽은 강일천이나 김춘택, 또는 백상만하고 인연이 없는 사람이 오히려 이상하지. 조직 회사가 공무원 시험 쳐서 들어오는 곳도 아니니까."

누가 억눌린 기침을 했다가 그쳤다. 본인은 참다못해 했을 것이다. 그때 머리를 든 이광이 간부들을 둘러보았다.

"내가 지금 청와대에서 왔다는 거, 모두 알고 있지?"

그때 서너 명이 '예' 하고 대답했다가 무안한 표정을 지었고 이광의 말이 이어졌다.

"대통령께서 국제그룹, 제일그룹을 음지에서 양지 기업으로 만들라고 하셨다. 조폭 사회를 소탕할 계획이셨는데 내가 마침 잘 인수했다고도 하셨다."

어깨를 편 이광이 다시 간부들을 둘러보았다. 30대 후반, 40대도 있고 전문 경영인은 50대도 보인다. 그러나 이광의 시선을 받은 사람은 하나도 없다. 이광의 시선이 옆에 놓인 야구 배트로 옮겨졌다.

"양아치는 양아치로 상대한다, 이 배트로 국제그룹에서 양다리를 걸쳤던 기회주의적인 놈들을 쳤었다."

이광이 거침없이 말을 이었다.

"그때는 어깨뼈를 부쉈지만 지금부터는 아예 팔꿈치하고 무릎을 박살내어서 병신으로 만들어 버릴 테다."

이광의 얼굴에 일그러진 웃음이 떠올랐다.

"배신하지 마라. 돈이 필요하면 내가 얼마든지 줄 테다. 구질구질하게 몇백만 원 사기 치고 간부 행세하지 마라. 그런 놈은 내가 이 자리에서 다 보는 데 때려죽일 테다."

이광이 야구 배트를 잡고 일어섰다.

"그 시범을 보여주지."

그 순간 뒤쪽에 서 있던 윤방철과 부하 둘이 테이블에 앉아 있는 사내 하나의 양쪽 팔을 움켜쥐었다. 이광이 그쪽으로 다가갔을 때 자리에서 일어선 백갑상이 말했다.

"제일여행사 김석봉은 이번에 회사가 어수선할 때 공금 3천5백을 횡령했습니다."

"아, 아니, 나는……."

40대 초반의 사내가 얼굴이 하얗게 질린 채로 버둥거렸다. 상반신이 테이블 위로 엎어진 채 눌려 있었기 때문이다. 이광이 뒤로 돌아갔을 때 사내는 안간힘을 썼지만 사내들이 양쪽 팔을 잡고 테이블에 상반신을 바짝 붙였다. 다시 백갑상이 소리치듯 말했다.

"횡령한 3,500은 집 계약금으로 1,500, 애인 고숙경한테 500, 빚 갚는 데 700, 나머지는 미군 전용 카지노 렉스턴클럽에서 도박으로 날렸습니다."

그때 이광이 야구 배트를 치켜들더니 힘껏 내려쳤다.

"아이고!"

방이 떠나갈 것 같은 비명이 울렸다. 야구 배트가 정확하게 김석봉의 오른쪽 팔꿈치를 박살낸 것이다. 그때 배트를 치켜든 이광이 이번에는 왼쪽 팔꿈치를 쳤다. 마치 장작을 패는 것처럼 내려치자 둔탁한 충격음과 함께 자지러지는 비명이 울렸다.

"으아악!"

"자, 엎어라!"

이광이 배트를 다시 추켜올리며 소리쳤다.

"무릎뼈를 부숴야겠다."

이미 두 팔은 덜렁거리는 터라 김석봉의 비명은 더 높아졌다.

"아이고!"

윤방철의 부하들이 김석봉의 몸을 테이블 위로 밀자 몸이 전체가 올라왔다.

"으아악!"

두 팔이 부숴진 터라 김석봉은 상반신을 들지도 못 한다. 그때 주위 사람들은 지린내와 함께 대변 냄새를 맡았다. 김석봉의 눈이 뒤집혔고 비명은 더 높아졌다. 그때 이광의 배트가 다시 김석봉의 무릎뼈를 부쉈다. 바지 속이었지만 무릎이 뭉개진 것이 보인다. 회의실 안은 비명만 울린다. 모두 굳어 있기 때문이다.

"실례지만 이 사장님은 조폭 체질이신 것 같습니다."

다음 날 오전, 오금봉이 이광을 만나자마자 말했다. 소공동의 유스타 상사 사장실 안이다. 오금봉이 사무실로 찾아온 것이다. 이광은 쓴웃음만 지었고 오금봉이 말을 이었다.

"지난번에는 국제그룹 간부들 어깨뼈를 박살내시더니 어제는 제일그룹 간부 한 놈을 병신으로 만드셨더군요."

"빠르네요, 정보가."

"어제 김석봉이가 실려 나가자마자 알았습니다."

"우리 내부에 정보원이 있어요?"

"예. 원하신다면 누군지 말씀드리지요. 하지만 간부는 아닙니다."

"알 필요 없습니다."

"건물 경비반장입니다."

사양했는데도 말해버린 오금봉이 정색하고 이광을 보았다.

"내부 정보가 있으면 그 친구 통해서 전해 드리지요. 경찰 출신이라

내부 정보는 잘 모으거든요."

"고맙습니다. 모른 척하지요."

"일단 제일그룹 분위기는 장악하셨지만 양성화시키려면 시간이 좀 걸리지 않겠습니까?"

오금봉이 진지한 표정을 짓고 이광을 보았다.

"마약, 인신매매, 미성년자 고용, 불법 성매매는 근절시켜야 됩니다."

"그래야지요."

이광이 천천히 머리를 끄덕였다. 국제그룹과 제일그룹은 오히려 모범이 되어야 할 입장이다. 만일 문제가 일어난다면 봐주기는커녕 본보기로 당할 테니까. 흠, 대통령이 그런 것을 봐줄 위인인가? 오히려 가중 처벌을 할 것이다. 오금봉은 그 말을 하려고 온 것 같다. 이광과 정부 간 연락 역할을 맡은 후부터 대통령까지 교제(?) 범위에 들어가 처음에는 신바람을 내는 것 같더니 지금은 역전되었다. 너무 높은 놈(?)하고 알게 되면 실속이 없는 대신 부담만 늘어나는 법이다. 오금봉은 그것을 실감하게 된 것 같다.

오후 4시가 되어서야 이광이 유성상사로 들어왔다. 유성상사는 이광의 고향이나 같다. 이곳에서 일을 배웠고 사회인으로서 성장했다. 사장실로 들어선 이광의 뒤를 곽영훈이 따라왔다. 곽영훈이 지금 유성상사의 전무이사를 맡고 있다. 진남철과 함께 이광을 견제하던 곽영훈은 이제 유성상사의 제2인자가 되어 있다. 적으로 만났다가 심복이 된 경우인데 이광의 주변에서는 이런 부류가 흔하다.

"사장님, 정 법인장이 공장의 관리 요원 50명을 요청했습니다."

곽영훈이 이광 앞에 선 채로 말을 이었다.

"푸저우에 2년 기한으로 교대 근무를 하도록 하고 직급은 과장급 이상입니다."

이광이 곽영훈이 내민 서류를 보았다. '유스타 푸저우'의 파견 사원 요청서다. 아래쪽에는 황학수 회장의 사인까지 첨부되어 있다. '유스타 푸저우'에는 현재 50명에 가까운 법인 직원이 파견되었고 이제 15,000명이 되어 있는 '푸저우공장'을 관리하고 있다. 그런데 '푸저우공장'의 관리 사원으로 과장급 이상의 간부 요원 50명이 더 필요한 것이다. 현재 공장에 50명 가까운 한국 간부 사원이 파견되어 있는데도 그렇다.

"지원자는 얼마나 되나?"

이광이 묻자 곽영훈의 얼굴에 웃음이 떠올랐다.

"경쟁률이 5 대 1이나 됩니다, 사장님."

"그런가?"

"일단 1계급 승진이 되는 데다 해외 수당까지 합쳐 한국에서 받는 월급의 3배를 받고 주택, 식사까지 제공되거든요. 2년만 갔다 오면 한국에서 집 한 채 살 정도가 됩니다."

"중동보다 낫지."

"그렇습니다."

"많이 보낼수록 좋겠다."

결재 서류에 사인을 한 이광이 웃었다. 지금 한국에는 중동 근로자 열풍이 부는 중이다. 열사의 땅으로 파견 나가 달러를 벌어들이는 일에 신바람이 불고 있는 것이다. '중동 근로자' 붐이다. 사막에서 트럭을 몰고 가다가 잠이 들었는데도 사고가 일어나지 않았다는 '무용담'에서부터 죽어라고 번 돈을 마누라한테 송금했더니 춤바람이 난 마누라가 그 돈을 카바레에서 제비한테 다 털렸다는 비극에 이르기까지 이야기가 무진장 만들어지는 중이다. 실제로 이광은 서울시청 앞, 프린스호텔의 커피숍에 바이어를 만나러 갔다가 떠들썩한 무용담을 듣고 숨을 들이켠 적이 있다. 그것은 얼굴이 검게 탄 이광 또래의 사내가 흰 얼굴에 세련된 차림의 여자한테 사막 이야기를 커다란 목소리로 늘어놓았던 것이다. 건설 현장 운전사 같았다. 여자는 경탄한 표정으로 이야기를 듣는다. 서울의 중심부에서, 이렇게 달러를 버는 것이 '자랑'인 시절이다. 이광이 말을 이었다.

"중국이 20년쯤 후에는 기반이 잡힐 거야. 그리고 30년쯤 후면 엄청난 힘을 갖게 될 거야"

유성상사 사장실 밖으로 회사 앞마당이 보인다. 회사 정문과 경비실, 창고 앞에 주차된 트럭 2대의 선명한 로고까지 보인다. 유스타상사라고 쓰인 로고다. 창가에 선 이광이 트럭에 짐을 싣고 있는 직원을 내려다보고 있다. 직원 하나가 트럭에 짐을 싣고 있는 것이다. 마치 개미 한 마리처럼 창고에서 짐을 어깨에 올려놓고 나와 트럭에 싣고는 다시 돌아간다. 보는 동안 10번도 넘게 왔다 갔다 한다. 6년 전 어느 날, 무역부에서 국내 영업본부로 좌천되었을 때 저런 일을 한 적이 있다. 트럭에 짐을 실으면서 몇 번째 가는지 혼자 세면서 일을 했다. 그것이 만 6년 전이다. 6년 전, 이광의 눈동자에 초점이 멀어졌다. 그러고는 심호흡부터 했다. 정신없이 달려왔다. 자, 그럼 앞으로 무엇을 할 것인가? 사원, 대리, 과장, 부장을 거쳐서 사장이 되었다. 사장 다음에는 회장이 있기는 하지만 명칭뿐이다, 사장인 지금 실권을 다 쥐고 있으니까. 해외법인도 쿠웨이트, 두바이, 요르단, 이집트, 사우디, 홍콩, 중국 푸저우에까지 설립했으며 업종도 무역과 투자, 관광산업으로 확장했다. 국내에서는 유성상사를 리스타 무역과 통합, 유스타상사로 만들었으며 조폭이 원조인 국제그룹과 제일그룹을 인수, 실질적인 대주주가 됨으로써 이것을 모두 합하면 한국의 20대 재벌 그룹에 들어갈 수 있다. 쿠웨이트의 '리스타투자'가 후세인의 비자금을 받아 자본금이 60억 불도 넘는 상황이다. 아마 현금 동원능력은 한국 재벌 그룹 중 10위권 안에 들 수 있을 것이다. 거기에다 중동의 독재자 후세인과 카다피와 밀접한 관계가 됨으로써 미국은 물론 한국 정부의 은밀한 지원까지 받고 있는 상황이다. 이윽고 눈동자의 초점을 잡은 이광이 긴 숨을 뱉었다.

"겸손해라."

이광의 입에서 혼잣소리가 나왔다. 벼락출세를 한 인간은 이런 말을 내놓기 힘들다. 이광의 입에서 저절로 말이 이어졌다.

"대비해라."

미래를 대비하라는 뜻이다. 미래에 대한 꿈은 바로 희망이다. 삶의 원동력이 된다. 곤경에 빠졌어도 희망을 잃지 않으면 결국 빠져나온다. 그것을 경험으로 체득한 이광이다. 머리를 든 이광이 문득 짐을 실은 트럭이 출발하고 있는 것을 보았다. 언제 저 큰 트럭에 짐을 다 채울까 하고 생각했더니 결국 개미가 이겼다. 다 싣고 떠난다. 이광의 입에서 다시 혼잣말이 나왔다.

"베풀어라."

오후 7시 10분, 이광이 성북동의 요정 '일청각'의 방 안으로 들어서자 김성규가 활짝 웃으며 반겼다.

"어서 오너라."

김성규는 좌우에 미인 2명을 앉혀놓고 있었기 때문에 분위기가 더

환했다.

"좋구나."

따라 웃은 이광이 김성규가 앉은 채로 내민 손을 잡으면서 여자들을 둘러보았다.

"역시 한국 미녀가 세계 제일이야."

"자식, 첫마디에 외국 돌아다닌다는 유세를 하는군."

"그렇구나, 버릇이 되어서."

김성규는 상석을 차지했는데 그것이 더 자연스럽다. '일청각'은 특급 요정 중의 하나로 회원제로 운영하는 곳이다. 오늘은 김성규가 할 이야기가 있다면서 이광을 불러낸 것이다. 여자 하나가 이광의 옆에 앉더니 재킷을 벗겨 옷장에 넣고 돌아왔다. 상큼한 향내가 풍겼고 그림처럼 선이 부드러운 용모다, 그때 김성규가 물었다.

"파트너 마음에 드냐? 내가 특별히 부탁했는데."

"됐어, 만족해."

"내가 네 스타일을 알지. 날씬하고 섬세한 데다 섹시한 분위기, 맞지?"

"에라, 이 자식아. 그건 누구나 다 좋아하는 스타일이다."

그때 마담이 앞장을 섰고 장정 두 명이 술상을 양쪽에서 들고 따라왔다. 술상이 놓이고 인사를 끝낸 마담이 돌아갔을 때 이광이 김성규에게 물었다.

"자, 말해라."

"뭘?"

"용건. 네가 용건 없이 술 먹자는 놈이 아니지."

"그 자식, 삭막하기는."

"우리야 본래 이런 사이였지."

"하긴 그래서 오히려 부담이 적지, 다 아는 사이니까."

쓴웃음을 지은 김성규가 이광을 보았다.

"너, 멕시코에다 나하고 합자해서 공장 세우지 않을래? 푸저우 공장처럼 말이다."

이광의 시선을 받은 김성규가 빙그레 웃었다.

"미국의 쿼터는 한계가 있어서 그래. 멕시코에서 생산된 섬유류는 쿼터 제한을 받지 않고 미국으로 수출되거든. 운임도 거의 안 들고 공장만 지으면 노다지다. 멕시코 인건비는 중국하고 비슷하니까."

과연 김성규다. 앞날을 내다보고 있다.

호텔방 안이다. 밤 12시 반, 창가의 의자에 앉은 이광에게 민선지가 물었다.

"씻지 않으세요?"

이광의 얼굴에 웃음이 떠올랐다. 민선지는 일청각에서 따라 나온 파트너다. 김성규하고 술좌석이 끝나고 나서 이곳으로 민선지를 데려온 것이다. 데려왔다기보다 민선지가 따라 나왔다는 표현이 맞을 것이다. 당연히 이차를 나가는 것으로 미리 예약이 되어 있었던 것 같다.

"너 이차 자주 나가?"

불쑥 이광이 묻자 민선지가 눈웃음을 쳤다. 조금 상기된 흰 얼굴이 매혹적이다. 한복에서 양장으로 갈아입어서 미끈한 몸매도 다 드러났다. 다가온 민선지가 허리를 이광의 어깨에 딱 붙였다.

"가끔 나가죠, 안 나간다는 건 거짓말이고요."

"그렇겠지."

"손님들은 그래도 안 나갔다는 말을 듣기 좋아하세요. 자기가 첫 남자이기를 바라죠."

"미친놈들이지."

"그래서 가끔 처음이라고 해드려요."

"수준에 맞춰줘야지."

이광이 팔을 뻗어 민선지의 엉덩이를 감아 안았다. 탄력 있는 몸이 이광의 얼굴에 딱 붙여지면서 강한 향내가 맡아졌다. 민선지가 이광의 머리칼을 부드럽게 쓸면서 물었다.

"별로 내키지 않으시죠?"

"그래."

"그냥 가셔도 돼요. 호텔비는 냈으니까 전 여기서 자고 갈 테니까요."

"김 사장은 일청각에 자주 오나?"

이광이 화제를 돌리자 민선지가 앞쪽 의자에 앉았다. 김성규는 이제 사장이다.

"단골이신 것 같아요. 마담이 VIP 대접을 하시더라고요."

"그 친구가 왜 널 그냥 두었지? 단골이라면서 말이야."

"괜히 그러시죠? 저보다 나은 애들이 많아요. 김 사장님 파트너 유세희도 저보다 낫지 않아요?"

"난 네가 좋은데."

"립 서비스 그만 하세요."

민선지가 눈을 흘겼다.

"좋으면서 왜 안 내켜요?"

"오늘은 바빠서."

자리에서 일어선 이광이 지갑을 꺼내 수표 한 장을 탁자 위에 놓았다.

"이차비다."

민선지는 시선만 주었고 이광이 몸을 돌리면서 말했다.

"다음에 만나."

호텔 현관으로 나온 이광 앞으로 검정색 승용차 한 대가 다가와 섰다. 이광이 잠자코 뒷좌석에 오르자 승용차는 곧 출발했다. 그때 운전석 옆자리에 앉은 고봉만이 몸을 돌려 이광을 보았다.

"회장님, 김성규는 지금 한강 호텔에서 파트너 유세희하고 같이 있습니다."

이광이 머리만 끄덕였고 고봉만이 말을 이었다.

"저기, 민선지는 24세, 일청각에 나온 지 6개월이 되었습니다."

"……."

"일청각 새끼마담한테서 들었는데, 단골이 5명, 애인이 둘 있습니다. 잠자리 매너가 좋아서 인기라고 합니다."

"……."

"오늘은 김성규의 부탁을 받고 마담이 회장님 파트너로 정해준 것입니다."

"됐다."

이광이 좌석에 등을 붙이면서 말하자 고봉만은 입을 다물었다. 고봉만은 국제그룹 비서다. 오늘 같은 날에 유성상사나 유스타상사의 비서를 대동하고 올 수는 없는 것이다. 고봉만은 35세, 조폭 계열이지만 정보력이 뛰어나 고성규가 회장이었을 때도 기조실에서 정보 담당을 맡았다. 조폭 사회에서도 정보가 가장 중요한 것이다. 상사(商社)와 조금 다른 부분이 있기는 하다. 상사(商社)에서는 상대방 가격이나 품질, 시장

동향, 바이어의 재정 상태 등의 정보를 모으지만 고봉만은 상대의 과거, 인과 관계, 칼을 잘 쓰는지 아니면 물어뜯기를 잘하는지 등으로 범위가 좁다. 그때 고봉만이 잊었다는 듯이 말했다.

"참, 민선지가 김성규하고 한 번 잤습니다."

"……."

"새끼 마담이 그러더군요. 민선지가 처음 온 날에 김성규가 딱지 떼어 줬다고요."

"김성규 여자관계 조사해 봐."

말이 나온 김에 이광이 지시했다. 여자관계 조사는 고봉만이 전문가일 것이다. 그러고 나서 유스타상사의 비서 안학태를 시켜서 김성규의 재정 상태를 조사시켜야겠다. 김성규는 외삼촌 남영호를 회장으로 밀어 올리고는 자신이 대표이사 사장이 되어 있다. 국제통상도 상호를 새한통상으로 바꾸었고 주식을 상장시켜 남영호보다 주식 지분이 많은 대주주다. 외삼촌도 밀어낸 것이다.

"알겠습니다."

고봉만이 기운차게 대답하고는 심호흡을 한 번 하더니 말을 이었다.

"일청각 주인이 국개위 백을 믿고 안하무인이라고 합니다. 돈을 밤마다 수천만 원씩 걷어간다는데요. 세금도 안 낸다고 합니다."

'제 버릇 개 못 준다'는 말이 있다. 버릇은 쉽게 고쳐지지 않는다는 말이다. 김성규를 처음부터 겪었던 이광이다. 시간이 지나면서 둘이 서로 상부상조하는 사이가 되었지만 따지고 보면 서로 이용하는 관계다. 이것이 사회에서 엮어지는 인연이다.

이광의 관점에서 보면 사회에서 진정한 우정은 존재하지 않는다. 아니 '진정한'이라는 단어를 사용할 필요조차 없다, 이용 가치가 없으면 서로 엮일 리가 없으니 우정이 존재하지 않을 테니까. 서로 주고받는 것, 이쪽이 줄 것을 갖고 있어야 받고, 없으면 받지 않는 것이 '이광 식' 사회생활이다.

'삭막한 생활'이라고 했는가, 지금? 그러면 이광의 답을 듣자.

"그대는 자선단체와 교제하고 사시기 바란다."

"집에서 기르는 개도 먹이를 받아먹으면 집을 지켜주는 것으로 대가를 치른다. 받기만 하는 그대는 개한테 미안하지도 않은가?"

다음 날 오전, 이광이 그룹의 총사령부 역할을 하는 유스타상사의 사장실에서 조백진의 보고를 받는다.

"520명이 일주일 후부터 떠나게 됩니다."

조백진이 활기 띤 목소리로 말을 이었다.

"한국 건설 기술진과 섞여서 전세 비행기로 5번에 걸쳐 분산 출발합니다."

조백진이 똑바로 이광을 보았다.

"모두 월남전 참전 경험이 있는 장교와 하사관 출신으로 단장인 박장호 대령이 내일 사장님께 인사를 온다고 했습니다."

"알았다. 넌 언제 떠나?"

"첫 번째 고문단과 함께 떠납니다, 사장님."

"네가 고생이 많겠다."

"아닙니다. 오히려 신바람 납니다."

이광의 시선을 받은 조백진이 씩 웃었다. 자신의 적성에 맞는 일을 맡게 되면 행복한 법이다. 조백진은 고문단 업무를 맡은 후부터 에너지가 50퍼센트는 더 충전된 것 같았다. 조백진의 직책은 한국 건설 리비

214

아 현장의 총무부장이다. 그러나 실제 업무는 리비아에 파견된 군사 고문단의 연락관 역할이다. 고문단에 대한 리비아 정부나 한국 정부의 연락은 모두 조백진을 통해서 이루어지는 것이다. 따라서 조백진은 보좌관 4명을 지휘하고 있다. 한국 측 고문단에서 파견된 2명, 리비아 정부측 2명이다. 이광이 머리를 끄덕였다.

"앞으로 네가 할 일이 점점 많아질 거다. 네 일은 네가 찾아서 하도록 해."

"알겠습니다."

군대식으로 부동자세가 된 조백진이 기운차게 대답했다.

"리비아에 한국군 위상을 굳혀 놓겠습니다."

그날 저녁 이광은 또 대통령의 호출을 받았다. 오후 5시에 청와대 비서실에서 전화가 온 것이다. 7시에 대통령이 식사를 하자는 것이다. 두 시간 전에 연락을 하다니…….

"시발, 내가 지 종이야?"

이광이 어깨를 부풀리면서 투덜거렸다. 물론 전화를 끊고 전화기가 제대로 놓였는지까지 확인한 후에 한 말이다. 그러나 이런 호출에도 '환장'하고 달려가는 인사들이 대부분일 것이라는 생각을 하자 크게 위로가 되었다.

"어, 왔어?"

식당에서 만난 대통령이 이광의 인사를 받고는 머리를 끄덕이며 그렇게 말했다. 악수도 청하지 않았고 식탁에서 일어나지도 않았다. 식탁에는 방금 차려진 저녁 식사가 놓였다. 된장국 냄새가 났다. 오늘도 또 된장국이다. 식탁 손님은 넷. 대통령, 비서실장 유근종, 국방장관 오택수, 안기부장 최도광이다. 그들은 대통령이 인사를 생략하자 이광에게 눈인사만 했다. 넷이 이광을 기다린 듯이 곧 식사가 시작되었다. 이번에도 조미료를 안 탔는지 된장국은 쓰다. 모두 말없이 밥을 떠먹었고 김을 젓가락으로 집어 기술적으로 밥을 감싸 입에 넣던 대통령이 문득 이광에게 말했다.

"카다피한테 선물 준비했어."

밥을 삼킨 이광이 시선만 주었을 때 대통령이 빙그레 웃었다.

"권총이야."

이광이 숨을 들이켰다. 하긴 권총이 어울린다. 둘 다 군 출신인 데다 똑같이 쿠데타를 일으켰지. 그때 대통령이 주머니에서 권총을 꺼내 보였다. 이광이 금세 몸을 굳혔을 때 유근종 등은 그냥 밥만 씹고 있다. 모두 대통령의 행태에 익숙해진 것 같다. 그때 대통령이 권총을 흔들면서 말했다.

"이게 내가 쿠데타를 일으켰을 때 차고 있던 권총이야. 베레타 92F지."

대통령의 얼굴에 환한 웃음이 떠올랐다. 그나저나 한 손에는 젓가락, 한 손에는 권총을 쥐고 있다. 대통령이 권총 손잡이를 젓가락을 쥔 왼손으로 가리켰다.

"여기에 영어로 글자를 팠어. '내 동생 카다피에게, 한국 대통령이.' 이렇게 말이야."

"멋진 선물입니다."

감동한 표정으로 오택수가 말했다.

"최고의 선물입니다."

유근종과 최도광은 아무 말도 하지 않았다. 그때 대통령이 이광에게

216

말했다.

"이거, 한국 대사관으로 보낼 테니까 자네가 찾아서 카다피한테 줘. 아마 좋아할 거야."

"여기 홍콩이야."

수화구에서 고성규의 목소리가 울렸다. 오후 3시 반, 이광은 국제건설 회장실에서 전화를 받고 있다.

"형, 무슨 일 있어요?"

"응, 부탁 좀 하자."

고성규가 대뜸 말했다. 짐작하고 있었기 때문에 이광은 기다렸고 고성규의 말이 이어졌다.

"며칠 전에 광수 엄마하고는 통화했는데, 너도 들었지?"

"전화 받았어요."

"나, 돌아가기 힘들 것 같다."

"⋯⋯."

"너도 알겠지만 증거 잡힌 일이 하나둘이 아냐. 변호사가 그러는데 모두 17건이라는군. 국개위 놈들이 조작한 것도 있지만 말이야."

"⋯⋯."

"한 20년을 살아야 될 것 같은데 내가 뭐 하러 들어가겠냐?"

고성규 입장에서 보면 맞는 말이다. 다시 고성규의 말이 이어졌다.

"내가 너한테 자꾸 부담을 줘서 미안하다, 광아."

"뭐, 괜찮아요, 형."

"솔직히 네가 맡지 않았다면 내가 강일천이처럼 죽었거나 회사가 풍비박산되고 지금쯤 학교에 들어가 있겠지."

그것도 맞는 말이다. 이광이 맡아주지 않았다면 국제그룹은 '국개위'에 의해서 진즉 공중분해되었다.

"그래서 형, 어떻게 하려는 거요?"

"광수 엄마하고 내 자식들을 홍콩으로 데려올 수 없겠냐?"

"형, 형 만나러 가는 거 뻔히 알 텐데 누가 보내 주겠어요?"

"네가 손을 좀 써 달라는 말이다."

"형, 내가 대통령이오? 대통령도 그건 못 할 겁니다."

"너는 할 수 있을 거다."

"형, 상황이 예전하고 달라요."

"왜?"

"내가 법을 지켜야 된단 말입니다. 국제하고 제일그룹도 모두 양성화시켜야 살아남아요."

"부탁한다."

고성규가 말을 이었다.

"내가 여기서 식구들하고 가게라도 하나 차리고 착실하게 살 거다."

"……."

"네가 손 좀 써봐, 이 자식아. 내 마지막 부탁이다."

고성규의 말끝이 떨렸다.

"그 사람 욕심이 지나치네요."

그날 저녁, 이광의 말을 들은 오금봉이 쓴웃음을 짓고 말했다. 인사동의 한정식당 안이다. 둘은 빈대떡 안주로 막걸리를 마시고 있었는데 방금 이광은 고성규의 부탁 이야기를 한 것이다. 한 모금 막걸리를 삼킨 오금봉이 물었다.

"고 회장한테 지난달 2백만 불 보냈지요?"

"아, 그거야……."

"이 사장이 전에도 보내 주신 것으로 알고 있는데요, 홍콩의 린린을 통해서 말입니다."

"잘 알고 계시면서 왜 묻습니까?"

"지금까지 보낸 돈이 5백만 불쯤 되지요?"

"외화 밀반출은 아닙니다. 쿠웨이트에 있는 내 개인 돈으로 준 겁니다."

'리스타투자'에서 보낸 것이다. 머리를 끄덕인 오금봉이 이광을 보았다.

"이 사장, 대단하시오."

"뭐가 말입니까?"

"고성규는 이 사장한테 바가지를 씌운 겁니다. 그거, 알고 계셨지요?"

"무슨 말입니까?"

"고성규는 지분을 넘기면서 시가보다 2배쯤 높게 불렀어요. 그래서 지난달에 이 사장이 2백만 불을 보내지 않았어도 되었습니다."

"본인은 국제그룹 지분이 그 가치가 있다고 생각했겠지요."

"홍콩에서 살겠답니까?"

"중국은 아직 가족들하고 살 환경이 안 되니까요."

"그건 그렇지."

"부탁합시다, 오 국장님."

"그럼 고성규는 완전히 한국하고 인연이 끊기는군."

"지분도 나한테 다 넘겼으니까요."

"계산도 다 끝났고, 본인 뜻대로 말이지요."

오금봉이 긴 숨을 뱉더니 이광을 보았다.

"보고를 해야 되겠습니다."

"부탁합니다."

"그동안 우리가 이 사장님 덕을 많이 보았기도 하니까……."

"앞으로도 잘 지낼 테니까요."

서로 이용하는 관계 아닌가? 이광이 오금봉의 잔에 막걸리를 채웠다.

오피스텔 앞에서 차가 멈추었을 때 이광이 유상태에게 말했다.

"내일 아침 8시에 와."

"예, 사장님."

유상태가 차에서 내리려고 해서 이광이 말렸다.

"앉아 있어, 내가 내릴 테니까."

문을 열면서 이광이 웃었다.

"내가 손이 없냐? 앞으로는 그러지 마."

유상태는 고성규의 운전사 겸 경호원이었기 때문에 군기가 제대로 잡혀 있다. 대부분의 조폭 보스들처럼 고성규도 위압적이고 사람 고르는 데 까다로웠다. 수틀리면 운전사 뒤통수를 때리는 일도 많았다. 죽은 강일천은 특히 더했다는 것이다. 구두를 벗어서 뒷머리를 때리는 건 보통이고 가다가 차를 세워서 쫓아낸 적이 한두 번도 아니라는 것이다. 차에서 내린 이광의 등에 대고 유상태가 허리를 90도로 꺾어서 절을 했다. 이광이 못 보았기 망정이지 보았다면 그러지 말라고 했을 것이다. 오피스텔은 새로 구입한 곳이다. 마포의 20층짜리 오피스텔이었는데 이광은 20층 옥상에 지은 특실을 사용하고 있다. 이곳은 이광의 안가(安家)인 셈이다. 경비실은 비어 있었기 때문에 곧장 엘리베이터로 다가갔던 이광이 멈춰 섰다. 엘리베이터는 1층에 멈춰 서 있었는데 로비는 텅 비었다. 밤 12시 반이다. 잠깐 엘리베이터 앞에 서 있던 이광이 몸을 돌려 뒤쪽 엘리베이터로 다가갔다. 오피스텔에는 엘리베이터가 4대 운행되었고 홀수 층과 짝수 층에 각각 2대씩 배정되었다. 이광은 이제 홀수 층 엘리베이터로 다가간 것이다. 엘리베이터에 오른 이광이 19층의 버튼을 누르고는 벽에 기대섰다. 어젯밤도 이곳에서 잔 것이다. 이상한 낌새가 있었기 때문이 아니다. 유상태를 보내고 혼자가 되었을 때 문득 죽은 강일천이 떠올랐던 것이다. 경호원에 둘러싸였던 강일천도 애인한테 가려고 혼자가 되었을 때 살해당했다. 그런데 나는 너무 방심한 것이 아닌가? 안기부와 협조하는 관계라고 요즘 너무 오만해진 것 같다. 엘리베이터가 19층에 멈췄을 때 이광은 복도로 나와 비상계단으로 다가갔다. 복도 끝 쪽 비상계단의 문 앞에 선 이광이 손잡이를 쥐고 조심스럽게 열었다. 철제 비상문이 소리 없이 열렸고 이광은 어두운 계단실로 들어섰다. 그때 사내의 목소리가 들렸다. 소리 죽인 목소리지만 다 들린다.

"뭐야? 왜 아직 안 오는 거야?"

"기다려 봐. 어젯밤에도 12시가 다 되어서 돌아왔어."

다른 사내가 낮게 말했어도 시멘트 벽에 부딪힌 목소리가 울렸다.

"야, 조용히 해."

또 다른 사내의 목소리다. 이광은 문의 손잡이를 잡고 다시 소리 없이 열었다. 이제는 나가려는 것이다.

30분쯤 후에 이광이 윤방철에게 말했다.

"어젯밤에도 내가 혼자 오피스텔로 갔었다. 그것을 놈들이 알고 있었던 거야."

그동안 윤방철이 여러 번 경호원을 데리고 다니라고 했던 것이다. 이광이 거부하자 윤방철은 몰래 경호대를 따르게 했다가 그것을 알아챈 이광에게 혼이 났다. 그 이후로 윤방철도 포기했던 것이다. 이광이 '안기부에서 날 보호하고 있다'라고 한 것이 결정적이기도 했다. 윤방철은 그것을 안기부가 은밀하게 경호해준다는 말로 알아들은 것이다. 이곳은 신촌의 룸살롱 '블루스타'의 특실 안이다. 국제그룹의 계열사인 '국제유통'에 소속된 업체로 아직도 임직원은 '조직원'이다. 카스파가 국제그룹으로 성장하여 이름까지 바꿨지만 이곳 종업원이 뿌리였고 지금도 그렇다. 그때 윤방철이 어깨를 늘어뜨리면서 말했다.

"곧 알게 되겠지요."

그리고 다시 30분쯤 지났을 때 오피스텔로 보냈던 윤방철의 부하 장복기가 방으로 들어섰다. 허리를 꺾어 절을 한 장복기가 문 앞에 선 채로 보고했다.

"비상계단에 숨어 있던 셋하고 차에서 기다리던 둘을 다 잡았습니다."

"차에도 있었어?"

이광이 묻자 장복기가 몸을 굽혔다. 장복기는 28세, 국제유통의 기조실 총무담당 대리다. 쉽게 말하면 행동대 조장쯤 된다. 카스파 경력 5년, 고졸, 학교는 3번 다녀왔고 3번 다 폭력이다. 조장쯤 되려면 '사기'나 '강간' 따위로 학교 간 경험이 있으면 안 된다. 장복기가 말을 이었다.

"예, 이놈들은 제일그룹 김춘택 계열이었던 오상만이 보낸 놈들이었습니다."

"오상만?"

이광이 되물었을 때 윤방철이 한숨을 쉬고 나서 대답했다.

"예, 김춘택 심복이었습니다."

오상만은 서둘러 대합실로 들어섰다. 오전 3시 반, 전라선 첫차는 4시 반이다. 시간이 있었지만 오상만은 한적한 서울역 대합실을 가로질러 매표구 앞으로 다가갔다. 매표구 앞은 비었다. 잠이 덜 깬 얼굴의 매표원이 하품을 하려다가 오상만과 시선이 마주치자 입을 다물고는 멋쩍은 표정을 지었다. 예쁜 얼굴이어서 다른 때 같으면 농담을 던졌겠지만 지금은 그럴 상황이 아니다.

"목포 한 장."

만 원권 지폐를 내밀면서 오상만이 말했다.

"1등석."

매표원이 잠자코 돈을 받더니 거스름돈과 함께 표를 창구로 밀어주었다. 몸을 돌린 오상만이 길게 숨을 뱉었다. 목포로 정한 것은 그곳에 연고가 없기 때문이다. 아는 놈이 한 놈도 없다. 지금까지 도망쳤다가 잡힌 놈들은 모두 연고지나 인연이 있는 놈들을 찾아갔다가 당했다. 대합실은 사람 눈에 띄기 쉬웠기 때문에 오상만은 곧장 전라선이 출발하는 2번 출구로 나왔다. 아예 철로 옆에서 기다리려는 것이다. 날씨가 서늘해서 목을 움츠린 오상만이 들고 있던 가방을 바꿔 쥐었다. 가방에는 현금 18만 원과 연장이 들어 있다. 연장이란 칼과 도끼다. 지금도 가슴에는 날을 시퍼렇게 갈아놓은 대검을 차고 있다. 이번에 김춘택 편에서서 제일그룹을 거의 다 장악했다고 믿었을 때 상황이 뒤집혔다. 김춘택이 외화 반출, 사기, 밀수, 살해 교사 등 10여 가지 죄목으로 체포되었던 것이다. 이것은 정부기관의 음모다. 엄밀히 말하면 이광을 밀어주는 기관의 공작이다. 그러나 정부를 당해낼 조직은 없다. 오상만은 어금니를 물었다. 부하들을 시켜 이광을 제거하면 당분간 제일그룹은 물론이고 국제그룹까지 혼란에 휩싸이게 될 것이었다. 그때 다시 기회를 노리려고 했는데 실패했다. 이광이 눈치를 챘는지 오피스텔로 돌아오지 않고 숨어 있던 부하들이 잡힌 것이다. 지난밤 잠을 자지 못했던 오상만은 피로가 몰려왔으므로 눈을 감았다. 당분간 목포에 숨어 있으면서 재기할 기회를 노릴 것이다. 그때 누가 어깨를 건드렸기 때문에 오상만이 눈을 떴다. 사내 하나가 웃고 서 있다.

"너 오상만이지?"

그러고 보니 뒤쪽에도 사내들이 여러 명이다. 곧 오상만은 어깨를 늘어뜨렸다. 끝났다. 가슴의 칼을 빼기 직전에 놈들이 칠 것이다. 바짝 붙어 서 있는 것을 보면 놈들은 빈틈을 보이지 않는다.

"오상만이 자백했습니다."

백갑상이 보고했을 때는 오전 9시 반이다. 제일건설의 회장실 안, 이광이 소파에 앉아 잠자코 시선만 주었다.

"응원해 준 간부가 4명 있습니다. 그놈들도 조금 전에 잡았습니다."

"……."

"오상만은 김춘택의 지시를 받은 것 같지 않습니다. 김춘택은 외부와 차단되어 있거든요."

오상만은 35세, 김춘택의 계보로 분류되어 제일건설의 현장소장을 맡고 있다가 이번에 해직되었다. 폭력전과 2범, 김춘택과는 연고가 없고 의리가 있다는 평을 들었지만 크게 두각을 나타내지는 않았다. 이번에 오피스텔에서 잡힌 부하들은 모두 오상만이 현장에서 데리고 있던 후배들이다. 이광이 백갑상을 보았다.

"오상만이 부하들은 돈 받은 거냐?"

"아닙니다."

머리를 저은 백갑상이 말을 이었다.

"그냥 시킨 대로 했다는 겁니다. 그놈들은 오상만이하고 현장에서 같이 근무한 의리로 그랬다고 합니다."

그때 옆에 서 있던 윤방철이 말했다.

"제가 알아보았더니 김춘택이가 오상만이를 심복으로 생각한 것 같지도 않습니다. 오히려 죽은 강일천이 오상만을 현장소장으로 키워주었다는군요."

"예, 그렇습니다."

강일천의 외사촌 동생인 백갑상이 쓴웃음을 지었다.

"강 회장이 오상만이가 의리가 있는 놈이라고 한 적이 있습니다. 그런데 그 후로 빛을 보지 못했지요."

"그 후라니? 무슨 일인데?"

"강 회장이 현장으로 심부름을 보낸 경호원을 오상만이가 팼기 때문이죠. 갈비뼈가 6대나 나갔는데 강 회장이 화를 내었다가 해명을 듣고 놔두었습니다."

"……."

"경호원이 건방지게 굴었기 때문이지요. 그렇지만 그 일로 오상만이는 더 출세하지 못했습니다."

"성질이 있는 놈이군."

"이번에 의리가 있는 놈이라는 증거가 드러난 셈입니다."

백갑상이 혼잣소리처럼 말했다.

방으로 들어선 이광이 안쪽 의자에 앉아 있는 오상만을 보았다. 오상만은 철제 의자에 묶여 있는데 얼굴은 피투성이다. 윤방철의 부하들이 구타한 것이다. 죽지 않을 만큼만 쳤기 때문에 오상만의 어깨는 늘어졌고 허리도 조금 굽혀져 있다. 손이 뒤로 묶인 데다 발도 의자에 묶여서 꼼짝을 못 하게 되었다. 방 안에 있던 사내들이 긴장을 하더니 벽 쪽에 붙어 섰다. 이광이 다가가자 구두 발자국 소리가 울렸다. 바닥이 시멘트였기 때문이다. 사방의 벽도 시멘트였고 창문도 없어서 방 안에서 피비린내가 맡아졌다. 이곳은 동교동 5층 빌딩의 지하실, 국제유통 건물이다. 이광의 뒤를 윤방철과 백갑상, 장복기 등 경호원에다 간부급 서너 명까지 일행이 10여 명이나 따랐기 때문에 지하실은 사람들로 가득 찼다. 오상만 앞에 선 이광이 지그시 시선을 주었다. 오상만도 마주 보았는데 기가 죽지 않았다. 넓은 얼굴 두툼한 주먹코는 부어서 지금도 코피가 떨어지고 있다. 입술도 터졌고 눈두덩이 하나는 찢어졌다. 오상만의 시선을 본 윤방철이 혀를 차고 나서 말했다.

"애쓴다. 힘 빼지 말고 눈깔 깔아라."

오상만이 숨만 들이켰을 때 한 발짝 앞에 선 이광이 물었다.

"날 없애고 어떻게 하려고 했냐?"

오상만의 눈동자가 두 번 껌벅였다. 다시 이광이 묻는다.

"네 계획을 듣자. 실패했지만 네 의도는 알려줘야 될 것 아니냐?"

"……"

"사내답게 네 의지를 밝힐 기회를 주는 거다."

226

"난 김춘택이를 존경하는 것도 아냐."

오상만의 목소리가 나왔다. 갈라진 목소리가 시멘트 벽에 튀었다. 모두 조용해졌고 오상만의 말이 이어졌다.

"그렇다고 강일천의 복수를 하려는 것도 아니었어."

이광이 시선만 주었고 오상만의 목소리에 열기가 띠어졌다.

"김춘택에게 호응한 건 조직원으로 당연한 일이야. 보스는 있어야 되니까."

"그렇지."

"하지만 김춘택까지 허망하게 당하고 제일그룹이 너한테 넘어간 것을 가만두고 볼 수는 없었어."

"네가 보스가 될 수 있을 것 같았어?"

"아니, 내부 전쟁이 또 일어나겠지만 명동파 뼈대는 살릴 수 있을 것 같았지. 나는 그 와중에 죽든지, 아니면 소규모 조직의 보스가 되든지."

"제일그룹이 국제에 합병되는 건 막을 수 있겠다고 생각했구나."

"억울하니까."

"넌 네가 보스 자질이 있다고 생각하는 거냐?"

"아니, 대조직은 불가능해, 내 역량이 닿지 않아. 소조직, 이를테면 공사 현장 소장 정도가 내 한계야."

"죽기 전에 할 말 있으면 해라."

"내 부하들은 살려줘, 그놈들은 시키는 대로 할 놈들이야. 보듬어 주면 힘이 될 놈들이야."

"니 가족한테 할 말은?"

"놔둬, 잘살 거야."

"딸이 세 살이라면서?"

"어리니까 잘되었지, 금방 잊을 거야."

그러더니 오상만이 얼굴을 일그러뜨리고 웃었다.

"이제 그냥 죽여, 이 자식아. 잘난 척 그만 하고."

이광이 천천히 머리를 끄덕였다. 이광의 얼굴에도 쓴웃음이 떠올라 있다.

그날 오후에 유스타상사의 사무실로 돌아온 이광이 고봉만의 보고를 받는다. 고봉만을 이쪽으로 부른 것이다.

"김성규는 여자관계가 복잡합니다. 지금은 여자 세 명을 번갈아 만나고 있습니다. 그중 둘에게는 살림을 차려 주었습니다."

"어이구, 그 자식 나보다도 복잡하군."

입맛을 다신 이광이 고봉만이 건네준 서류를 받았다. 더구나 김성규는 지난번에 결혼까지 해서 와이프까지 있는 상황이다. 그때 고봉만이 말을 이었다.

"그런데 김성규는 부인하고 문제가 있는 것 같습니다."

"문제라니?"

"여자관계가 알려진 것 같습니다. 그래서 부인이 지금 열흘째 친정으로 가서 돌아오지 않았습니다."

"그 자식 참."

이광의 얼굴에 웃음이 번졌다. 김성규는 결혼한 지 1년도 되지 않았다. 자업자득이라고 하지만 너무 빠르다. 재주가 많은 김성규지만 이 문제는 불가항력일 것이다.

"뭐 하는 거야?"

오상만이 물었지만 사내 둘은 묶은 끈을 풀더니 곧 한 걸음씩 물러섰다. 이제 오상만의 팔다리는 풀렸다. 그러나 오상만은 의자에서 일어서지 않았다. 의심이 가득한 시선으로 앞에 선 사내를 노려보았다. 시멘트 방 안이다. 몇 시가 되었는지 알 수 없다. 이광이 다녀간 지 대여섯 시간이 지난 것 같기도 하고 하루가 지난 것도 같다. 그동안 몇 번 자다가 깨어났기 때문이다. 그때 앞에 선 사내가 입을 열었다. 오상만은 모르는 사내다.

"집에 가라."

"뭐?"

"집에 가란 말이야, 이 새꺄."

입맛을 다신 사내가 오상만을 째려보았다.

"네 집이 양평동이지?"

"뭐?"

이번에는 오상만의 목소리가 컸다. 눈을 치켜뜬 오상만이 어깨를 부풀렸다.

"너, 너희들이⋯⋯."

"이 새끼야, 딸이 세 살이잖아."

사내가 투덜거리더니 턱으로 문을 가리켰다.

"복도 건너편에 샤워실이 있다. 거기서 씻고 옷 갈아입고 나가라. 옷도 한 벌 갖다 놓았다."

"왜?"

"왜는 왜야? 이 병신아, 난 지시만 받았을 뿐이야."

사내가 몸을 돌리자 뒤쪽의 두 사내도 뒤를 따라 방을 나갔다. 문을 열어놓은 채 나갔기 때문에 그때서야 오상만은 엉덩이를 들었다.

"으윽!"

저절로 입에서 신음이 터졌다. 갈비뼈 부러진 고통이 전해져왔기 때문이다. 그러나 기를 쓰고 몸을 세웠더니 고통은 더 심해졌다.

"으으윽!"

이 사이로 신음을 뱉었지만 오상만은 다시 앉지 않았다. 나가야 한다. 딸한테 가야겠다. 서울역으로 떠나기 전에 아내와 딸에게 작별은 했다. 당분간 시골에 일이 있어서 떠나야겠다고만 한 것이다. 10평짜리 아파트에서 전세를 살고 있었지만 착한 아내는 행복해했다. 아내 김선영을 떠올린 오상만의 얼굴이 상기되었다. 착한 여자다. 10평짜리에서 15평짜리 전세로 옮겨 가는 것이 소원이었는데 그것은 들어주지 못했다.

유스타상사의 사장실 안, 이광이 앞에 앉은 40대 후반쯤의 사내에게 말했다.

"리비아에서 다시 뵙지요, 제가 자주 들를 테니까요."

"각하께서도 어려운 일 있으면 이 사장께 말씀드리라고 하셨습니다."

사내가 정중하게 대답했다. 오늘 저녁 비행기편으로 리비아를 향해 출발할 고문단의 박장호 대령이다. 사복 차림의 박장호가 말을 이었다.

"차드군(軍)은 프랑스군(軍)의 집중적인 훈련을 받아서 정예군이 되어 있습니다. 미국에서 제공해 준 리비아군 훈련 상황을 보았더니 많이 뒤집니다. 이대로 부딪치면 집니다."

"그것을 카다피 지도자한테 말씀드리셔야 됩니다."

"그렇게 해야 될 것 같습니다."

박장호가 정색하고 말했다.

"이제는 우리 고문단도 같은 배에 타게 되었으니까요."

이렇게 해서 국가 간도 이해와 운명이 얽히게 되는 것이다. 세계 1, 2차 대전도 이런 인연 때문에 세계대전이 되었다. 박장호가 떠났을 때 비서 안학태가 다가와 보고 했다.

"오 국장한테서 전화가 왔었습니다. 전화해 달라고 하십니다."

이광이 눈을 크게 떴다가 곧 전화기를 집어 들었다. 버튼을 누르자 오금봉이 바로 응답했다.

"아, 이 사장님, 그 일 준비됐습니다."

이광이 숨을 죽였고 오금봉의 말이 이어졌다.

"언제 떠날 수 있지요?"

"제가 지금 알아보지요."

이광이 말하자 오금봉이 한숨 소리를 냈다.

"겨우 승인을 받았습니다. 이것으로 고성규 씨는 한국과 인연이 멀어지게 되는군요."

고성규가 부탁한 가족의 출국이다.

"수고하셨습니다. 고맙습니다."

인사를 한 이광이 서둘러 고성규에게 전화를 했다. 고성규는 지금 홍콩에서 기다리고 있는 것이다. 홍콩의 아파트에 연락했더니 고성규가 기다리고 있었던 것처럼 바로 전화를 받는다.

"어떻게 된 거냐? 잘된 거지?"

이광의 목소리를 들은 고성규가 대뜸 그렇게 물었다. 그에게는 이제 처자식이 가장 필요한 것 같다.

문 앞에 선 오상만이 심호흡을 했다. 손에 쥔 봉투에는 과자가 담겨져 있다. 아파트 앞 가게에서 산 것이다. 지하실을 나왔을 때는 오후 5시 반이었다. 씻고 새 옷으로 갈아입었지만 몸과 특히 얼굴의 상처를 그대로 두고 집에 갈 수가 없었기 때문에 어젯밤은 병원에 들어가 치료를 받았던 것이다. 그래서 지금 한쪽 눈에는 안대를 하고 입술에 밴드를 붙인 모습이 되어있다. 새 옷의 주머니에 1만 원권 10장이 넣어져 있었기 때문에 치료비에 차비, 딸 과자 값까지 낼 수 있었다. 건물을 나왔을 때 주머니에서 돈을 발견한 오상만의 가슴이 찌르르 울렸었다. 살아서 나왔다는 실감이 그때서야 느껴졌던 것이다. 이광이 대기업을 일으킨 놈이지만 카스파에 잠깐 몸을 담았다는 이야기도 최근에야 들었다. 고성규가 회장이 되는 데 결정적인 역할을 했던 놈이었다. 소문으로는 여럿을 죽였다고 했다. 그리고 최근에 국제그룹과 제일그룹을 차례로 인수했을 때의 이야기도 다 들었다. 고위 간부들을 회의실에 모아놓고 야구 배트로 뼈를 박살 낸 사건이다. 끔찍한 놈이었다. 제일여행사 김석봉은 팔다리가 박살이 나서 지금은 병신이 되어 있다. 그런 이광이 저를 죽이려고 했던 나를 이렇게 보내주다니, 그것도 지하실에 온 이광에게 할 말, 못 할 말 다 쏟아붓지 않았던가? 이윽고 오상만은 벨을 눌렀다.

그 시간에 이광은 유성상사의 사장실에서 손님들과 앉아 있다. 이쪽에는 이광과 전무이사 겸 영업본부장 곽영훈, 이번에 유성상사와 유스타 서울의 통합 비서실장으로 임명된 안학태까지 셋이 앉았다. 손님들은 셋이었는데 삼원건설의 회장 유태원과 사장 박진용, 부사장 강한식이다. 손님들의 표정은 심각하다. 주로 입을 여는 사람은 부사장 강한식으로 그는 이란에서 귀국한 지 나흘째였다. 강한식이 다시

232

말을 이었다.

"이 사장님 덕분으로 임직원과 중요한 장비와 비품 대부분을 이란 국외로 반출할 수 있었습니다. 그러다가 장비 확인을 하려고 남았던 직원 7명이 현재 실종되었습니다."

이광의 정보를 받은 정부는 다급하게 이란에서 공사 중인 삼원건설 측에 연락을 한 것이다. 당시에 삼원건설은 현장소장이었던 부사장 강한식과 한국인 직원 78명이 이란의 테헤란 공사현장에 근무하고 있었다고 했다. 강한식이 상기된 얼굴로 이광을 보았다.

"사흘 전부터 연락이 안 됩니다. 숙소도, 거래선도, 잘 가던 식당도, 갈 만한 곳에는 연락을 다 해보았지만 연락이 뚝 끊겼습니다."

그때 사장 박진용이 말을 받았다.

"이란의 한국대사관에 도움을 청할 수도 없는 상황이어서요. 한국대사관 안으로 들어왔다면 당연히 연락이 왔겠지요."

사흘 전, 이란 정부는 이라크 정부에 군수품을 공급해준 한국 정부를 강력히 비난했다. 그러고는 한국 대사관 직원들은 10일 안에 이란을 떠날 것을 요구했다. 동시에 이란에서 공사 중인 한국 건설회사의 장비, 재산을 모두 압류하고 한국인 임직원을 억류시키겠다는 선언을 한 것이다. 그때까지 남아 있었던 한국인 직원이 7명이었다. 박진용이 조심스러운 표정으로 이광을 보았다.

"이란 당국에 7명이 체포되지 않은 것은 확실합니다. 이란 당국이 삼원 공사 현장에 한국인이 한 명도 없다는 공식 발표를 했으니까요. 펄펄 뛰면서 했습니다."

"그렇다면 지금 도피 중인 것 같은데요."

이광이 그들을 둘러보았다.

"제가 도와 드릴 일이 있습니까?"

그들은 상황만 늘어놓았지 용건을 꺼내지 않고 있었던 것이다. 그때 회장 유태원이 말했다.

"저희들의 생각으로는 그들이 도망칠 통로는 지금 전쟁 중인 서부 국경지역뿐입니다."

맞는 말이다. 다른 곳은 멀리 돌아가야 하는 데다 산지(山地)와 길도 험하다. 서부 지역이 3배는 가깝다. 그들의 시선을 받은 유태원이 길게 숨을 뱉었다.

"부사장이 만일의 경우에 대비해서 탈출 통로를 이곳으로 알려주었다고 합니다."

유태원의 눈짓을 받은 강한식이 주머니에서 지도를 꺼내 탁자 위에 펼쳤다. 이란 지도에 붉은 선이 그어져 있다. 탈출로다. 탈출로가 이란 서부를 통과해서 이라크 동부 지역으로 뻗어져 있다. 머리를 든 이광이 셋을 번갈아 보았다. 이들은 이광이 이라크 동부군 고위층과 밀접한 관계인 것을 알고 있는 것이다. 아마 정부에서 알려 주었겠지.

"좋습니다."

이광이 머리를 끄덕이며 말했다.

"그들한테서 연락이 오면 저한테 알려주시지요."

"감사합니다."

유태원이 앉은 채로 머리를 숙였다.

"덕분에 대부분의 인원을 다 도피시켰고 자재도 빼냈지만 뒷정리를 하던 7명이 걸렸네요."

쓴웃음을 지은 유태원이 길게 숨을 뱉었다.

234

"모두 제가 욕심을 부린 탓입니다. 적절한 시기에 모두 철수를 시켰어야 했는데……."

"아닙니다, 제가……."

강한식이 상기된 얼굴로 나섰다.

"제 책임입니다. 제가 조금 더 빨리 서둘러야 했습니다."

"알겠습니다."

서로 책임을 지는 모습이 보기 좋았기 때문에 이광의 가슴이 따뜻해졌다.

"제가 곧 중동으로 떠납니다, 언제든지 저한테 연락 주십시오."

"감사합니다. 은혜는 잊지 않겠습니다."

50대 후반쯤인 유태원이 다시 정중히 머리를 숙였다. 그들을 배웅하고 돌아온 이광이 곽영훈과 안학태에게 말했다.

"내가 국제그룹, 제일그룹까지 2개 그룹을 인수해서 지금 대재벌이 된 상황이야."

사장실 안이다. 둘은 앞쪽 소파에 앉아 있었는데 웃으라고 한 말인데도 긴장하고 있다. 그들은 그것이 조폭 그룹이라는 것을 아는 것이다. 말이 그룹이고 그룹 회장이지 룸살롱 등 유흥업소와 유통업, 간판으로 내세운 건설회사가 바람막이 역할을 하는 기업 집단이다. 이광이 둘을 번갈아 보면서 쓴웃음을 지었다.

"각하께서 나한테 그 두 그룹을 양성화시키라고 하셨어. 음지에서 양지로 끌어 올리라는 말씀이지."

이광이 말을 이었다.

"결국 이 2개 그룹의 업무도 정리를 해야 돼. 국제, 제일 이름도 필요 없어."

"모두 리스타로 통합시키는 것이 바람직합니다."

곽영훈이 불쑥 말했다.

"유흥, 유통업이 대부분이니까 '리스타유통'으로 일원화시키는 것이 효율적입니다."

곽영훈의 시선을 받은 이광이 천천히 머리를 끄덕였다.

"곽 전무가 기조실 출신이니까 계획안을 만들어, 서둘러야 돼."

"알겠습니다."

어깨를 부풀린 곽영훈의 얼굴에 생기가 떠올랐다. 그때 이광이 안학태에게 말했다.

"안 실장은 내가 나가 있는 동안 서울 일은 곽 전무하고 상의하도록."

"예, 사장님."

안학태 또한 지금 꿈을 이루는 중이다. 대기업을 마다하고 '리스타 서울'에 입사했던 안학태다. 대기업 동기들이 지금 겨우 과장 타이틀을 붙였지만 안학태는 급격히 성장하고 있는 유스타상사의 통합 비서실장이 되어 있는 것이다. 대기업 중역급이다.

"무슨 일이야?"

백갑상이 전화기를 고쳐 쥐고 물었다. 그때 수화구에서 오상만의 목소리가 울렸다.

"저, 만나고 싶습니다."

"나를?"

"예."

"왜?"

"모르십니까?"

"모르다니?"

백갑상이 이맛살을 찌푸렸다.

"내가 뭘 모른단 말이야?"

제일유통 사무실 안이다. 오후 3시 반, 어제 오후에 풀어준 오상만이 만 하루도 안 되어서 연락을 해온 것이다. 그때 오상만이 헛기침을 하고 나서 말했다.

"저, 일할 수 없습니까?"

"무슨 일인데?"

"절 살려주신 신세도 갚고, 또 저한테 베풀어주신⋯⋯."

"뭘 베풀어?"

"제 마누라한테 집 사라고 1천만 원 두고 가셨지 않습니까?"

"내가 한 거 아니다. 회장님, 아니 사장님 지시로 한 거다. 난 심부름만 했어, 이 자식아."

어깨를 부풀린 백갑상이 말을 이었다.

"내가 그럴 리가 있냐? 오해 말아라."

"저, 일하게 해주십쇼."

"사장님께 보고해 보고."

"부탁합니다."

"솔직히 너 같은 놈한테 그렇게 해주신 사장님 속을 모르겠다."

"상무님, 감사합니다."

"야, 이 새꺄, 소름 끼쳐."

"저, 집에서 기다리겠습니다."

그러고는 통화가 끊겼다.

수행비서가 2명 채용되었다. 안학태는 물론이고 곽영훈, 윤방철까지 강력히 권하기도 했지만 실제로 필요하기도 했기 때문이다. 박동찬과 고명규다. 이광은 회사 내부에서 고를 생각이었는데 요즘 시작한 업무까지 감당할 만한 인물을 찾지 못했다. 그래서 오금봉에게 상의했더니 바로 둘을 보내준 것이다. 박동찬과 고명규는 안기부 요원이었다. 각각 29세, 28세. 박동찬이 3년 경력으로 1년 선배여서 자연히 위계질서가 성립되었다.

"사표를 냈습니다."

이광 앞에 나란히 섰을 때 박동찬이 말했다. 둘 다 키가 컸고 체격이 건장했다. 영어는 기본으로 능숙했으며 호신술이 뛰어나다고 인사카드에 적혀 있다. 안기부에 사표를 냈다지만 파견 근무나 같을 것이다. 머리를 끄덕인 이광이 옆에 선 안학태에게 말했다.

"둘 다 과장으로 임명하고 선임은 박동찬으로 하지."

"예, 사장님."

안학태가 말을 이었다.

"외국 출장에는 장복기까지 셋이 수행하는 것으로 하겠습니다."

이광이 머리를 끄덕이며 박동찬을 보았다.

"안기부와 나 사이의 연락 역할을 맡는다든가 따위의 허튼 생각은 버리는 게 좋을 거야."

"예, 사장님."

긴장한 둘의 몸이 굳어졌다. 이광이 말을 이었다.

"내 부하가 됐으면 철저히 나를 중심으로 일해야 돼. 국가를 위한다는 따위의 거창한 생각을 갖고 있다면 지금 여기서 돌아가는 게 나아."

"아닙니다."

둘이 거의 동시에 대답했다. 이번에는 고명규가 말했다.

"저희들은 리스타상사 직원이 되기로 결심했습니다. 오직 사장님만 의지하고 일할 작정입니다."

"그래야지."

이광이 다시 어깨를 끄덕이며 말했다.

"난 정부기관과 가능하면 인연을 맺지 않는 것이 낫다고 생각하는 사람이야. 정부를 업고 부정한 거래를 하거나 축재를 한 경우가 많았기 때문인데."

숨을 고른 이광이 말을 이었다.

"오히려 난 정부에 도움을 줬다고 생각해. 도움은 거의 받지 않았어. 앞으로도 그럴 생각이고. 내 말을 명심하도록."

"예, 사장님."

기운차게 대답한 둘이 방을 나갔을 때 이광이 안학태에게 말했다.

"회사가 갑자기 팽창하면서 영입된 사원들이 회사 분위기를 망칠 수가 있어."

"그렇습니다."

정색한 안학태가 이광을 보았다.

"철저히 교육을 시켜야 합니다."

신구(新舊) 사원의 갈등으로 회사가 추락한 경우도 많은 것이다.

그날 밤, 이광은 강은서의 집으로 갔다. 출장 떠나기 전날 밤에는 강은서 집에서 자는 때가 많은 이유가 있다. 그것은 강은서가 속옷이나 양말, 세면도구 따위의 출장 가방을 잘 챙겨주기 때문이다. 이광으로서는 이곳저곳 여자한테 발을 걸치고 있지만 강은서만큼 챙겨주는 여자는 없다.

"이번에는 15일간이라고 했지?"

쟁반에 술안주와 술을 담아 들고 오면서 강은서가 물었다. 밤 11시, 아들 상철이는 제 방에서 잠이 들었다.

"응, 좀 길어."

옆자리에 앉은 강은서의 허리를 당겨 안으면서 이광이 말을 이었다.

"카다피의 고문단 문제, 이란에서 실종된 삼원건설 직원 문제 그리고 해외 법인도 돌아봐야 돼."

"자기는 무슨 여왕벌이야? 이쪽저쪽에 알만 까놓는 여왕벌."

이광의 품에 안기면서 강은서가 이를 드러내고 웃었다. 강은서는 헐렁한 원피스 차림이었는데 안에 브래지어, 팬티도 입지 않았다. 이광이 오기 전에 샤워를 해서 향긋하고 싱그러운 비누 냄새가 맡아졌다. 이광이 원피스를 걷으면서 따라 웃었다.

"그것 참, 사내한테 여왕벌이라니 표현력이 부족하구나."

"그래, 부족해. 그럼 임금님 벌이라고 하자."

벌써 얼굴이 상기된 강은서가 두 팔로 이광의 목을 감아 안으면서 말했다. 이미 원피스는 허리까지 젖혀 올라가서 알몸의 하반신이 다 드러났다. 이광이 강은서의 이마에 입술을 붙이고 나서 말했다.

"뻗어 나갈 수 있을 때 힘껏 뻗어 나가야지, 그것이 나라를 위한 일이기도 하니까."

홍콩에 도착했을 때는 오후 4시가 되어갈 무렵이다. 공항에는 린린이 마중 나와 있었는데 이광을 보더니 활짝 웃었다. 눈이 부실만큼 아름다운 모습이다.

"린린, 꽃이 활짝 핀 것 같다."

다가온 린린에게 말했더니 린린이 눈을 흘기는 시늉을 했다.

"지난번에도 같은 말 했어요, 보스."

"그렇구나, 앞으로는 적어놓고 써야겠다."

"그러세요, 그런 말 하는 여자가 하나둘이 아닐 테니까요."

"중국 13억 인구 중에서 너 하나야, 린린. 넌 자부심을 가져도 돼."

"아유, 내가 말을 말아야지."

그때 걸음을 늦춘 이광이 수행원들을 소개했다. 박동찬, 고명규, 장복기다. 새 수행팀이다. 다시 발을 떼면서 린린이 말을 이었다.

"푸저우가 베이징 중앙정부의 주목을 받고 있어요."

"그럴 만하지."

"저녁에 중앙정부에서 온 경제담당 서기가 만찬 초대를 했어요."

"난 오랜만에 황 회장님하고 둘이 저녁을 먹으면서 위로해 드릴 계획이었는데."

"연기하시면 안 돼요?"

"난 내일 출발해야 돼."

"화 서기님은 당 서열 7위의 거물입니다. 푸저우 당서기나 성장, 시장들은 감히 눈도 마주치지 못한다고요."

정색한 린린이 목소리를 낮췄다.

"우리 사업에 도움이 될 거예요, 보스."

"무슨 일로 저녁을 먹자는 거야?"

중국행 출국장으로 들어서면서 이광이 묻자 린린은 목소리를 낮췄다.

"푸저우 유스타 공장의 성공을 인정하고 다른 지역에도 공장을 세우자는 상의를 할 것 같아요."

"내가 하자는 대로 하는 사람이야?"

그러자 린린이 다시 눈을 흘겼다. 얼굴에서 교태가 철철 넘치고 있다.

"자기는 하자고 하면 그냥 하는 사람인가요?"

걸음을 멈춘 이광이 주위를 둘러보았다. 린린의 부하 직원과 박동찬, 고명규가 여행사 앞에 서 있었고 장복기는 이광의 뒤쪽 다섯 걸음 간격을 두고 서 있다. 이광이 지그시 린린을 보았다.

"린린, 그동안 더 섹시해졌구나."

"보스는 할 말이 없으면 그렇게 화제를 돌리시죠."

"아냐, 건드리면 터질 것 같은 복숭아 같아."

"생각 있으시면 내일 밤 우리 집에서 자고 가요, 집도 옮겼으니까."

바짝 붙어 선 린린이 슬쩍 어깨로 이광을 밀었다.

"그리웠어요, 보스."

이광은 숨을 들이켰다. 지난번에 준 돈으로 이사를 갔을 것이다. 린린의 알몸을 떠올린 이광의 몸이 뜨거워졌다.

"푸저우 공장은 이제 궤도에 올랐어."

공장에서 만난 황학수 회장이 만족한 표정으로 말했다.

"능률이 85퍼센트 수준이야. 불량률은 오히려 더 적어, 1퍼센트 미만이네."

"대단합니다."

놀란 이광의 시선이 옆에 선 정남희에게 옮겨졌다. 시선이 마주치자 정남희가 눈웃음을 쳤다. 정남희가 유스타 푸저우 법인의 사장인 것이다. 법인 직원이 150명 가깝게 늘어났고 관리하는 푸저우 공장 임

직원이 1만 5천 명 가깝게 된다. 그때 황학수가 웃음 띤 얼굴로 이광을 보았다.

"다음 달에 내 집사람이 여기 올 거네."

"예? 사모님이요?"

"그래, 내가 푸저우 당서기한테 직접 부탁을 해서 승낙을 받았어."

황학수가 생기 띤 목소리로 말을 이었다.

"푸저우 시내에 있는 2층 양옥을 준다기에 내가 산다고 했지. 가 보았더니 궁궐이야, 마누라하고 여생 보내기에는 딱 좋아."

"그렇습니까?"

"이제 공장도 궤도에 올랐으니 이 넓고 공기 맑은 땅에서 지내면서 한 달에 한 번쯤 중국 여행이나 다닐까 하네. 그러려고 요즘 중국어 공부를 열심히 해."

"아아."

그때 정남희가 말했다.

"공장 한번 둘러보시지요."

그래서 둘은 황학수의 회장실을 나왔다.

"내가 오늘 밤 베이징에서 온 거물하고 저녁 약속이 있어."

공장으로 향하면서 이광이 말하자 정남희가 머리를 끄덕였다.

"화 서기는 산둥(山東)성 출신이라고 해요, 그래서 산둥성에도 공장을 세워달라는 부탁을 할 것 같아요."

이광이 정남희의 시선을 받으면서 머리를 끄덕였다.

"반갑습니다."

화오방은 반백이었지만 얼굴이 붉고 피부가 반들거렸다. 금방 마사지를 받고 나온 것 같다. 웃음 띤 얼굴에서 친근감이 느껴졌다. 이곳은 푸저우시 중심가에 위치한 '제국식당', 마치 왕궁 같은 건물에 장식도 웅장해서 위압감까지 느껴진다. 이광은 화오방이 내민 손을 잡고 허리를 굽혔다. 린린의 귀띔으로는 화오방의 나이는 62세, 중국 권력 서열 7위이며 중국의 실권자 등소평의 최측근이라는 것이다. 화오방은 40대쯤의 보좌관을 대동했는데 장 선생이라고 했다. 이광은 정남희와 둘이서 화오방을 만나고 있다. 화오방 측에서 둘만 딱 지명해 주었기 때문이다. 이곳은 식당의 밀실이다. 인사를 마친 넷이 원탁에 자리 잡고 앉았을 때 화오방이 입을 열었다.

"진즉부터 만나고 싶었는데 늦은 감이 있습니다."

화오방이 영어로 말했다. 유창하지는 않았지만 발음이 확실해서 오히려 듣기가 좋다. 화오방의 말이 이어졌다.

"이 사장님의 푸저우 공장은 대성공입니다. 지도자인 등 동지께서도 현황을 보고받으시고 굉장히 기뻐하셨습니다."

"감사합니다, 서기님."

이광이 답례했다.

"푸저우 당서기, 시장, 당 간부들이 열심히 도와주신 덕분이지요."

"그자들이 의욕만 앞세웠지 업무에 방해가 되었을 것입니다."

"아닙니다, 도움이 많이 되었습니다."

이광은 아직 긴장을 풀지 않았다. 린린은 화오방이 다른 공장 건설을 상의하려는 것 같다고 했지만 단독 회동이다. 그때 화오방이 지그시 이광을 보았다.

"이 사장님, 쿠웨이트에서 '리스타투자'를 운영하고 계시지요?"

그 순간 이광은 심장이 철렁 내려앉는 느낌이 들었다. 그러면 그렇

244

지 하는 생각이 뒤를 따랐다.

"예, 그렇습니다."

긴장한 채 대답했을 때 종업원들이 요리접시를 들고 들어섰다. 산해진미다. 이름도 모르는 물고기, 육류, 빵, 채소, 만두류 등이 순식간에 원탁에 가득 쌓였고 술병도 여러 개가 놓였다. 그러더니 썰물 빠져 나가는 것처럼 나가버렸다.

"자, 들면서 이야기하십시다."

화오방이 앞에 놓인 요리 접시들을 눈으로 가리키며 웃었다.

"무엇을 좋아하실지 몰라서 연락소장한테 물었습니다. 그랬더니 이렇게 준비를 했군요."

린린이 불러준 모양이다. 이광은 화오방이 '리스타투자'를 거론한 순간에 화오방의 의중(意中)을 알 수 있었다. 이놈들도 후세인처럼 자본금을 넣고 이익금을 나누자는 제의일 것이다. 그러나 이 중국 놈들은 통이 큰 것 같다.

고량주를 두 병 비웠을 때 화오방이 다시 본론을 꺼냈었다.

"이 사장님, '리스타투자'가 뉴욕 증시에 상장된 것을 먼저 축하드립니다."

"감사합니다."

이광이 다시 앉은 채로 머리를 숙여 인사를 했다. '리스타투자'는 지난달 뉴욕증시에 상장되었고 대주주인 이광은 주가 기준으로 50억 불의 자산가가 되었다. 그러나 '리스타투자'는 쿠웨이트 투자회사로 등록되어 이광이 자산가라는 것은 몇 사람만 안다. 그때 화오방이 술잔을 내려놓더니 정색했다.

"이 사장님, 우리 정부 재산 50억 불을 투자할 테니 이익금을 배분해 주시지요."

"50억 불입니까?"

"예, 1차로 50억 불, 3개월 후에 2차로 50억 불을 더 투자하겠습니다."

이광이 호흡을 골랐다. 현재 '리스타투자'는 자본금이 1백억 불 가깝게 된다. 그동안에도 빠르게 성장했기 때문이다. 하사드는 이제 연봉 1천만 불을 받는 CEO가 되어 있다. 거기에다 중국 정부 자금이 투입되면 '리스타투자'의 자본금이 2배 가깝게 늘어난다. 투자금이 많을수록 이익금이 많아지는 것이 투자의 법칙이다. 빈익빈부익부인 것이다.

"좋습니다."

마침내 이광이 똑바로 화오방을 보았다.

"이익금은 관례에 따라서 6 대 4로 하겠습니다."

"아니, 5 대 5로 해주시오. 우리 투자금이 거금이지 않습니까?"

"안 됩니다."

이광이 단호한 표정을 머리를 저었다.

"투자금이 중국 자본이라는 것을 비밀로 해야 되지 않습니까? 그 부담까지 제가 짊어지기 때문입니다."

싫다면 다른 투자회사를 찾으라고 할 것이다.

"서로 상부상조하는 거야."

호텔로 돌아가는 차 안에서 이광이 정남희에게 말했다. 밤 10시 반이다. 이광이 말을 이었다.

"그리고 준 만큼은 받아야. 그것이 상거래의 법칙이다."

정남희가 머리만 끄덕였다. 둘은 뒷좌석에 나란히 앉아 있다. 차는 푸저우시 중심가를 달려가고 있었는데 차량 통행이 많지 않는데도 속력을 내지 못한다. 그것은 주민들이 차도를 걷거나 무단횡단을 하기 때문이다. 그때 정남희가 머리를 돌려 이광을 보았다.

"제 숙소로 가실래요?"

"아니."

이광이 반짝이는 정남희의 눈동자를 보면서 말을 이었다.

"다 알고는 있겠지만 저 사람들 입에 오르내리는 일은 피하기로 하자."

"체면 때문인가요?"

"이유를 붙인다면 국가 위신 때문이라고 하지."

정남희의 시선을 받은 이광이 웃음을 띠었다.

"넌 유스타 그룹 계열사 중 가장 큰 법인의 대표가 되었어."

"오늘 화 서기가 제2공장 이야기를 할 줄 알았는데 기대에 어긋났어요."

"곧 제2, 제3 유스타 중국 공장이 건설되겠지."

이광이 손을 뻗어 정남희의 손을 쥐었다.

"그럼 네가 세계 최대의 생산 공장을 운영하는 CEO가 되는 거다."

"지금도 그래요."

정남희가 이광의 손을 마주 쥐고 웃었다.

"보스, 난 지금 꿈을 이뤄가고 있어요."

"이젠 서두르지 않아도 돼."

등받이에 몸을 기댄 이광이 부드러운 시선으로 정남희를 보았다.

"넌 실력으로 지금의 네가 된 거야."

푸저우에서 다시 홍콩으로 돌아올 때도 린린이 동행했다. 본래 푸저우에서 1박 할 예정이었다가 화오방 서기를 만나는 바람에 2박 3일 일정이 되었다. 비행기가 푸저우 공항을 이륙했을 때 옆자리에 앉은 린린이 말했다.

"보스는 사생활 감시 받고 있는 거 짐작하고 계시죠?"

린린의 시선과 마주친 이광이 빙그레 웃었다.

"너하고의 사생활도 감시받겠지?"

"당연하죠."

따라 웃은 린린이 말을 이었다.

"하지만 전 보스 내연의 여자로 공인을 받은 입장이니까요."

"공인이라, 듣기 거북하네."

"보스한테 책임지라고 하지는 않을 테니까 걱정하지 마세요."

"무슨 이야기를 하려는 거야?"

정색한 이광이 묻자 상반신을 기울인 린린이 낮게 말했다.

"당국에서 보스하고 법인장과의 관계를 알고 싶어 해요."

"알아서 어쩌겠다는 거야?"

"참고로 하겠지요. 저한테 어떤 관계냐고 물었습니다."

"네가 알고 싶은 거 아냐?"

"저도 궁금하고요."

이광의 시선을 받은 린린이 눈웃음을 쳤다.

"소문은 다 났어요, 둘 사이가 보통은 아니라고. 그래서 저한테 확인하는 것 같습니다."

"나한테 물어보라고 했어?"

"그러진 않았습니다."

"좋은 관계야."

이광이 정색하고 말을 이었다.

"업무 관계뿐만 아니라 남녀관계도 마찬가지라고 전해."

"……."

"하지만 업무와 사생활은 별개야. 업무에 문제가 있으면 사생활 관계는 전혀 고려가 되지 않을 거야."

이광의 시선을 받은 린린이 외면했다. 남녀관계에 대한 이광의 자세인 것이다.

제6장
한국군 용병대

홍콩공항에서 린린과 헤어진 이광은 바로 카이로행 비행기에 탑승했다. 카이로는 중동의 중심이어서 비행편이 많다. 카이로에서 트리폴리, 암만, 바그다드행 비행기를 바로 갈아탈 수도 있는 것이다. 이번에는 카이로에서 하루 묵고 갈 예정이어서 비행기가 도착했을 때 입국장에 나영찬이 마중 나와 있었다.

"형님, 오셨어요?"

리스타여행사 사장인 나영찬이 활짝 웃는 얼굴로 이광을 맞았다. 직원들이 가방을 받아들고 앞장을 섰다. 인사를 마친 나영찬이 이광의 옆을 따라 걸으면서 말했다.

"형님, 최국진이 또 공금을 횡령했습니다."

이제는 놀랍지도 않다. 본래 최국진이 그런 인간인 줄 알면서도 여행사 일을 돕도록 채용한 것이다. 그리고 최국진은 발군의 실력을 발휘했다. 리스타여행사가 급속 성장을 한 것도 최국진의 능력 덕분이다. 나영찬이 입맛을 다시고 나서 말했다.

"이번에는 유람선 비용을 업체 측과 짜고 불려서 20만 불가량을 횡령했습니다."

공항 건물 앞에는 리스타여행사 버스들이 손님을 태우고 있다. 이광은 나영찬이 가져온 리무진에 올랐다. 수행원들도 뒤쪽 리무진에 올라 공항을 나왔다.

"도망치려고 해서 안가 지하실에 가둬 놓았는데 온갖 악담을 합니다. 이집트 당국에 회사를 고발하겠다는데요."

"그 작자가 마침내 갈 데까지 갔구나."

"돈을 보면 눈이 뒤집히는 성격 같습니다. 저는 이해를 못 하겠습니다."

머리를 저은 나영찬이 말을 이었다.

"지금 닷새째 가둬놓고 있습니다."

"횡령한 금액은 회수했어?"

"못 했습니다."

나영찬이 길게 숨을 뱉었다.

"그동안 카지노에서 다 탕진했다고 자백했습니다."

이광은 더 이상 묻지 않았다. 도박 중독은 알콜 중독보다 더 치명적이다. 알콜은 주위에 해를 끼치는 일이 적지만 도박 중독은 다르다. 주위를 오염시키고 결국은 같이 파멸하는 경우가 많다.

최국진은 눈을 치켜뜨고 이광을 보았다. 머리칼이 흩어졌고 눈에는 핏발이 섰다. 전혀 다른 사람이 되어 있다. 안가의 지하실 안이다.

"날 어떻게 할 건데?"

최국진이 이 사이로 물었다.

"날 죽여? 그럼 그러든지. 하지만 넌 평생 살인 교사범으로 살아가야

251

할걸?"

다가선 이광이 길게 숨을 뱉었다. 이광을 따라 들어온 박동찬, 고명규, 장복기는 잔뜩 몸을 굳히고 있다. 그때 옆으로 다가간 나영찬이 손을 휘둘러 최국진의 귀뺨을 쳤다.

"배은망덕한 새끼, 사기나 치고 다니던 거지새끼를 제 마누라가 빌고 빌어서 이곳에서 새사람이 되라고 보냈더니 계속해서 사기를 쳐?"

"이 여행사를 누가 이렇게 만들었는데?"

최국진이 지지 않고 소리쳤다.

"내가 뛰어다니면서 이렇게 성장시켰다, 안 그러냐?"

"네가?"

이제는 화가 머리끝까지 치솟은 나영찬이 맞받아 소리쳤다.

"네놈은 저질러만 놓고 수습을 한 일이 하나도 없어. 내가 네 뒤를 닦아주지 않았다면 다 망했어, 이 병신아."

"유람선 개척은 내가 했다."

"그게 개척이냐? 돈부터 쥐어 준 것이? 선주한테 인정받은 것은 나다."

그때 이광이 손을 들어 나영찬의 말을 막았다. 이들이 주고받는 말만 들어도 윤곽이 잡히는 것이다. 최국진은 이곳저곳 안면을 이용하거나 말솜씨로 일을 벌이는 것에 뛰어났고 나영찬은 실무와 경리에 뛰어났다. 최국진이 벌인 일을 나영찬이 체계적으로 정리, 발전시켜 지금의 리스타여행사를 만든 것이다. 이제 리스타여행사는 카이로의 수천 개 여행사 중에서 30위권에 드는 대형 여행사로 인정받는다. 나영찬의 계획은 10위 안에 드는 것이다. 한 걸음 더 다가선 이광이 최국진을 보았다. 최국진은 지금 의자에 손발이 묶여 있다.

"네가 원하는 것이 뭐냐?"

이광이 묻자 최국진이 숨부터 들이켰다. 눈을 치켜떴지만 눈동자가 흔들렸다. 입이 열렸다가 닫혔다. 방 안에 잠깐 정적이 덮였다. 둘러선 나영찬, 박동찬, 고명규, 장복기도 숨을 죽이고 있다. 그때 최국진이 입을 열었다.

"3백만 불."

이광은 시선만 주었지만 나영찬이 어깨를 부풀렸다. 박동찬과 고명규는 안기부 출신답게 표정의 변화가 없었는데 장복기의 얼굴은 일그러졌다. 이윽고 이광이 최국진의 시선을 잡은 채 되물었다.

"3백만 불?"

"그래, 그럼 내가 그 돈을 갖고 조용히 사라져 줄게. 리스타여행사가 이집트 법을 어기고 사업을 한 것에 대해서 입을 다물도록 하지."

"……."

"만일 내가 이집트 당국에 고발을 하면 리스타여행사는 직장 폐쇄는 물론 최소한 1천만 불쯤 벌금을 내야 될 거야."

"……."

"나영찬이 잘 알고 있을 거야."

그때 이광이 머리를 끄덕였다.

"그래, 결정했다."

이광이 말을 이었다.

"내가 이곳에 온 것은 네 마지막 입장을 들어 보려는 의도도 있었지만 책임은 내가 진다는 의미였다."

이광의 얼굴에 웃음이 떠올랐다.

"널 죽인다면 내가 평생 살인 교사 혐의를 달고 지낸다고 했지? 맞는 말이야."

머리를 끄덕인 이광이 말을 이었다.

"결정과 처치는 이곳 책임자인 나영찬이 하겠지만 책임은 내가 지려고 온 거다."

머리를 돌린 이광이 나영찬을 보았다.

"네가 결정해라."

"예, 오늘 중으로 죽여서 나일강에 던지겠습니다."

나영찬이 생각하고 있었던 것처럼 바로 대답했다.

"악어가 많은 곳에 던지면 흔적도 없이 악어가 찢어 먹는다고 합니다."

"알았다."

이광이 몸을 돌렸을 때다.

"잠깐만."

뒤에서 최국진이 불렀다.

"이 사장, 할 말이 있소!"

그러나 이광은 잠자코 발을 떼었고 수행원들이 뒤를 따른다.

"이 사장님!"

최국진이 아우성을 치듯이 불렀다.

"잠깐만 내 말을 듣고 가시오! 아까 한 말은 빈말이었습니다!"

이광이 방을 나왔을 때 뒤쪽에서 최국진의 말이 이어졌다가 문이 닫히자 뚝 끊겼다.

"형님, 저 새끼는 국가와 민족에 도움이 안 되는 놈입니다."

안가 1층의 응접실로 들어섰을 때 나영찬이 말했다. 그 말에 이광이 쓴웃음을 짓고 물었다.

"어떻게 할래?"

"진짜 악어 밥으로 줍랍니다."

정색한 나영찬이 어깨를 부풀리며 말했다.

"살려두면 두고두고 우릴 괴롭힐 놈입니다. 저놈은 우리가 회사 운영하면서 저질렀던 불법 사실, 로비 자금 뿌린 내역을 다 알고 있거든요."

"동업자로 믿을 놈이 아니었어, 내가 잘못한 거다."

"저놈의 공적도 있긴 합니다만 다 제 배를 채우려는 속셈이었지요."

"내일 저녁에 풀어줘라."

불쑥 이광이 말하자 나영찬이 숨을 죽였다. 이광이 웃음 띤 얼굴로 말을 이었다.

"아무 말 말고 그냥 풀어줘."

"예, 형님."

마침내 나영찬이 갈라진 목소리로 말했다. 방에는 둘뿐이었지만 나영찬이 목소리를 낮췄다.

"어떻게 하시려고요?"

"넌 모르는 게 낫다."

"안 됩니다."

정색한 나영찬이 머리를 저었다.

"제가 책임집니다. 형님은 이런 일에 나서지 않으시는 것이 낫습니다."

"큰일을 한답시고 부하 직원에게 책임을 뒤집어씌우란 말이지?"

이광이 웃음 띤 얼굴로 묻고는 자리에서 일어섰다.

"나는 이미 진흙탕에 발을 디뎠다. 내 걱정은 말아라."

밤 10시 반, 나일강 변에 위치한 카이로 힐튼호텔 베란다에 앉아 있던 이광이 다가온 박동찬을 보았다.

"사장님, 전화 왔습니다."

박동찬이 조심스러운 표정으로 말했다. 스위트룸이어서 침실이 3개에 응접실, 회의실까지 갖춰져 있다. 박동찬과 고명규, 장복기까지 같은 방에서 투숙하고 있는 것이다. 이광이 시선만 주자 박동찬이 말을 이었다.

"삼원건설의 강한식 부사장입니다."

이란에서 실종된 사원에 대한 연락이다. 서둘러 일어선 이광이 응접실의 전화기를 들고 소파에 앉았다. 서울은 지금 오전 5시 반일 것이다. 이광의 응답 소리를 들은 강한식이 말했다.

"이 사장님, 밤늦게 죄송합니다."

"아니 괜찮습니다, 무슨 소식 있습니까?"

"예, 조금 전에 연락을 받아서요."

"어디서? 누구한테서요?"

"예, 자재과장 김영철입니다. 지금 김영철이 여섯 명을 데리고 디아프란 마을에 있답니다."

강한식이 가쁜 숨소리를 내며 말을 이었다.

"지도에도 없는 이란 도시인데요, 이라크 국경에서 20킬로쯤 떨어져 있고 그곳에서 10킬로쯤 위쪽이 전장(戰場)입니다."

"……"

"디아프는 전장이 아니지만 국경은 양국 수비대가 단단히 지키고 있어서 어느 쪽에 걸려도 사살당할 형편이지요."

맞는 말이다. 국경에 접근하면 양쪽이 다 쏘아댈 것이다..

256

다음 날 아침, 이광 일행은 쿠웨이트로 출발했다. 공항에 배웅 나온 나영찬이 이광의 손을 잡으면서 말했다.

"형님께 폐를 끼쳐서 죄송합니다. 리스타여행사를 이집트 제1의 여행사로 만들어서 보답하겠습니다."

"내가 처리해야 될 일이야. 넌 최국진을 풀어준 것으로 끝내라."

나영찬의 어깨를 두드려준 이광이 몸을 돌렸다. 최국진은 오늘 풀려날 것이다.

쿠웨이트 공항에는 하사드가 마중 나와 있었는데 시내로 들어오는 리무진 안에서부터 보고를 받았다.

"중국에서 보낸 자금을 인수했습니다."

하사드가 입금 서류를 이광에게 내밀면서 말을 이었다.

"자본금이 100억 불 이상이 되어서 영업 범위가 훨씬 늘어나게 되었습니다."

그렇게 되면 이익금도 많아지는 것이 정상이다. 중국 투자금의 이윤 배분은 6 대 4로 정했으니 조건도 좋다. 후세인의 투자금 25억 불까지 합하면 총자산은 110억 불 가깝게 된다. 거래액은 200억 불 물량으로 껑충 뛰었다. 서류를 훑어본 이광이 입을 열었다.

"한국 경제 동향이 어떠냐?"

"불안합니다."

바로 대답한 하사드가 똑바로 이광을 보았다.

"경제성장은 7퍼센트로 성장세가 지속되고 있지만 정치 불안과 국내 소요 사태로 투자자들이 한국을 외면하고 있기 때문입니다."

"실제로는 그렇지 않은데."

쓴웃음을 지은 이광이 손가락을 굽혀 제 얼굴을 가렸다.

"날 봐라, 하사드. 내가 견본이다."

"그렇지만 외부에서는 그렇게 보지 않습니다. 매일 데모대와 경찰의 치열한 싸움 장면이 보도되거든요."

"데모대도 우리 경제인들을 응원하고 있어, 경제인들도 마찬가지고. 한국에 진출한 외국 공장이 피해를 입었다는 소식 들었냐?"

"곧 한국이 북한에 점령당할 것이라는 소문도 떠돌고 있습니다."

"이런, 빌어먹을."

이광이 투덜거렸지만 어쩔 수 없는 노릇이다. 투자회사는 정보에 민감하다. 하사드도 정보팀을 운영하고 있었는데 리스타투자에서 정보팀의 규모가 가장 컸다. 투자는 정보팀의 정보를 바탕으로 이뤄지고 있기 때문이다.

"도대체 어디서 그런 소문이 시작되는 거야? 말도 안 되는 헛소문이 말이야."

"한국 내부에서 나옵니다."

하사드가 바로 대답하자 이광이 입을 다물었다. 이광이 보기에는 한국의 현재 상황은 민주화로 진행되는 격변기다. 겉으로는 내분 상태지만 각자 맡은 일을 열심히 하는 중이다. 그런데 그 틈 사이로 북한 세력이 들어와 농간을 부린단 말인가? 가능성이 있는 말이다.

쿠웨이트 리스타상사는 리스타상사의 원조(元祖)다. 이곳을 시작으로 '서울 리스타', 두바이, 암만, 제다, 푸저우, 카이로 등으로 리스타 법인이 퍼져나간 것이다. 쿠웨이트 리스타의 총지배인은 우샴이다. 프라카시와 함께 입사했던 우샴은 이제 총지배인으로 이광을 대신해서 리스타상사를 관리하고 있다. 직원이 1백 명 가깝게 되었고 시장 안에 5층짜리 자체 빌딩을 보유하고 있었는데 이제는 쿠웨이트의 5대 도매상 겸 무역상에 들어간다. 사장실로 들어선 이광의 뒤를 따라 우샵과 지배인 3명이 따라왔다. 1년 전, 리스타상사는 진남철이 대대적인 조직 정비를 했다. 불필요한 조직을 정리하고 겹치는 부분을 제거해서 사장과 총지배인, 각 부분별 지배인 5명으로 구성된 체제로 만든 것이다. 그러자 금방 능률이 올라서 매출액이 25퍼센트나 상승했다. 지금 쿠웨이트 시장의 도소매상 업체들은 리스타상사 조직을 리모델링하는 것이 유행이다. 자리에 앉았을 때 우샵이 먼저 보고했다.

"전체 매출액은 계획 대비 5퍼센트 상승했지만 두바이, 제다, 리스타 법인으로 연결한 물량까지 합하면 30퍼센트 매출 상승이 됩니다."

리스타상사 간의 협력 사업이다. 서로 정보를 교환하는 것은 물론이고 부족한 물품도 채워주고 있다. 쿠웨이트 리스타의 축적된 경험까지 분배해 주는 것이다. 이광은 실적보다 각 법인 간의 협력, 전체 관리만 체크한다. 이윽고 보고를 마쳤을 때 옆에서 기다리던 박동찬이 말했다.

"사장님, 공항으로 떠나셔야 합니다."

바그다드행 비행기를 타야만 한다. 쿠웨이트에서는 1박도 못 하고 떠난다.

"나가, 빨리!"

사내가 최국진의 어깨를 밀면서 말했다.

"꺼져, 이 도둑놈아."

최국진이 앞으로 밀려 비틀거리다가 몸을 세웠다. 오후 5시 반, 최국진은 지금 안가의 마당에 서 있다. 오늘 오후에 풀어주겠다는 사내들의 말에 반신반의했지만 간절하게 기다렸던 최국진이다. 그러다 막상 풀려나자 실감이 안 나는 것이다. 최국진이 어깨를 흔들어 보았다. 허리를 비틀어 보았더니 옆구리에 통증이 왔다.

"뭐해! 너 여기 있을 거냐?"

사내가 발길로 최국진의 엉덩이를 찼다. 옆에 서 있던 사내 둘이 큭큭 웃었다. 나영찬이 고용한 이집트인들이다.

"이 새끼들."

마침내 최국진이 사내들을 훑어보며 말했다.

"사장한테 전해라, 곧 다시 보게 될 것이라고."

아직도 겁이 가신 것은 아니지만 최국진은 어깨를 펴고 발을 떼었다. 안가 어딘가에서 누군가 바라보고 있는 것 같아서 최국진은 서둘러 마당을 가로질렀다. 반쯤 열린 쪽문을 나와 골목으로 들어선 최국진은 길게 숨을 뱉었다. 골목은 비었다. 이제 서둘러 이놈의 동네를 빠져나가야 한다. 놈들이 악어 밥으로 던지겠다고 한 말은 엄포였다. 그랬다가 언제라도 들통이 나면 이광은 모든 것을 다 함께 잃게 될 것이었다. 그럴 모험을 할 만큼 우둔한 놈이 아니다. 최국진이 골목 입구로 나왔을 때다.

"잠깐만."

앞에서 들리는 목소리에 최국진이 소스라쳤다. 한국말이었기 때문이다. 머리를 돌린 최국진이 두 사내를 보았다. 한국인, 동양인 중에서 한국인은 표시가 난다.

"최국진 씨."

한 걸음 다가선 사내 하나가 최국진의 30센티쯤 앞에서 말했다.

"난 대사관의 경찰청 소속 김상수 경감이오. 당신을 사기 및 횡령, 외환관리법 위반, 사문서 위조 혐의로 체포합니다."

사내가 주머니에서 서류를 꺼내 최국진 앞에 펼쳤다. 어둑해서 잘 보이지 않았지만 도장이 여러 개 찍혀 있다.

"여기 이집트 정부에서 허가한 연행 동의서도 있어요."

사내가 한 손으로 주머니를 두드려 보이면서 웃었다.

"자, 갑시다."

최국진은 사내가 대사관 소속 경찰이라고 말한 순간부터 쥐약을 먹은 쥐처럼 사지를 늘어뜨리고 있었기 때문에 발을 뗄 기력도 떨어져 있었다. 그때 옆에 선 사내가 최국진의 어깨를 잡았다. 억센 악력이다. 사내가 어깨를 움켜쥔 채 말했다.

"사기로 고발당한 건수가 8건이나 되더군. 횡령이 4건, 세계 각국을 돌아다니면서 범죄를 저질렀는데 모두 한국인 대상이야, 이 나쁜 놈의 자식."

그때 다른 쪽 어깨를 움켜쥔 사내가 말을 받았다.

"아마 짧아도 10년은 살아야 될 거다."

최국진은 문득 이광의 얼굴을 떠올렸다. 이래서 그놈이 나를 풀어주었구나.

바그다드에 도착했을 때는 밤 11시 반이다. 오늘도 비행기 문 앞에서 대통령 경호실 소속 소령이 기다리고 있다가 이광을 맞았다. 역시 오밤중인데도 선글라스를 끼었고 말쑥한 제복 차림이었는데 이광은 처음 보는 얼굴이다.

"모시러 왔습니다."

절도 있게 경례를 올려붙인 소령이 앞장을 섰고 일행 뒤쪽으로 대위

2명이 따른다. 바그다드는 물론이고 이런 영접을 처음 겪는 박동찬, 고명규, 장복기는 바짝 얼어서 다리가 허공에서 헛도는 것 같다. 순식간에 공항을 나온 일행이 리무진에 탔을 때 소령이 말했다.

"대통령께서는 현장 시찰 중이셔서 보좌관께 안내해 드리겠습니다."

이광이 머리만 끄덕였다. 강인숙이 기다리고 있는 것이다.

이광은 수행원들을 인사시키고 나서 강인숙과 함께 둘이만 안쪽 사무실로 들어가 소파에 앉았다.

"다음 달부터 투자금에 대한 이윤 배당금이 통보될 거야."

이광이 말하자 강인숙이 머리를 끄덕였다.

"그건 직접 각하께 구두로 보고해 드려. 매달 말이 좋겠지?"

"그러지."

"자료는 남기지 말란 말이야."

이광이 머리를 끄덕였다. 후세인의 기밀 통치 자금이다. 그래서 직접 보고를 하는 것이다.

강인숙과 상담을 마친 이광이 터널 안쪽의 야합 소장의 사무실로 들어섰을 때는 오전 1시쯤 되었다. 사령관 카심 대장은 전선에 나가 있었지만 야합은 대부분 사무실에서 근무한다.

"각하 뵈려고 왔나?"

이광이 수행원들과 함께 들어서자 야합이 손을 내밀면서 물었다.

"예, 각하께서 현장 시찰 중이시라 보좌관만 만났습니다."

"오늘은 수행원들이 많군."

야합이 박동찬 등을 둘러보며 웃었.

"전에 혼자 다니는 것이 좀 위험해 보였어. 이젠 조심할 때도 되었어."

수행원들을 인사시킨 이광이 자리에 앉았을 때 바로 용건을 꺼내었다.

"사령관께서 한국 건설업체 직원들이 이란을 빠져나오도록 도와주셨으면 합니다."

야합이 눈만 껌벅였을 때 이광이 박동찬이 건네준 지도를 탁자 위에 폈다.

"한국의 건설업체 직원 7명이 지금 이곳에 있습니다."

지도를 손가락으로 짚은 이광이 그동안의 상황을 설명했다.

"국경을 넘을 수 있도록 도와주셨으면 합니다."

"이곳이 3사단 지역이군."

지도를 보던 야합이 머리를 들고 이광을 보았다.

"사령관께 내가 말씀드리겠네. 호텔에 가 있으면 내가 연락을 하지."

"부탁합니다."

"3사단이 동부군 소속이야. 그쯤은 걱정할 것 없을 것 같네."

야합의 사무실을 나왔을 때 이광의 옆을 따르던 박동찬이 말했다.

"사장님, 잘될 것 같습니다."

"두고 봐야지."

"지하 벙커가 어마어마합니다."

위축된 박동찬이 숨을 뱉었다.

"사장님께서 이런 곳에서 이런 대우를 받고 계신 줄 몰랐습니다."

"무슨 말이냐?"

"사장님께서 과소평가되신 것 같습니다."

"아부하지 마라."

"아닙니다."

박동찬이 정색했다.

"모시게 되어서 영광이라 생각하고 있습니다."

숨을 고른 박동찬이 긴 복도를 따라 걸으면서 말을 이었다.

"수행원을 대표해서 말씀드리는 것입니다."

오전 4시가 되었을 때 이광은 전화벨 소리에 눈을 떴다. 방 전화벨이 울리고 있다. 서둘러 전화기를 들고 응답했더니 곧 야합이 말했다.

"리, 3사단장한테 사령관께서 지시를 했어. 자네가 연락을 해서 그들에게 카르푸 계곡의 신전 앞으로 오라고 전하게, 현재 위치에서 10킬로쯤 떨어진 곳인데 안내자가 갈 거네. 이란 영토 안으로 안내자가 들어간다는 거야."

"예, 알겠습니다. 언제까지 갑니까?"

"이틀 후 오후 8시 정각, 이쪽 안내자 이름은 마카드네."

"예, 마카드."

"마카드가 일행 대여섯 명을 데려갈 거야, 한국인 7명을 인솔해서 다시 국경을 넘어야 할 테니까 말이야."

"감사합니다. 삼원건설에서 보상은 해드릴 것입니다."

"우린 자네를 믿고 이 일을 하는 거야. 국익과는 거의 관계가 없어."

"알고 있습니다, 장군."

"자네 대통령이 알고 있다고 했지?"

"예, 장군."

"대통령이 그런 내막을 알고 있는지 모르겠군."

"고맙게 생각할 것입니다."

"그럼 다시 연락하지."

통화가 끊겼을 때 이광이 인터폰으로 옆방의 수행원들을 불러 모았다. 셋이 모였을 때 이광이 야합의 전달 내용을 말해주고는 박동찬에게 지시했다.

"박 과장이 서울에 연락을 해서 준비시켜."

"예, 사장님."

"서울과의 연락은 박 과장이 맡아라."

"알겠습니다."

박동찬이 번들거리는 눈으로 이광을 보았다.

"삼원건설 측에서 이라크 정부에 어떻게 사례를 하려는지 물어보는 것이 낫지 않겠습니까?"

"이라크 정부에서는 요구하지 않았다고 분명히 전해."

그때 고명규가 말했다.

"외람된 말씀입니다만 그렇다면 우리가 사례를 받아야 된다고 생각합니다. 사장님께서 개인적으로 힘을 쓰셨으니까요."

맞는 말이다. 이광이 정부의 일을 했다.

박동찬을 연락 책임자로 바그다드에 남겨둔 이광이 다시 밤 비행기를 탔다. 리비아에 가야 했기 때문이다. 고문단 1진은 이미 도착한 상태여서 조백진은 매일 보고를 했다. 더구나 군수품과 무기 상담이 예정되어 있다. 바그다드에서 카이로를 거쳐 트리폴리에 도착했을 때는 아침 7시 반이었다. 공항에는 대통령 경호실의 하카드 중령이 나와 있었는데 이번에도 비행기 문이 열리자마자 이광부터 나오게 하더니 순식간에 공항 건물을 빠져나왔다. 이광 일행이 공항 밖의 리무진에 앉아서 기다린 지 5분도 안 되었는데 짐을 찾아온 부하들이 차에 실었다. 차가 출발했을 때 하카드가 말했다.

"지도자 각하께선 오늘 저녁 식사를 같이 하자고 말씀하셨습니다. 제가 호텔로 6시쯤 모시러 가겠습니다."

"그러지요. 내가 우리 대통령이 각하께 드리라는 선물을 가지고 갑니다."

"예, 말씀 전하지요."

하카드가 말을 이었다.

"호텔에 계시면 샤로프 대령이 연락을 드릴 것입니다."

이광은 카다피의 손님으로 온 것이다. 따라서 일정 관리는 대통령 경호대에서 맡고 있다. 바닷가의 리비아 호텔 벽에는 가로 세로가 각 각 30미터 폭이 되는 대형 카다피 초상화가 걸려 있다. 터번을 쓴 카다피는 웃는 얼굴이다. 이 초상화는 지난달에 이광이 보내준 것이다. 리비아 정부에서 부탁하지도 않았는데 이광은 이런 대형 초상화를 10개나 제작해서 컨테이너에 실어 보냈다. 지금 이 초상화는 트리폴리 시내의 백화점 2곳, 호텔 2곳, 관공서 2곳 그리고 벵가지에 4개나 보내졌다. 이광이 서울의 유명 극장인 대한극장 간판 제작자에게 부탁해서 2달에 걸쳐서 제작해 보낸 선물이다. 자신의 초상화를 본 카다피는 대만족했다는 것이다. 호텔에서 하카드와 헤어진 이광이 곧 방에 들어가자마자 고명규를 시켜 한국대사관에 연락을 했다.

"대사님 계세요?"

며칠 사이에 간이 커져서 배 밖으로 나온 고명규가 불쑥 물었다. 안기부 출신인 고명규는 위계에 대해서 잘 안다. 이광의 위치가 대사관의 영사쯤하고 통화를 할 군번이 아니라는 것을 안 것이다. 그래서 대사관에 연락하라 했더니 대뜸 대사를 찾았다.

"누구시죠?"

전화를 받은 한국인이 묻자 고명규가 헛기침부터 했다.

"리스타상사의 이광 사장이십니다, 대사님 좀 바꿔주세요."

저쪽은 같잖은지 대답도 없이 전화기를 내려놓고 이쪽저쪽에다 물어보는 모양이었다. 그러다 5분쯤 지났을 때 곧 다급한 목소리가 울렸다.

"여보세요, 여보세요, 여보세요!"

혹시 이쪽에서 기다리다가 화를 내고 끊었을까 봐 애가 탄 목소리다.

"아, 예."

예상하고 있던 고명규가 느긋하게 대답했을 때 사내가 서두르며 말했다.

"이광 사장님이십니까?"

"난 비서인데요."

"대사님 바꿔 드리겠습니다."

"그러시든지."

그때 곧 사내의 목소리가 울렸다.

"아, 대사 이윤수입니다, 이 사장님이십니까? 기다리시게 해서……."

"전 비서 고명규입니다."

그때 이광은 조백진의 전화를 받고 있었는데 다른 쪽 귀로 다 들었다. 고명규가 말을 이었다.

"지금 통화 중이시니까 잠깐 기다리시지요."

"예, 알겠습니다."

그때 통화를 끝낸 이광이 다가오면서 고명규를 향해 눈을 치켜떴다.

고명규는 송화구를 손바닥으로 막고 있는 중이다.

"너 적응력이 빠르구나."

그때 고명규의 얼굴이 붉어졌지만 대답을 했다.

"건방진 행동은 주의하겠습니다."

"적당히 하는 건 괜찮다, 상황에 맞춰 대응할 필요는 있어."

전화기를 받은 이광이 귀에 붙이고 말했다.

"대사님, 이광입니다."

"아이구, 언제 오실까 하고 기다리고 있었습니다, 이 사장님."

"제가 지금 사람을 보내지요."

"예, 바로 전달해 드리겠습니다."

대사 이윤수가 고분고분 대답하더니 물었다.

"오늘 저녁에 시간 있으십니까?"

"저녁에 국가 원수 각하와 저녁 식사 약속이 있어서요, 오늘 그 선물도 전달해 드릴 겁니다."

지금 대사관으로 대통령 선물인 권총을 받으러 가는 것이다.

"잘 왔어."

카다피가 웃는 얼굴로 이광을 맞았다. 이광이 다가가자 카다피가 먼저 이광의 어깨를 당겨 안고는 양쪽 볼에 볼을 붙였다. 카다피한테서 향 냄새가 났다. 응접실 안에는 정보국장 무바라크, 경호실장 함메드까지 셋이 둘러앉아 있었는데 이들이 최측근 겸 실력자들이다. 양탄자가 깔린 응접실로 맨발의 시종이 소리 없이 다가와 그들 앞에 핏물 같은 홍차를 따라주고 주전자를 든 채 벽에 붙어 섰다. 소파에 자리 잡고 앉았을 때 카다피가 말했다.

"고문단 1진이 잘 들어왔어. 대통령께 고맙다고 전해주게."

"예, 각하."

이광이 들고 온 가방에서 가죽으로 덮개를 한 납작한 상자를 꺼내 카다피에게 내밀었다.

"각하, 이것은 저희 대통령께서 각하께 드리는 선물입니다."

"어, 그래?"

카다피가 상자를 받더니 두 손으로 무게를 재는 것처럼 위아래로 흔들었다.

"금덩이가 들었나?"

웃으며 물었지만 내용물이 권총이라는 것은 알았을 것이다. 대통령 궁 안에서 권총 상자를 세 번이나 열어봐야 했으니까. 이윽고 상자 뚜껑을 연 카다피가 얼굴을 펴고 웃었다.

"음, 베레타 92F로군, 미군용이야."

그러면서 권총을 집어 든 카다피가 손잡이에 새겨진 글씨를 보았다.

"내 동생 카다피에게, 한국 대통령이."

글씨를 읽은 카다피가 머리를 들고 이광을 보았다. 어느덧 얼굴의 웃음기가 지워져 있다.

"대통령이 나보다 15년 연상이지?"

"그렇습니다, 각하."

"내 형님이 맞군."

카다피가 머리를 끄덕이면서 손에 쥔 권총을 들여다보았다. 그때 이광이 말했다.

"그 권총이 대통령께서 쿠데타를 일으켰을 때 차고 있었던 총이랍니다."

"아하, 이 총이."

카다피가 권총으로 정보국장 무바라크를 겨누었다가 다시 함메드를 겨누었다.

"이 총으로 쿠데타할 때 몇 명 쏴 죽였나?"

"아닙니다, 쏜 적은 없는 것으로 알고 있습니다."

"몇 명 쏴 죽였다면 이 총 가치가 더 있을 텐데, 그렇지 않나, 무바라크?"

"예, 각하. 그렇습니다."

그때 묻지도 않았는데도 함메드가 거들었다.

"많이 쏴 죽였을수록 가치가 높아지지요. 허락하신다면 제가 그 총으로 사형수나 반군을 1백 명쯤 쏴 죽이고 갖다 드리겠습니다."

"됐다, 함메드."

"예, 각하."

그때 카다피가 다시 이광을 보았다.

"대통령께, 아니 형님께 내가 아주 고맙게 받더라고 전해주게."

"예, 각하."

"그런데 난 뭐로 답례하면 좋겠나? 대통령이 좋아하시는 게 뭔가?"

"저는 잘 모릅니다, 각하."

"자네처럼 여자 좋아하시는가?"

"그, 글쎄요."

"나도 총을 줄 수는 없고 말이야, 여자를 몇 명 데려가겠나?"

"그, 그것이……."

이광이 말까지 더듬었을 때 카다피가 무바라크에게 말했다.

"정보국장이 검토해 봐."

"예, 각하."

"자, 그럼 밥 먹으러 가지."

카다피가 자리에서 일어서며 말했다. 오늘은 사막에서 저녁밥을 먹지 않아서 다행이다. 그러면 천막에서 자게 될 것이고 아타야가 기다리고 있을 테니까. 이광은 카다피의 뒤를 따르면서 숨을 들이켰다. 아, 아타야, 너한테 왠지 미안하다.

다음 날 오전 이광은 구매 본부로 들어섰다. 구매 위원장 샤로프는 이광을 보더니 볼에 세 번 입을 맞췄다.

"리, 어제저녁에 각하께 선물을 드렸다면서? 경호실장 함메드한테서 들었어."

이광의 손을 잡은 샤로프가 옆자리에 앉히더니 싱글벙글 웃었다.

"각하께서 오늘 아침에 그 총으로 염소 한 마리를 잡으셨다네."

샤로프가 구매 서류를 펴지도 않고 말을 이었다.

"각하께서 황금으로 만든 실탄 1천 발을 만들라고 지시하셨어. 우선 그것부터 만들어주게, 리. 돈은 얼마가 들어도 돼."

암만 리스타에서 타미란이 와 있었기 때문에 무기와 군수품 상담은 타미란이 맡아서 했다. 타미란이 상담을 하는 사이에 이광은 조백진과 함께 트리폴리 남쪽의 사막 지대에 위치한 군부대를 방문했다. 장교 및 하사관 훈련소였는데 이번에 파견된 고문단이 근무하는 부대 중 하나다. 사막을 달리는 지프 안에서 조백진이 소리쳐 말했다.

"이곳에서 30명쯤 근무하고 나머지는 전선의 각 부대에 배치되어 있습니다."

조백진은 검게 탄 얼굴에 터번을 썼고 쑴을 입었다. 수염도 기르고 있어서 영락없는 아랍인이다.

"실제로 전투에 참여한 인원들도 많습니다."

리비아와 차드와의 전쟁이다. 남쪽의 차드와 국경 지역에서는 소규모 부대 간의 국지전이 계속되고 있는 것이다. 조백진이 말을 이었다.

"일선 전투부대에서는 소대의 선임하사, 중대의 작전참모, 대대의 참모 등으로 일을 하고 국경 마을에서는 게릴라 부대를 지휘합니다."

조백진의 눈동자는 생기가 반짝였고 몸에서 활력이 느껴졌다.

"사흘 전에는 우리 고문단으로만 구성된 특공대가 차드군 기갑중대 하나를 전멸시켰지요. 그것이 리비아군의 대승리라고 세계 언론에 보도되지 않았습니까?"

"그것이 고문단 작전이었단 말이냐?"

"그럼요."

지프 뒷자리에 나란히 앉은 조백진이 싱글벙글 웃었다.

"지금까지의 전과 중 최고였지요. 그건 순전히 우리 한국군 고문단이 리비아군 특공대로 위장하고 세운 전과입니다."

"고문단 피해는?"

"2명 사망, 6명 부상입니다."

앞쪽을 응시한 조백진의 얼굴이 굳어졌다.

"사망자는 오늘 오전에 관에 넣어서 한국으로 수송했습니다. 부상자는 군 병원에서 치료를 받고 있습니다."

조백진의 목소리가 낮아졌다.

"모두 각서를 쓰고 지원한 입장이라 불평불만은 없습니다, 사망자는 그 가족이나 유언장에 명시한 상대에게 보상금 1억 원이 지급되니까요. 부상자도 등급에 따라 즉시 지급이 됩니다."

이렇게 해서 달러가 한국으로 보내지는 것이다. 지프는 끝도 보이지 않는 사막을 달려가는 중이다.

"애로 사항 있습니까?"

이광이 묻자 박장호가 빙긋 웃었다. 박장호는 이곳 훈련소의 소장이 되어 있다. 한국군 대령 출신으로 월남전에도 참전한 용사다. 제대하고 집에서 쉬다가 이번 리비아 고문단에 자원해서 온 것이다.

"달러 벌러 왔으니까 견디어야지요, 애로 사항 없습니다."

"여러분 만난 것을 한국에 돌아가서 대통령께 보고해야 됩니다. 말씀하실 것 있으시면 기탄없이……."

"없습니다."

훈련소 회의실에 둘러앉은 6명의 한국군 고문단은 모두 아랍식 쑵을 입었고 터번을 썼다. 수염도 길러서 아랍인이나 같다. 모두 머리를 저었으므로 이광이 쓴웃음을 지었다. 문득 편의공작대 시절이 떠올랐기 때문이다. 헌병대에 끌려가 정신없이 맞던 그때도 그립다. 그때 고문단 하나가 말했다.

"나와 보니까 한국만큼 살기 좋은 나라가 없네요. 나가면 다 애국자가 된다는 말이 맞는 것 같습니다."

"그 말도 전해 드릴게요."

다른 사내가 나섰다.

"전방에 나가보니까 우리 한국군 1개 사단만 갖다 놓으면 차드는 열흘이면 정복하겠더라고요, 그렇게 할 수 없을까요?"

"야, 야."

박장호가 말렸을 때 다른 사내가 나섰다. 이제는 말문이 터진 것 같다.

"점령해주는 대가로 몇십억 불 받으면 되지 않겠습니까? 가능한 일 입니다."

"예, 그것은."

입맛을 다신 이광이 쓴웃음을 지었다.

"우리가 건의할 문제가 아닌 것 같네요, 어쨌든 여러분의 사기는 그 대로 전해 드리겠습니다."

그러자 옆에서 웃기만 하던 조백진이 정리했다.

"자, 그럼 오늘 면담을 끝내겠습니다. 앞으로 이런 기회를 자주 만들 지요."

돌아오는 차 안에서 조백진이 이광에게 말했다.

"다음 주에 도착할 2진 500명은 곧 전방으로 투입될 것입니다. 이번 에 실력이 입증되었으니까요. 그래서 수당을 늘려볼 작정입니다. 돈을 좀 더 받아야죠."

"무기가 3억 5천만 불, 군수품이 2억 2천만 불 물량입니다."

타미란이 오퍼시트를 펼쳐 보이면서 말했다. 오후 6시 반, 바닷가의 리비아호텔방 안이다. 건너편 사하라호텔 벽면에도 대형 카다피 초상 화가 붙어 있다. 타미란이 말을 이었다.

"무기는 토레스사에서 지난번에 구매했던 품목을 재발주하는 것이 어서 단가는 그대로 했습니다."

"수고했어, 타미란."

"토레스 사장 타이슨이 로마에서 만나자고 했습니다."

오퍼시트를 접으면서 타미란이 말을 이었다.

"타이슨은 지금 런던에 있습니다. 연락만 하시면 바로 오겠답니다."

이광이 머리를 끄덕였다.

"내일 각하께 인사하고 가지."

카다피가 대통령에게 답례로 선물을 줄지도 모른다. 또는 잊어버렸거나.

무하마드 카다피는 잊지 않았다. 다음 날 아침 경호실장 함메드의 연락을 받고 부랴부랴 대통령궁으로 달려간 이광에게 카다피가 번쩍이는 칼을 내밀었다. 황금 칼이다. 반월형으로 휘어진 칼은 칼집에 화려한 무늬가 새겨졌고 손잡이 끝에는 붉은색 보석이 붙여졌다. 카다피는 무거워서 두 손으로 들고 이광에게 건네주었다.

"받아, 무겁다."

카다피는 그 칼을 경호실장 함메드한테서 받아 직접 이광에게 건네준 것이다. 두 손으로 칼을 받은 이광이 숨을 들이켰다. 무겁다. 한 10킬로는 넘겠다. 그때 카다피가 말했다.

"손잡이하고 칼집이 순금이야, 빨강색 보석은 루비고."

그저 가쁜 숨만 쉬는 이광에게 카다피가 말을 이었다.

"칼날만 강철이다. 가장 강도가 강한 강철로 부러지지도 않고 쇠도 벨 수가 있어."

"아아, 예."

"칼집과 손잡이의 무늬는 리비아에서 유명한 장인의 솜씨다."

"아아, 예."

"보석과 금값 등 재료비만 150만 불이 들었다."

"아아, 예."

"얼마나 가치가 있느냐는 것보다도 이것은 형제간의 선물이다. 봐라."

카다피가 손으로 손잡이를 가리켰다. 그곳을 본 이광이 눈을 크게 떴다. 여기에도 글자가 새겨져 있다.

"한국의 형님에게 무하마드 카다피가."

머리를 든 이광이 카다피에게 말했다.

"선물을 받고 감동하실 것입니다."

"내가 이 칼에 제사까지 지냈어."

정색한 카다피가 눈으로 이광이 들고 있는 칼을 가리켰다.

"칼에는 피 맛을 보게 하는 거야, 그래서 어젯밤에 사형수 두 놈의 목을 쳤어."

"……."

"단칼에 머리를 베어서 땅에 떨어뜨렸지. 두 놈 다 그랬는데 칼이 아주 잘 들어."

"……."

"그러니까 형님한테 앞으로 좋은 일만 일어날 거야, 칼에 제사를 지냈거든."

"대통령께서 감동하실 것입니다, 각하."

이광은 감동한 표정으로 말했지만 대통령한테는 이 이야기를 안 하는 게 낫겠다고 생각했다.

오후 3시가 되었을 때 바그다드에 있는 박동찬한테서 전화가 왔다.

"사장님, 안내자가 삼원건설 직원들을 만났다는 연락이 왔습니다."

박동찬의 목소리는 흥분으로 떨렸다.

"방금 야합 소장의 보좌관이 연락을 해왔습니다."

"언제 이라크 영내로 온다는 거야?"

"그건 모르겠습니다. 다시 연락을 해준다고 합니다."

"알았어. 난 내일 오전에 로마로 갈 테니까 다시 연락을 하지."

전화기를 내려놓은 이광이 고명규에게 지시했다.

"서울 삼원건설 회장을 바꿔."

고명규가 잠자코 전화기의 버튼을 눌렀다. 서울은 지금 오전 8시일 것이다. 곧 신호음이 울리더니 그쪽도 비서가 받았고 비서끼리 말을 주고받더니 유태원 회장과 연결이 되었다. 이른 시간에 이광의 직접 전화를 받고 놀란 기색이 역력했다. 인사를 마쳤을 때 이광이 바로 용건을 꺼내었다.

"이라크군에서 보낸 안내자가 삼원건설 직원들과 만났다고 합니다."

"아아!"

감동한 유태원이 탄성을 뱉었다.

"감사합니다, 제가 어떻게 보상을 해 드리면 좋겠습니까?"

이광이 잠깐 숨을 골랐다. 상거래뿐만 아니라 인간관계도 주고받는 것이 원칙이다. 대가 없이 주는 것은 기부, 자선 행위다. 그것은 별도의 경우다. 이광이 입을 열었다.

"삼원건설이 멕시코에서 건설사업을 하고 계시지요?"

"예, 그렇습니다."

바로 대답은 했지만 유태원의 목소리에 긴장감이 느껴졌다. 삼원건설은 멕시코시티에 아파트를 건설하는 중이었고 바닷가의 아카풀코 항만 보수공사를 했다. 멕시코시티에 삼원건설의 현지법인이 세워져 있는 것이다. 이광이 말을 이었다.

"우리가 멕시코에 공장을 세울까 고려 중인데 그곳 정보를 얻었으면 합니다만."

"아, 그거야……."

유태원의 목소리가 갑자기 밝아졌다.

"얼마든지 도와드릴 수가 있습니다, 이 사장님."

"공장 부지를 구입해야겠고 공장도 대규모로 건설해야 될 것 같은데요. 만일 건설이 결정되면 말입니다."

"적극 협조해 드리지요."

유태원이 서두르듯 말을 이었다.

"아카풀코 지역이 좋습니다. 그곳에 저희들이 땅을 매입해 놓았는데 미국과의 교통도 편리하고 땅값, 인건비도 쌉니다."

"조만간 조사단을 보내려고 합니다."

"제가 지금 멕시코 법인에 연락을 해 두지요. 그건 저한테 맡겨 주십시오."

이광은 누군가에게 무엇을 부탁할 때 주고받는 입장에서 한 걸음 더 나가 상대방의 입장이 되었을 때를 생각하는 버릇이 들었다. 자신이 유태원이 입장이 되었을 때 기쁘게 부탁을 받아들일 것이었다. 더구나 대규모 공장을 건설한다고 하지 않는가? 그 공장 건설까지 맡게 될 수도 있는 것이다. 그것이 또한 거래술이다. 부탁을 해도 그것이 일회성이 아니라 또 다른 이익이 보이도록 한다는 것, 유태원의 말이 그것을 증명했다.

"이 사장님을 알게 되어서 얼마나 기쁜지 모릅니다."

다음 날 오후, 로마로 날아간 이광이 타미란과 함께 토레스사 타이

278

슨 사장을 만났다. 타이슨이 중역들을 이끌고 이광이 투숙한 인터네셔널호텔로 찾아온 것이다. 스위트룸 응접실에 마주앉은 타이슨이 웃음 띤 얼굴로 이광을 보았다.

"이제는 이 사장님이 미국 정부의 VIP가 되셨더군요."

응접실에는 둘뿐이다. 타미란과 타이슨의 중역들은 회의실에서 이번에 받은 오더를 분류하는 중이었다. 타이슨이 말을 이었다.

"미국 정부와 적대관계에 있는 이라크와 리비아를 연결시켜 주고 있는 유일한 통로이기 때문이죠."

"그건 내가 없었다면 누군가 하나둘은 만들어 놓았을 겁니다."

쓴웃음을 지은 이광이 타이슨을 보았다.

"우연히 연결되었을 뿐이지요."

"겸손하신 말씀을."

장복기가 갖다놓은 커피 잔을 들고 타이슨이 웃었다.

"사업에서, 특히 국제관계에 우연이 존재하지 않는다는 걸 잘 아시는 분이 왜 이러십니까?"

"제가 그 자리에 있었던 건 우연입니다."

"사원 때 바그다드 호텔에서 미사일 맞으셨을 때 말입니까?"

타미란이 이광을 보았다.

"그때 우연히 바그다드에 가신 겁니까?"

맞다. 지원해서 갔다. 지원해서 가지 않았다면 미사일이 아래층에서 터지지 않았고 카심 대장의 가족을 구해내지 않았을 것이며 오더를 받지도 못 했다. 모든 일은 인연으로 이어져 있다. 그것은 자신의 의지가 작용했다는 것을 말한다. 우연이란 의지 없이 갑자기 다가온 일이다. 타미란이 말을 이었다.

"이 사장님을 만나러 가는 줄을 알고 CIA 작전국장이 저한테 부탁을 하더군요."

"……."

"작전국장 해밀턴이 이 사장님을 만나고 싶어 합니다. 바쁘지 않으시면 만나주시겠습니까?"

"안 만난다고 하면 그만둘까요?"

그때 타이슨이 정색했다.

"그만둘 겁니다, 이 사장님은 그럴 만한 위치에 계시니까요."

"내 행동은 이미 KCIA를 통해 CIA에 모두 전달되고 있습니다."

"이번에 카다피를 만나 한국 대통령의 선물을 전달하시는 것까지 알고 있더군요."

"당연히 알겠지요, 내가 KCIA에게도 이야기를 했으니까."

이광이 머리를 끄덕이면서 말을 이었다.

"만나지요, 서로 이용하는 세상 아닙니까?"

"잘하신 겁니다."

다시 웃은 타이슨이 식은 커피를 한 모금 삼켰다.

"저쪽에서 먼저 손을 내밀었으니 뭔가 내줄 것도 있겠지요, 권력 기관이라고 손만 내밀 수 있겠습니까?"

그러나 권력 기관을 등에 업고 나갔다가는 하루아침에 비참한 꼴을 당할 수가 있다. 기반이 든든하지 못한 놈일수록 그런 유혹에 빠지기 쉽고 그러다가 망하는 것이다.

그날 오후 7시 정각에 방으로 CIA 작전국장 해밀턴이 찾아왔다. 해밀턴은 보좌관 2명과 함께 들어섰는데 50대쯤의 백인이다.

"만나서 반갑습니다."

악수를 나누면서 해밀턴이 얼굴을 주름투성이로 만들며 웃었다. 회색빛 머리칼에 눈동자도 회색이다. 붉은 얼굴에 주근깨가 많았고 장신이다. 이광은 고명규만 배석시켰는데 잔뜩 긴장하고 있다. 안기부 졸자 출신의 고명규로서는 CIA의 작전국장이 외계인처럼 보였을 것이다. 보좌관 둘도 백인으로 건장한 체격이다. 응접실에 자리 잡고 앉았을 때 해밀턴이 바로 용건을 꺼내었다.

"서울지부에서 보고를 받고 있었지만 이 사장님은 외국에 계시는 경우가 많아서요."

해밀턴이 눈가 주름을 만들며 웃었다.

"또 KCIA를 통해 정보를 받는 터라 답답하기도 하고 말입니다."

이광이 따라 웃었지만 지난번 리스타투자에 대한 CIA의 협박을 떠올리고는 눈빛이 강해졌다. 그것은 지금도 마찬가지다. CIA는 리스타투자에 후세인의 자금은 물론 중국 자금이 들어가 있다는 것도 알고 있을 것이다. 이광이 해밀턴에게 물었다.

"저한테 뭘 바라십니까?"

"이번에 리비아 특공대가 차드군 기갑중대를 전멸시켰더군요."

해밀턴이 부드러운 표정을 짓고 말했지만 이광은 심장이 철렁 내려앉는 느낌이 들었다. 한국군 고문단 특공대다. 그러나 시치미를 뗀 이광이 눈만 껌벅였고 해밀턴의 말이 이어졌다.

"프랑스 군사 고문단 2명이 포함된 113명이 전사하고 중상자가 76명이나 되더군요, 기갑차량 23대가 전파되고 말입니다."

"아, 그렇습니까?"

"차드군을 공격한 리비아 특공대를 아십니까?"

"지금 무슨 말씀을 하시는 겁니까?"

이맛살을 모은 이광이 해밀턴을 보았다.

"내가 알 리가 있습니까?"

"리비아에서 소문을 듣지 못하셨습니까?"

"듣지 못했는데요."

"고문단을 만나셨을 텐데요."

"그래도 전쟁 이야기는 못 들었습니다."

"그렇군요."

머리를 끄덕인 해밀턴의 회색 눈동자가 똑바로 이광을 응시했다. 이제 얼굴의 웃음기가 지워져 있다.

"프랑스 정보국에서는 한국군 고문단이 파견된 것을 알고 있습니다. 이번 리비아 특공대도 고문단 특공대라는 것도 말입니다."

"……."

"그들은 우리가 한국군을 파병시킨 줄로 알고 있더군요. 입장이 난처해졌어요."

"……."

"며칠 전에는 비공식이지만 프랑스 외교장관이 미국 국무장관한테 항의를 했습니다."

해밀턴이 길게 숨을 뱉고 나서 이광을 보았다.

"프랑스 정보국은 이 사장께서 고문단 파견에 중요한 역할을 했다는 것도 압니다."

숨을 죽인 이광에게 해밀턴이 말을 이었다.

"그들이 이 사장을 암살할 가능성이 아주 많습니다. 암살을 한다고 해도 한국 정부에서 어떤 대응도 하지 못할 줄 알고 있으니까요."

"……."

"암살을 함으로써 그들의 분노를 알려주는 효과가 있지요, 그렇지 않습니까?"

해밀턴의 시선을 받은 이광의 얼굴에 쓴웃음이 떠올랐다. 전혀 예상하지 못한 내용인 것이다. 프랑스 정보국의 암살 타깃이 되다니, 그리고 해밀턴의 말대로 암살을 당한다고 해도 한국 정부는 대놓고 항의도 못 할 것이었다. 지금 국내는 민주화 데모로 난리 속이고 대통령은 독재자 소리를 듣고 있는 상황이다. 그때 이광이 머리를 끄덕이며 말했다.

"정보 감사합니다. 이 신세를 어떻게 갚으면 되겠습니까?"

"당분간 프랑스에는 가지 마시고 외국에 계실 때는 저희들이 보호해 드리지요."

해밀턴이 긴장한 이광을 보더니 빙그레 웃었다.

"이 사장님은 저희들의 재산이기도 하니까요."

"별말씀을……."

"그 대신 부탁이 하나 있습니다."

그때 어깨를 편 이광도 빙그레 웃었다.

"말씀하시지요, 해밀턴 씨."

"중국의 경제담당 서기 화오방하고 친하시지요?"

이광이 숨만 들이켰고 해밀턴이 말을 이었다.

"화오방에게 미국 정부의 메시지를 전달해주는 일을 해주셨으면 좋겠습니다."

"메시지를 말입니까?"

"그렇습니다."

정색한 해밀턴이 말을 이었다.

"중국 최고 실력자 중 하나이고 등소평 측근인 화오방을 만날 수 있는 외국인은 이 사장님이 유일합니다."

"……."

"리스타투자에 투자한 중국 자금 때문에 자주 만나셔야 할 것 아닙니까?"

알고 있는 줄 예상은 했다. 그래서 미국 정부가 자신을 보호해준다는 것이다. 이렇게 인연의 끈이 맺어지고 목숨이 살아난다. 글쎄, 우연이란 건 없다니까, 이광이 천천히 머리를 끄덕였다.

"타미란, 암만 리스타상사는 앞으로 네가 맡아라."

그날 밤, 방에 타미란, 고명규 등만 남았을 때 이광이 타미란에게 말했다. 앞에 앉아 있던 타미란이 머리만 들었고 이광이 말을 이었다.

"너를 암만 리스타 사장으로 임명하겠다."

"사장님, 저는 아직……."

당황한 타미란의 검은 얼굴이 굳어졌다. 그러나 이광이 말을 이었다.

"지금까지 잘해왔어. 이젠 네가 맡아서 관리하면 돼, 난 오더 받을 때만 들을 테니까."

"알겠습니다."

타미란이 곧 머리를 끄덕였다. 관리는 지금까지 맡아 해왔으니 직급만 바뀐 것으로 이해를 한 것이다. 그때 이광이 말을 이었다.

"법인 사장이니까 수당, 활동비 포함해서 월 5만 불씩 지급이 될 거야."

타미란이 숨을 들이켰다. 생각했던 것이 아니다. 지금까지 월 5천

불씩 받았고 그것도 과분했다. 그런데 5만 불이라니 단숨에 부자가 되었다.

　다음 날 오전, 타미란과 헤어진 이광이 제다로 날아왔다. 제다 법인 사장은 진남철이다. 진남철은 신생(新生) 제다 법인을 혼자서 창립해 놓았다. 이광이 전권을 위임하고 자금만 대준 것이다. 그런데 진남철은 제다 법인을 7개월 만에 매출액 1억 불의 대형 도매상으로 급성장시켰다. 물론 쿠웨이트 리스타, 두바이 리스타의 전폭적인 오더 연계 등의 지원이 뒷받침이 되었지만 진남철의 뛰어난 업무 능력이 아니었다면 불가능했다. 이광은 제다 법인 사장실에서 진남철과 마주 앉았다.
　"리야드, 다란 지점은 정상적으로 매출을 올리고 있습니다."
　진남철이 보고했다.
　"이집트는 자체 구입 물량이 적지만 아프리카 시장을 대상으로 하는 중간기지 역할로 이용할 계획입니다, 그래서 카이로에 지점을 설립하고 싶습니다."
　지점 설립 계획서를 내민 진남철이 말을 이었다.
　"카이로 인구가 1천만이 넘습니다. 이집트가 산유국이 아니어서 구매력은 인구가 몇백만밖에 안 되는 쿠웨이트, 두바이 등에도 밀리지만 아랍 문화의 중심국입니다. 아랍권의 유학생, 관광객이 1년에 수천만 명씩 몰려오는 곳이라 시장 잠재력이 엄청나다고 예상됩니다."
　이광이 서류를 잠깐 훑어보고는 진남철에게 말했다.
　"좋아, 카이로에 아프리카 본부를 설립하자."
　"감사합니다, 사장님."
　이광의 시선을 받은 진남철이 머리를 숙였다.

"믿어주셔서 고맙습니다."

이제 진남철은 제다 리스타 법인 사장으로 사우디의 리야드, 다란 지점을 거느렸고 카이로에 세워질 아프리카 리스타 본부 법인장까지 겸하게 되었다.

"애들은 여기 학교에 넣을 건가?"

문득 이광이 묻자 진남철의 얼굴에 웃음이 떠올랐다.

"예, 이곳 학교 수준이 높습니다. 외국인 학교는 시설이 좋아서 호텔 같습니다."

진남철은 4살 된 딸, 2살짜리 아들까지 데리고 이곳에 온 것이다. 진남철이 말을 이었다.

"와이프가 날씨가 덥지만 이곳이 좋다고 합니다. 이곳에서 애들 대학까지 보내겠답니다."

"부럽군."

혼잣소리처럼 말한 이광의 눈앞에 강은서의 얼굴이 떠올랐다, 강은서의 아들 얼굴도. 이름이 뭐였더라?

제다 레드씨팰리스 호텔방 안에서 이광이 전화를 받는다. 오후 6시 반, 전화기를 건네주면서 고명규가 말했다.

"박 과장입니다."

바그다드에 남겨놓고 온 박동찬이다. 서둘러 전화기를 귀에 붙인 이광이 응답했을 때 박동찬이 말했다.

"사장님, 삼원건설 직원 7명이 모두 이라크 영내로 들어왔습니다."

"잘됐구나."

이광의 얼굴에 웃음이 떠올랐다.

"그럼 박 과장이 삼원 측에 알려주도록."

"예, 사장님."

"난 연락 안 할 테니까."

"알겠습니다."

전화기를 내려놓은 이광이 옆에 선 고명규를 보았다.

"내가 카심 대장한테 신세를 졌다."

"삼원건설은 사장님께 신세를 진 것입니다."

바로 고명규가 대답했다. 그런 식으로 신세 갚음을 하면 될 것이다.

오후 7시 10분이다. 전화벨이 울렸을 때 이광이 우연히 시계를 보았기 때문이다. 전화를 받은 고명규가 몇 번 대답을 하더니 얼굴이 굳어졌다. 그러고는 전화기를 내려놓고는 이광을 보았다.

"사장님, CIA 린드버그입니다. 아래층 로비에 수상한 놈 둘이 탐지되었다고 당분간 방에서 나오시지 말라는데요."

이광이 눈을 치켜떴다. 린드버그는 해밀턴이 알려준 이광의 보호팀 팀장이지만 아직 얼굴을 본 적도 없다. 로마에서 해밀턴한테서 CIA가 보호해 줄 것이라는 말을 들었다가 이곳 제다에서 연락이 되었다. 고명규가 문 쪽을 힐끗거리면서 말했다.

"린드버그가 사람 시켜서 저희들에게 호신용 무기를 가져다주겠답니다."

이제 위기가 실감이 난다.

잠시 후에 문에서 벨이 울렸고 기다리고 있던 고명규와 장복기가 문으로 다가갔다.

"누구요?"

고명규가 영어로 묻자 곧 대답이 울렸다.

"방금 전화한 사람이오."

힐끗 뒤에 선 장복기에게 시선을 준 고명규가 문을 열었다. 백인 둘이 서 있었는데 하나가 가죽 가방을 들었다. 앞에 선 사내가 고명규에게 말했다.

"아랍인인데 위험한 놈들입니다. 그래서 만일의 경우에 대비해 무기를 드리는 겁니다."

고명규가 사내가 내민 가방을 받아들고는 물었다.

"그놈들이 지금도 호텔에 있습니까?"

"우리가 감시하고 있으니까 일단은 방에서 나오지 마세요."

"알았습니다."

가방 지퍼를 열어본 고명규는 안에 베레타 92F 3정이 들어 있는 것을 보았다. 소음기도 따로 넣어졌고 탄창이 10여 개나 된다. 탄창에는 실탄이 다 채워져 있다. 그때 사내가 말했다.

"출발하실 때는 공항에서 이 무기를 저희들한테 돌려주셔야 됩니다. 이건 우리 전화번호니까 무슨 일 있으면 연락을 해 주시고."

사내가 쪽지를 건네주고는 몸을 돌렸다. 문을 닫은 고명규가 가방에서 권총을 꺼내더니 익숙한 손놀림으로 탄창을 빼내 실탄을 확인하고 빈총으로 격발까지 했다. 그러고는 서둘러 응접실로 들어가 이광에게 보고했다.

"권총 3정을 받아왔습니다, 사장님."

"그래?"

눈을 둥그렇게 뜬 이광이 가방에서 권총 1정을 꺼내더니 고명규보다는 느리지만 제대로 조작을 했다. 얼굴에 활기가 띠어졌고 입 끝에는 웃음까지 머금고 있다.

"듬직하군."

실탄을 채운 권총을 쥐고 흔들어보면서 이광이 고명규에게 말했다. 고명규와 장복기는 제각기 권총을 쥐고 있었던 것이다. 그때 이광이 장복기를 보았다.

"넌 군대 안 갔지?"

"예, 사장님."

당황한 장복기의 얼굴이 붉어졌다.

"하지만 쏠 수는 있을 것 같습니다."

"홍콩 영화를 많이 봐서?"

"예, 아닙니다."

장복기의 얼굴이 더 붉어졌다. 손에 쥔 권총을 늘어뜨린 장복기가 말을 더듬었다.

"그, 금방 배울 수 있을 것 같습니다."

"고 과장한테 배워라."

이광이 권총에 소음기를 끼우면서 말을 이었다.

"내 주변이 점점 험악해지는 것 같구먼."

그것은 예상하고 있기는 했다. 무기 거래에서부터 조폭 그룹을 인수하고 용병단을 고문단으로 위장하여 파병하는 일까지 발전되었으니 지금까지 평온하게 지내온 것이 이상할 정도다.

이광은 다음 날 아침 일찍 출발하는 홍콩행 캐세이퍼시픽을 예약했다. 쿠웨이트와 두바이를 거쳐서 홍콩으로 갈 예정이었지만 변경을 한 것이다. 호텔에서 출발하기 전에 린드버그 부하가 준 쪽지 전번으로 전화를 했더니 사내들이 경호를 나왔다. 경호원은 네 명이나 되었는데 승합차까지 가져와서 이광 일행 셋을 태우고 공항을 출발했다. 이광의 방으로 찾아온 사내 둘도 그중에 끼어 있었다. 8인승 승합차가 출발했을 때 사내 하나가 말했다.

"어제 제다 경찰에 신고를 했지요, 물론 고위층을 통해 압력을 넣었습니다."

몸을 돌린 사내가 이광에게 말을 이었다.

"호텔로 경찰이 몰려와서 그놈들 중 두 놈을 연행해갔습니다, 그랬더니 눈치를 챘는지 조용해지더군요."

"린드버그 씨는 어디 있소?"

불쑥 이광이 묻자 구석 자리에 앉아 있던 백인이 말했다.

"제가 린드버그입니다."

어제저녁에 가방을 들고 있던 사내였다. 사내가 쓴웃음을 짓더니 말을 이었다.

"비행기 안에서 인사드리려고 했는데요, 어제는 바빠서 인사를 못드렸고요."

"그럼 같이 가려는 거요?"

이광이 묻자 사내가 머리를 끄덕였다.

"예, 중국에는 따라가지 못합니다."

"앞으로 계속해서 날 따라다닐 겁니까?"

"명령을 받았으니까요, 이 사장께선 지금 미국 세금을 쓰고 계시는 셈이지요."

"어제 호텔에서 체포했다는 놈들이 프랑스 정보국의 해결사들인 건 확실해요?"

"맞습니다."

이광의 시선을 받은 린드버그가 쓴웃음을 지었다.

"아직 실감이 나지 않으시는 것 같군요."

따라 웃은 이광이 의자에 등을 붙였다.

"내가 프랑스 정보국의 암살 타깃이 되리라고는 예상하지 못했기 때문이지."

"방심하고 계셨군요."

린드버그의 얼굴에서 웃음기가 지워졌다. 평범한 외모의 체격, 특징이 없는 사내다.

"이 사장께서는 프랑스 무기상들의 강력한 경쟁자더군요. 그것만으로도 암살 대상이 되실 자격이 있지요."

린드버그가 억양 없는 목소리로 말했다.

제다를 출발한 비행기는 순항 고도에 닿고 나서 시속 900킬로로 날아가고 있다. 홍콩까지는 장거리 비행기다. 1등석의 이광 옆자리에는 린드버그가 앉았다. 고명규의 자리였는데 이광이 바꾸라고 한 것이다. 린드버그는 순순히 옆자리에 앉았지만 여전히 표정 없는 얼굴에 시선을 마주치지 않았다. 이광이 린드버그의 옆얼굴에 대고 말했다.

"나도 수행 비서를 안기부 출신으로 채용했고 경호를 보강시키기는 했어요. 그런데 막상 암살 타깃이 되었다니 놀랍군."

"사우디는 치안이 잘된 나라인데도 암살팀을 파견할 정도이니 홍콩은 더 위험할지도 모릅니다."

린드버그가 조금 머리를 이광 쪽으로 돌리고 말했다.

"프랑스는 우리가 이번에 암살팀을 저지시킨 것을 알 겁니다."

"그래도 계속할까요?"

"당연하지요. 그런 일이 비일비재합니다."

린드버그의 입술 끝이 조금 올라갔다.

"동맹국 사이라도 뒤에서 칼을 꽂는 일은 비일비재하니까요."

"……."

"자국의 이익을 위해서 하는 일이니까 고위층은 알면서도 모른 척합니다."

"……."

"이 사장님은 프랑스의 국익에 해를 끼치는 존재이고 차드의 한국군 고문단 파견을 주선한 주역이죠. 이 사장님을 제거함으로써 프랑스는 미국 정부에서 간접적인 경고를 보내려는 것입니다."

"한국 정부는 무시하는 건가?"

"프랑스는 한국 정부 입장쯤은 고려하지 않을 것입니다."

아직 약소국이라서 그렇다. 머리를 끄덕인 이광이 다시 린드버그를 보았다.

"린드버그 씨, 앞으로 내 주변에 있을 것이라는 말을 들어서 이렇게 이야기를 하는 거요."

"저도 이런 기회를 만들려고 했습니다, 그래서 비행기 안에서 말씀 드린다고 했지요."

린드버그의 시선이 이광을 스치고 지나갔다. 처음으로 눈동자까지 부딪쳤는데 린드버그의 눈동자가 진회색이라는 것을 알았다. 이광이 다시 입을 열었다.

"CIA가 날 경호하는 건 후세인, 카다피와 내가 밀접한 관계라는 이유 때문만은 아니라고 하더군. 해밀턴 씨가 말이오."

"그렇습니다."

"중국 고위층과 내가 밀접한 관계라는 것이 더 중요한 것 같았소."

"그렇습니다."

린드버그가 머리를 끄덕였다.

"그래서 홍콩공항에 도착했을 때 저는 동행하지 못합니다. 모른 척해 주시지요."

이광의 시선을 받은 린드버그의 입술 끝이 다시 올라갔다. 얼핏 보면 비웃는 것 같았는데 금방 지워졌다. 공항에는 린린이 마중 나올 것이었다. 그때 린드버그가 말했다.

"린린은 중국 정보국 소속 요원입니다. 푸저우시 경제국 과장으로 위장하고 있지만 정예 정보요원이죠."

놀랄 일은 아니어서 머리만 끄덕이는 이광을 향해 린드버그가 말을 이었다.

"중국 정보국은 린린 같은 미모의 여성 정보원을 혼자 홍콩 같은 곳에 내놓지 않습니다."

"……."

"감시역을 같이 보내지요."

여전히 외면한 채 린드버그가 말을 이었다.

"린린은 감시역 겸 남편이 되는 사내하고 홍콩에서 같이 삽니다. 린린의 아파트 바로 옆이 남편의 집이죠. 이 사장님이 오실 경우에 대비해서 아파트 하나를 더 구입했지만 안 오실 때는 둘이 동거합니다. 남편 아파트에서요."

"……."

"4살짜리 딸이 있어요. 세 식구가 홍콩에서 풍족하게 살지요. 지난번에 이 사장님이 주신 돈은 중국 당국이 그대로 공작비로 쓰라고 했거든요."

이광이 심호흡을 했다. 딸이라니, 그 순간 서울의 강은서가 떠올랐다. 아들 이름도 기억났다. 상철이었지, 성은 모르겠다. 이윽고 이광이 웃음 띤 얼굴로 린드버그의 옆모습을 보았다.

"다 그렇게 사는 거 아뇨? 어쨌든 고맙습니다, 린드버그 씨."

"천만에요."

"앞으로 자주 부탁할 일이 있어요."

"무슨 말씀인지 압니다."

얼굴에 다시 기묘한 웃음을 띤 린드버그가 머리를 끄덕였다.

"저를 참모로 이용해 주시지요, 최선을 다하겠습니다."

이광은 좌석에 등을 붙이고는 다시 긴 숨을 뱉었다. 인간은 얽혀 사는 존재다. 놀랄 것 없다.

제7장
은혜를 베풀고 배신을 받다

"보고 싶었어요."

공항에 나온 린린이 둘이 되었을 때 그렇게 말했다. 둘의 뒤로 고명규, 장복기, 린린의 수행원 둘도 따르고 있다. 바짝 붙어 걷는 린린의 몸에서 익숙한 향내가 맡아졌다. 이광의 시선을 받은 린린이 눈웃음을 쳤다. 혼잡한 공항을 빠져나가느라고 린린의 어깨와 자주 부딪쳤다. 향내와 함께 린린의 탄력 있는 몸이 느껴졌다. 다시 린린의 웃음을 받은 이광이 향내와 몸을 함께 맡고 부딪치고 있는 어느 중국 놈을 떠올렸다. 계란 귀신처럼 얼굴이 없는 사내다. 성씨가 왕일까? 왕 서방? 아니면 등 서방? 모 서방일지도 모른다. 린린은 오늘도 리무진을 준비했는데 수행원은 뒤를 따르게 하고 이광과 둘이 탔다. 중국인 운전사까지 셋이다. 차가 출발했을 때 린린이 이광의 손을 잡으면서 말했다. 이제는 한국말이다.

"오늘은 내 아파트에서 자고 갈 거죠?"

"아니, 호텔로."

이광이 정색하고 말했다.

"호텔에서 연락할 데가 많아."

"싫어."

눈을 흘긴 린린이 몸을 비틀더니 바짝 붙어 앉았다. 손을 쥔 손에 힘이 실렸다.

"그럼 어디서 우리 둘만의 시간을 갖죠?"

"호텔방이 수천 개야."

"좋아요."

린린이 이광의 손을 끌어 제 허벅지 위에 올려놓고 말했다.

"화 서기님이 다음 달 초에 만나자고 하셨어요. 내가 곧 일정을 전해 드릴게요."

2번째 투자금 문제인 것 같다. 머리를 끄덕인 이광이 린린의 허벅지를 부드럽게 쓸었다.

"혼자 자는데 외롭지 않았어?"

린드버그한테서 왕 서방 이야기를 듣지 않았다면 이렇게 물어보지 않았을 것이다. 그때 린린이 정색하고 이광을 보았다. 표정에 그리움이 철철 넘치고 있다.

"밤마다 당신 생각을 했어요."

홍콩에서 만난 사람은 고성규다. 1년 전만 해도 국제그룹 회장으로 군림했던 고성규는 현재 홍콩에서 도피 중이다. 만일 이광이 도와주지 않았다면 고성규는 지금쯤 수십 가지 죄목으로 종신형을 선고받았을지도 모른다. 이광은 고성규를 도피시켜 주었을 뿐만 아니라 국제그룹을 시가보다 더 비싸게 인수했다. 더구나 최근에는 고성규의 가족을 홍콩으로 출국시켜 주기까지 한 것이다. 오후 5시, 이광이 지엔사쥐 중심부의 메리디안호텔 로비로 들어서자 안쪽 자리에 앉아 있던 고성규가 손을 번쩍 들었다. 이광이 다가갔을 때 고성규는 자리에서 일어나 손을 잡았다. 얼굴에 가득 웃음이 떠올라 있다.

"고맙다, 고맙다!"

이것이 고성규의 인사다. 이광의 손을 두 손으로 감싸 쥐고 흔들면서 고성규가 말을 이었다.

"이제 다 됐어. 네가 소개시켜준 사람한테 부탁해서 며칠 전에 우리 식구가 모두 홍콩 국적을 갖게 되었다."

린린이 소개시켜준 홍콩 시민권 브로커다. 자리에 마주 앉았을 때 고성규가 계속해서 떠들었다.

"이제 홍콩에서 마음 놓고 집 사고 차 사고 사업해도 돼, 한국과는 싹 끝났단 말이다."

"……."

"여긴 돈만 있으면 살기 괜찮아. 오히려 한국보다 더 낫다."

고성규의 얼굴에 다시 웃음이 떠올랐다.

"다 네 덕분이다. 네 신세는 잊지 않을 테다."

"형이 좋다니까 다행이네."

겨우 그렇게 말한 이광이 고성규를 보았다.

"형수가 좋아해?"

"좋아하고말고. 마누라가 활짝 웃는 건 처음 봤다."

"……."

"애들도 어찌나 좋아하는지, 언제 시간 있으면 내가 집으로 초대할게."

"그래, 형."

이광이 손을 내밀어 고성규의 손을 잡았다.

"잘살아, 형."

고성규하고 저녁을 같이 먹을 계획이었지만 생각이 달라졌다. 한국하고 '싹' 끝났다면서 좋아하는 꼴을 보니까 밥맛이 달아났기 때문이다. 이광의 관점에서 보면 한국에서 '징역' 사는 것이 싫다고는 할망정한국을 증오하면 못쓰는 것이다. 고성규와 헤어져 호텔 밖으로 나왔을때 옆으로 린드버그의 중국인 부하 둘이 다가와 붙었다. 경호역이다.

"어디로 가실까요?"

이광이 일찍 나왔기 때문에 사내 하나가 물었다.

"아, 호텔로 그리고……."

이광이 사내에게 지시했다.

"린드버그한테 만나자고 해."

이제 린드버그는 이광의 가장 중요한 측근이 되어 있다. CIA 소속이라고 그냥 놔둘 이광이 아니다.

오후 8시 반, 호텔방 안이다. 이광은 조금 전에 찾아온 린드버그와응접실에서 마주 보고 앉아 있다. 침실이 3개 딸린 스위트룸이어서 고명규와 장복기는 옆방에서 대기 중이다. 이광이 입을 열었다.

"중국 화 서기가 곧 만나자는 연락을 해올 것이라는군. 일정을 알려준다고 했어."

"알겠습니다."

중요한 전갈이다. 린드버그에게 이광이 말을 이었다.

"린린이 제 아파트로 가자고 했는데 안 가면 이상하게 생각하지 않을까?"

"제가 이야기한 것이 영향을 드린 것 같군요."

린드버그가 여전히 시선을 주지 않고 말했다.

"린린의 아파트가 오히려 이곳보다 더 안전합니다. 지금은 사장님이 중국 정부의 보호까지 받고 있는 상황이니까요."

"린린의 남편이 내 경호를 맡고 있는 셈이군."

이광이 쓴웃음을 짓고 말했지만 린드버그는 여전히 표정 없는 얼굴이다. 린드버그가 손목시계를 보았다.

"린린한테 가시지요. 지금 그쪽도 사장님이 호텔로 돌아오신 것을 알고 있을 것입니다."

"린린의 남편이 누구야?"

"사무실 직원으로 위장하고 있습니다. 사장님도 보신 얼굴일 것입니다."

"그런가?"

"없는 것으로 여기시면 됩니다. 그들은 그것이 직업이고 임무니까요."

"딸이 네 살이라면 내 딸은 아냐."

그때 린드버그가 웃어야 정상이지만 역시 표정은 변하지 않았다. 혼자서 머리를 끄덕인 이광이 린드버그를 보았다.

"린드버그, 부탁이 있어."

"말씀하시지요."

"당신을 내 보좌역으로 대우해도 되지?"

"편하실 대로 하십시오."

"그럼 시킨 일에 대가를 주는 것이 당연하겠지. 내 일이니까 말이야."

"……."

"내 일에 CIA 경비를 쓸 수도 없고 그쪽에서 주지도 않겠지."

"무슨 일입니까?"

"해외의 내 지점, 법인을 다 알 테니까 그쪽 법인장 이하 간부들의 뒷조사를 해줘."

"……."

"린린의 배후에 조금 충격을 받은 것도 그 이유가 되겠지. 하지만 한국에서는 그렇게 해왔는데 해외 법인, 지점으로 보낸 후에는 그러지 못했어."

"……."

"경비는 댈 테니까 그쪽에서 용역을 시켜도 돼. 어쨌든 맡길 테니까 해주겠나?"

"예, 사장님."

린드버그의 회색 눈동자가 이광을 스치고 지나갔다.

"하겠습니다."

"어서 오세요."

문을 연 린린이 활짝 웃는 얼굴로 이광을 맞았다. 린린의 시선이 문 앞까지 따라온 고명규에게로 옮겨졌다. 그때 이광이 고명규에게 말했다.

"그럼 내일 아침 8시에 와."

고명규가 인사를 하고 그 자리에서 몸을 돌렸고 이광은 아파트 안으로 들어섰다. 밤 10시가 되어가고 있었지만 아파트 건물 안은 온갖 소음으로 뒤덮여 있다. 작은 소음이다. 여자의 부르는 소리, 남자의 웃음소리 그리고 아이의 울음소리. 그때 아파트 문이 닫혔고 린린이 이광의 허리를 감아 안았다. 몸이 딱 붙으면서 린린의 몸의 촉감이 느껴졌다.

"보고 싶었어요."

다시 한국말을 하면서 린린이 얼굴을 들어 이광을 바라보았다. 눈이 반쯤 감겨졌고 붉은 입술은 열려 있다. 키스를 바라는 것이다. 이광이 린린의 어깨를 감아 안고는 입술을 덮었다. 그때 린린이 입을 활짝 열면서 혀를 내밀었다. 뜨거운 젤리 같은 혀가 이광의 입안을 꿈틀거리며 휘저었다. 이윽고 입을 뗀 이광이 가쁜 숨을 몰아쉬는 린린을 보았다. 붉게 상기된 린린의 모습은 아름답다.

"린린, 여전히 아름답구나."

진심이다. 그때 린린이 이광의 가슴에 얼굴을 붙이면서 말했다.

"사랑해요."

다음 날 아침, 이광이 눈을 떴다. 침실의 앞쪽은 베란다여서 환한 햇살이 유리문을 통해 쏟아져 들어왔다. 벽시계가 오전 6시 반을 가리키고 있다. 머리를 돌린 이광이 옆에 누운 린린을 보았다. 머리칼이 이마 위로 흘러내렸으므로 이광이 손을 뻗어 옆으로 쓸어 넘겼다. 그때 린린이 눈을 떴다. 맑은 눈이다. 화장기가 없는 맑은 피부가 햇살을 받아 눈부시다. 시선을 받은 린린이 웃음을 띠더니 이광의 몸에 바짝 붙었다. 린린은 알몸이다. 이광이 팔을 뻗어 린린의 몸을 감싸 당겼다. 이제 한 쌍의 알몸이 빈틈없이 엉켰다. 그때 이광의 가슴이 알 수 없는 감동으로 벅차올랐다. 심장박동이 거칠어졌으므로 이광이 린린의 귓불을 입술로 물면서 말했다.

"그래, 린린, 네가 행복하도록 노력할게."

이것이 진심이다. 린린이 지금 이 순간을 행복하게 느낀다면 더 바라지 않겠다. 모른 척 이대로 지낼 것이다. 다만 국익에 반하는 정보는 못 주겠다.

다음 날 오후 1시, 홍콩 공항의 출국 게이트로 들어가기 전에 이광이 앞에 선 린드버그에게 봉투 하나를 내밀었다.

"린드버그, 받아."

주위에 사람이 많았지만 린드버그가 자연스럽게 받아 주머니에 넣더니 묻는다.

"뭡니까?"

"공작비야, 50만 불이다."

그때 숨을 들이켠 린드버그가 이광을 보았다. 앞에 서서 정면으로 본 것이다. 린드버그의 진회색 눈동자가 똑바로 이광을 응시했다.

"통이 크시다는 소문을 들었는데 맞군요."

"10년 전만 해도 난 지금은 1불 주고 사 먹는 짜장면 값이 없을 때도 있었다."

영어였지만 이광이 '짜장면'이라고 발음했다. 그래도 내용을 알아들을 만했는지 린드버그가 한숨을 뱉고 나서 말했다.

"알겠습니다. 사장님의 각국에 흩어진 법인, 지점의 고위층 뒷조사를 시작하겠습니다."

머리를 끄덕인 이광이 몸을 돌렸다. 이것은 CIA가 알아도 상관없는 일이다. 오히려 린드버그한테서 자료를 얻어 갈지도 모른다.

김포공항에는 안학태가 마중 나와 있었는데 뒤에 나란히 서 있는 윤방철과 백갑상이 보였다. 안학태는 고개를 45도 정도만 숙여 인사를 하고 다가왔지만 윤방철과 백갑상은 허리를 90도로 꺾었기 때문에 몸이 기역 자가 되었다. 주위 사람들이 다 쳐다보았고 이광의 숨이 저절로 들이켜졌다. 대합실에 사람들이 가득 찼지만 둘은 아랑곳하지 않았다. 다행히 안학태가 이광 옆에 붙어 섰고 비서실 직원들이 좌우로 따르는 바람에 둘은 뒤로 처졌다. 옆에 붙었다면 또 시선을 끌었을 것이다. 공항 건물 앞에는 안학태가 가져온 리스타상사 리무진이 기다리고 있었는데 뒷좌석이 마주 보고 앉을 수 있는 6인승이다. 리무진 앞에 선 이광이 윤방철과 백갑상에게 말했다.

"당신들도 타."

둘이 기다리고 있었던 것처럼 이광을 따라 차에 올랐고 뒷좌석에는 안학태까지 넷이 탔다. 둘 다 잔뜩 긴장한 모습이다.

"보고 드릴 것이 있습니다."

먼저 굵은 목소리로 나선 것이 백갑상이다. 백갑상은 제일그룹의 실질적인 관리자다. 이광이 전체 관리를 맡겼기 때문이다. 백갑상이 누구인가? 죽은 제일그룹의 총수 강일천의 외사촌 동생이다. 따라서 강일천의 심복으로 그룹 내부 일을 샅샅이 꿰고 있었지만 세력이 약했다. 그래서 강일천이 죽자 금방 들고 일어선 거물들에게 밀렸다가 이광의 도움을 받아 제일그룹의 관리자가 된 것이다. 백갑상이 말을 이었다.

"모두 등록을 하고 세무서 신고까지 다 했지만 매상이 뚝 떨어졌습니다. 지난달 매출이 신고 전의 절반도 안 됩니다."

예상은 했다. 첫째로 검경의 단속으로 유흥업계 손님이 격감했고 둘째 불법 성매매, 불법 주류 유통, 미성년자 고용을 금지시켰더니 업체의 기능이 마비되었다. 업체를 양성화시킨다고 모두 등록하고 고용인 신고를 했지만 범법자가 많아서 신고를 회피하는 직원이 30퍼센트나 되었다. 백갑상이 불안해진 얼굴로 이광을 보았다.

"고용인 등록까지 내놓고 이번 달에는 직원 임금을 지급하지 못할 것 같습니다."

시선을 내린 백갑상이 손바닥으로 이마의 땀을 씻었다. 백갑상으로서는 이런 보고 자체를 난생처음 하는 것이다. 전문 경영인인 제일유통 사장 정형준이 적어준 메모를 읽는데도 더듬거리고 있다.

"임금을 못 준다고?"

이광이 갈라진 목소리로 물었더니 백갑상은 더 당황했다. 마치 제가 잘못을 저지른 것 같다.

"예? 예. 매출이 절반으로 뚝 떨어져서……."

"……."

"그, 직원 등록을 안 했다면 그냥 즈그덜끼리 알아서 살라고 하겠지만 지금은 다 정식 직원으로 신고를 해서……."

"임금 준비는 얼마나 되었는데?"

"그, 제일그룹 산하 187개 등록 업체에서 유, 유흥업체가 139개인데요……."

이제는 얼굴의 땀을 손바닥으로 씻은 백갑상이 메모지를 쳐다보았다.

"139개 업체 등록 직원이 2,525명, 임금을 다 주려면 이번 달에, 에, 거시기, 4억 2천만 원이 더 필요합니다."

그러고는 백갑상이 아예 얼굴을 들지 않았다. 차 안에 한동안 정적이 덮였다. 무거운 정적이다. 옆에 앉은 윤방철도 외면한 채 움직이지 않았고 앞쪽에 이광과 나란히 앉은 안학태는 애먼 서류만 쳐다보고 있다. 4억 2천이면 엄청난 거금이다. 당시에 서울 변두리 30평형 아파트가 1천만 원가량이었으니 42채 값이다. 이광이 심호흡을 했다.

"제일그룹에서 전에 이런 경우가 있었나?"

이광이 묻자 백갑상이 머리를 들었다가 내렸다.

"신고를 안 했고 세금도 안 내는 업체가 많아서 각 업체별로 상납액만 내놓고 저희들끼리 알아서 처리하도록 했기 때문에……."

이 말도 한참씩 더듬거렸다가 내놓은 것이다. 각 업체가 강일천에게 상납금만 내고 다 알아서 하라고 한 것이 자료가 있을 리가 없다. 그때 이광이 안학태에게 말했다.

"내일 백 상무한테 5억 송금해 줘."

그러고는 백갑상을 보았다.

"빠짐없이 월급 다 나눠줘."

사무실로 들어선 오상만이 머리를 숙여 절을 했다. 그러나 입을 열지는 않았다. 얼굴이 조금 상기되었고 시선은 이광의 가슴께에 놓은 채 깜박이지도 않는다. 그때 오상만과 함께 들어온 백갑상이 이광에게 말했다.

"오상만이 데려왔습니다."

이광이 물끄러미 오상만을 보았다.

"나한테 할 이야기가 있다면서?"

그때 오상만과 이광의 시선이 마주쳤다.

"예, 사장님."

"뭐냐?"

"예, 저한테 일을 시켜 주십시오."

"어떤 일?"

"쓰레기 청소를 맡겨 주십시오."

"무슨 말이야?"

이광의 시선이 백갑상에게로 옮겨졌다. 그때 백갑상이 쓴웃음을 짓고 말했다.

"명동파는 쓰레기 청소 전문업이 있습니다."

"무슨 쓰레기?"

"각 업체에서 해결 못 하는 사건들을 해결해 주는 일인데 싸움 해결하기, 돈 들고 튀는 놈 잡기, 밀고자 잡기 등의 지저분한 일을 맡는다고 해서 쓰레기 청소라고 합니다."

"지금까지는 누가 해왔는데?"

"힘만 들고 생색이 안 나는 데다 경비도 적게 주는 바람에 대부분 몇 달씩 맡았다가 그만두었다고 합니다. 강일천이한테 자주 깨지거든요."

"그렇군."

머리를 끄덕인 이광이 오상만을 보았다.

"왜 그 일을 맡으려는 거냐?"

"첫째 살려주시고 저한테 그렇게까지 해주신 은혜를 갚고 싶습니다."

그때 이광이 정색하고 말했다.

"난 조직에 대한 네 충성심을 높게 평가한 거다. 널 다시 고용하겠다는 생각은 없다."

"저도 그것을 알기 때문에 사장님께 온 것입니다."

오상만이 절실한 표정으로 이광을 보았다.

"제일그룹을 제대로 살리고 싶습니다."

"어떻게 말이냐?"

"이제는 다른 세상으로 들어가는 제일그룹에 쓰레기 청소가 더욱 필요합니다. 제가 맡아서 은혜에 보답하겠습니다."

이광의 시선이 다시 백갑상에게로 옮겨졌다. 그러고는 정색하고 말했다.

"알았다, 나중에 연락하지."

그날 저녁, 이광은 김성규와 둘이서 이태원의 한정식당에서 저녁을 먹는다. 새한통상의 사장이 된 김성규는 이광이 푸저우 공장에서 미국 오더를 다 소화시켜준 덕분으로 올해는 미국 지역 섬유 쿼터를 50퍼센트 가깝게 획득했다. 그것만으로도 수억 불 가치의 재산이다.

"어떠냐? 멕시코 검토해 보았어?"

김성규가 불쑥 물었으므로 이광이 수저를 내려놓았다.

"응, 그런데 합작공장은 안 하겠다."

"그러면 어떻게 하겠다는 건데?"

정색한 김성규도 수저를 내려놓고 이광을 보았다. 둘은 아직 밥을 반도 안 먹었다. 이광이 김성규의 시선을 받은 채 말했다.

"내가 푸저우 공장처럼 내 공장을 만들어 놓을 테니까 넌 오더를 넣도록 해."

그때 김성규는 이광을 응시한 채 한동안 입을 열지 않았다. 김성규는 공장부터 합작으로 같이 짓자고 했던 것이다. 이윽고 김성규의 얼굴에 웃음이 떠올랐다.

"너도 미국 오더를 시작하려는 거냐?"

"네 10분의 1도 안 되지만 우리도 미국 오더를 하고 있어."

"그건 알아."

머리를 끄덕인 김성규가 다시 물었다.

"공장을 합작으로 짓자는 건데……, 그럼 나하고 동업도 하지 않겠다는 것이군."

"그렇지."

이광이 얼굴을 펴고 웃었다.

"난 동업은 안 해."

"좋아."

호흡을 고른 김성규가 말을 이었다.

"나한테도 이득이지, 공장 건설 부담이 줄어들었으니까."

대신 공장에 오더를 넣을 때 주도권을 쥔 이광을 따라야 한다. 물론 그 반대의 경우도 있다. 공장은 오더가 없으면 망한다. 오더가 없을 때는 오더를 쥔 바이어가 생사여탈권을 쥐게 되는 것이다.

"그래, 공장은 언제 지을 거냐?"

"우선 멕시코 법인부터 세워놓고."

"그렇군."

"멕시코에 여러 가지 사업체를 세울 거다."

"뭔데?"

눈을 가늘게 뜬 김성규가 이광을 보았다.

"이 자식은 내가 하나를 알려주면 다섯 개쯤 일을 벌이는군. 뭐야?"

"내가 제일그룹, 국제그룹을 인수했다는 거 알지?"

"알지, 그 조폭 회사들."

소주잔을 든 김성규가 빙그레 웃었다.

"넌 그런 회사가 체질에 맞아, 그래서 하나도 놀랍지가 않더라."

"그곳 건설회사들을 멕시코로 진출시킬 거다."

"그렇군. 제일건설, 국제건설이 그 조폭 그룹의 기둥이었지."

김성규가 한 모금에 소주를 삼키고 말했다.

"어쨌든 공장은 네가 짓겠다니 오더는 주마."

국제건설과 제일건설에서 선발한 건설 조사팀이 멕시코로 출발한 것은 그로부터 사흘 후다. 유스타상사의 기조실 팀은 이미 멕시코에서 법인 설립 준비를 하는 중이다.

"멕시코 사업도 CIA의 도움을 받도록 하시지요."

유스타상사 사장실에서 오금봉이 이광에게 말했다. 오후 3시 반, 이광은 4시에 오금봉과 함께 청와대로 가야 한다. 대통령 면담이 6시 반으로 잡혀 있기 때문이다. 이미 트리폴리 한국대사관에서 외교 행장 편으로 보낸 카다피의 황금검은 찾아놓았다. 오늘 대통령에게 전달할 예정이다. 이광이 멕시코 공장 설립에 대해서 말해 주었더니 오금봉은 관심을 보였다. 오금봉이 말을 이었다.

"내가 멕시코 대사관에서 1년 반 동안 근무를 해봐서 압니다. 멕시코에서 권력 기관의 도움을 받으면 일이 빨리 됩니다."

"삼원건설 유 회장이 도와준다고 했어요."

"하지만 한계가 있어요."

맞는 말이다. 이광은 아카풀코에 법인을 세울 예정이다. 오금봉이 웃음 띤 얼굴로 이광을 보았다.

"서로 이용하는 겁니다. CIA가 이 사장님한테 얻어가는 정보 가치는 돈으로 환산될 수도 없습니다. 이럴 때 그놈들을 이용해야 돼요, 그것이 국익을 위한 일이기도 하니까요."

이광이 머리를 끄덕였다. 국익이란 말이 가슴에 닿은 것이다. 이제는 내 사업체를 떠나 국익에 신경 쓸 때도 되었다.

"어, 선물 가져 왔다고?"

대통령이 웃음 띤 얼굴로 이광에게 물었다. 청와대의 소식당 안이다.

오늘은 오금봉도 동석했는데 무거운 황금칼이 든 가죽 상자를 이광과 함께 들고 왔다. 곧장 소식당으로 들어와 식탁 앞에서 인사를 했는데 파격이다. 가족이나 아주 친한 사이가 아니면 이러지 않는다고 안기부장 최도광이 설명해주었다. 최도광도 아주 친한 사이에 들어간 것이다. 식탁에 둘러앉은 사람은 여섯, 대통령과 비서실장 유근종, 국방장관 오택수와 최도광, 오금봉, 이광이다. 이 중에서 민간인은 이광 혼자고 제일 졸자가 오금봉이다. 오금봉은 바짝 얼어서 눈동자도 굴리지 못한다. 그때 이광이 들고 있던 가죽 상자를 대통령에게 내밀었다. 이제 혼자 들고 있어서 엄청 무거웠다.

"각하, 카다피 선물입니다."

"그래, 보자."

그때 뒤쪽에 서 있던 경호원 둘이 다가와 상자를 받더니 뚜껑을 열었다. 그 순간 황금칼이 불빛에 반사되어 환하게 빛났다.

"우와!"

대통령이 커다랗게 환성을 뱉었다.

"이거 금인가?"

"예, 각하."

이광이 똑바로 대통령을 쳐다보았다.

"손잡이하고 칼집까지 순금이라고 합니다."

"이건 뭐야?"

대통령이 손잡이 끝 부분에 박힌 루비를 가리켰다.

"예, 루비라고 합니다."

"이거 비싸겠지?"

대통령이 머리를 돌려 비서실장과 국방장관, 안기부장을 차례로 보앉지만 아무도 선뜻 대답하지 못했다. 대통령의 시선이 오금봉을 거쳐 다시 이광에게 머물렀다.

"얼마나 갈까?"

"예, 무게가 12킬로나 나가니까요."

그렇다면 칼날 무게를 1킬로로 잡아도 나머지는 순금이다. 그러자 한동안 칼을 보던 대통령이 경호원에게 지시했다.

"갖다놔."

경호원들이 칼을 들고 식당을 나갔을 때 대통령이 비서실장 유근종 을 보았다.

"저 칼 진열해 놓을 수도 없을 것 아뇨?"

"그, 그렇습니다."

진열해 놓거나 박물관에 기증을 했다가는 난리가 날 것이다. 왜 받 았느냐? 무슨 대가로 받았느냐에서부터 또 다른 것은 받은 게 없느냐 는 등으로 한참을 시달리게 된다. 대통령이 혼잣소리로 말했다.

"그렇다고 내가 집에 둘 수도 없고."

머리를 든 대통령이 이광을 보았다.

"이따 내가 저 칼 앞에서 사진을 찍을 테니까 자네도 같이 찍자고."

"예, 각하."

"그 사진을 카다피한테 보여줘."

"예, 각하."

"그리고……."

그때 주방 지배인이 주춤거리며 다가왔으므로 대통령이 머리를 끄 덕였다.

"어, 가져와."

식사를 가져오라는 것이다. 그들은 지금 빈 식탁에 둘러앉아 있었기 때문이다. 그때 대통령이 이광에게 말했다.

"사진 찍고 나서 이 사장이 저 칼 도로 가져가."

"예?"

"저 칼을 가져가서 토막을 내어서 금방에다 팔란 말이야."

이제는 입만 딱 벌린 이광을 향해 대통령이 말을 이었다.

"그 칼이 무슨 칼인지 알면 안 되니까. 그리고 나서 판 돈을 나한테 가져와, 알겠나?"

"예."

대답은 막둥이처럼 했지만 이광이 계속해서 대통령을 보았다. 이 양반이 미쳤나? 금덩이니까 토막 내서 판다는 건 알겠다. 돈에 환장을 했나? 그때 대통령이 다시 유근종을 보았다.

"그 금 판 돈을 장학금이나 기부금으로 씁시다. 그거 줄 데 알아봐요."

"예, 각하."

유근종이 대답했을 때 이광은 어깨를 늘어뜨렸고 대통령의 혼잣말이 이어졌다.

"낡은 권총 하나 주고 수지맞는 장사를 했군."

"멕시코는 정치적으로 불안해서 위험할 것 같은데요."

오금봉이 머리를 기울이며 말했다. 청와대에 다녀온 다음 날 오후, 이광과 오금봉은 국제건설의 회장실에서 이야기를 나누고 있다. 오금봉이 말을 이었다.

"아카풀코는 관광도시인데 그곳에 마약 조직이 3개나 있습니다. 그 놈들이 기업체에 손을 벌리는 건 말할 것도 없고 살인을 밥 먹듯이 하지요."

오금봉은 다시 아카풀코의 실상을 조사하고 온 것이다.

"이곳하고 스케일이 다릅니다. 거긴 총기를 휴대하고 있어서 걸핏하면 총질을 해대니까요. 여긴 삼국시대나 마찬가지죠."

"좋은 점은 없을까요?"

불쑥 이광이 묻자 오금봉은 쓴웃음을 지었다.

"좋은 점이라면 비정상적인 방법으로 돈을 벌기에는 좋을 겁니다."

"아카풀코에 진출한 한국 기업이 삼원건설 한 곳뿐입니까?"

"삼원건설은 지금 아카풀코 사무소를 철수하려고 합니다."

이광이 숨을 들이켰다. 처음 듣는 말이었다. 먼저 보낸 기조실 팀도 그 사실을 모르고 있다. 하긴 말해주지 않으면 모를 수밖에 없다. 그때 오금봉이 눈을 가늘게 떴다.

"삼원 유 회장이 멕시코 진출을 도와준다고 했지요?"

"예, 지난번 근로자 구출해준 것에 대한 보답을 하겠다면서."

커피 잔을 든 이광이 오금봉을 보았다.

"멕시코 법인을 통해 적극 협조해준다고 했습니다. 아카풀코 지역에 구입해 놓은 부동산도 좋은 가격으로 우리한테 넘긴다고 했는데."

"……."

"우리 기조실 팀이 지금 공장용 부지를 물색하고 있어요. 삼원 법인 사람들하고 접촉하고 있습니다."

그때 오금봉이 길게 숨을 뱉었다.

"삼원건설이 멕시코에서 손해를 많이 보았어요, 겉으로는 내색하지 않았지만 말입니다."

"……."

"기업 하시니까 알겠지만 회사가 위험하면 무슨 짓이라도 합니다."

"알겠습니다."

의자에 등을 붙인 이광이 길게 숨을 뱉었다. 더 말해주지 않아도 짐작이 가는 것이다.

박동찬은 무사히 이란에서 탈출시킨 삼원건설 직원 7명과 함께 귀국했다. 구출해내는 동안 삼원건설 고위층과 자주 연락을 해서 친숙해졌고 지금도 연락 창구 역할을 맡고 있다. 오금봉이 떠난 후에 이광으로부터 삼원건설 이야기를 들은 박동찬의 얼굴이 굳어졌다. 그러나 어금니만 물고 시선만 준다. 놀란 것이다. 이광이 말을 이었다.

"여기서는 알 수 없으니까 현지에서 체크해."

"예, 사장님."

"지금 기조실 팀, 건설팀이 다 떠난 상태야. 내가 잠깐 보류시킬 테니까 그동안 자네가 조사를 해."

"알겠습니다."

어깨를 부풀렸다가 내린 박동찬의 두 눈이 번들거렸다. 배신감 때문일 것이다.

오금봉으로부터 삼원건설의 실상을 듣고 나서 이광은 다시 한 번 현실의 냉혹함을 깨닫는다. 순수한 사람만 병신 된다는 말이 실감난다. 먼저 김성규, 김성규가 공장을 동업으로 세우자는 제의는 위험 부담을 함께 나눠 갖자는 의도였다. 김성규는 이광이 권력 기관과 줄이 닿고 있다는 것을 아는 것이다. 그리고 삼원건설 측도 마찬가지다. 이광이 멕시코에 진출하겠다는 것을 알자 이용할 기회가 왔다고 생각했을 것이다.

그날 밤, 이광은 강은서의 집으로 갔다. 미리 연락을 해놓아서 밤 9시가 되었는데도 강은서는 저녁상을 차려놓고 기다렸다.

"그렇게 갈 데가 없는 거야?"

이광의 옷을 받아 옷장에 넣으면서 강은서가 물었다. 상철이는 제 방에서 잠이 들었다.

"밥 차리지 말라니까 그러네."

식탁 위의 저녁상을 보면서 이광이 딴소리를 했다. 강은서하고 같이 있으면 편한 것이다. 옷을 갈아입은 이광이 씻고 식탁에 앉았더니 강은서가 앞쪽에 앉아 시중을 들었다.

"언제 나가?"

강은서가 묻자 이광이 씹던 것을 삼키고 나서 대답했다.

"열흘쯤 후에."

"어디로?"

"이번에는 멕시코."

"멕시코."

눈을 가늘게 뜬 강은서가 먼 곳을 보는 얼굴로 말했다.

"따라가고 싶다."

"거긴 안 돼."

머리를 저은 이광이 강은서를 보았다.

"다음에 다른 데 데려가 줄게."

그 순간 이광의 머릿속에 여자들의 얼굴이 떠올랐다. 파리의 마르카, 두바이의 윤지혜, 푸저우의 정남희, 그때 강은서가 물었다.

315

"어디로?"

"글쎄."

말문이 막힌 이광이 된장국을 한 모금 떠먹고 나서 대답했다.

"미국."

멕시코는 위험한 곳이라니 그 위쪽이 미국 아닌가. 그때 강은서가 이광을 보았다.

"그래, 기다릴게. 상철이랑 같이 가는 거지?"

이광이 잠자코 머리만 끄덕였다.

"나한테 앞으로 생활비 보내지 마."

다음 날 아침, 이광의 품에 안긴 강은서가 말했다.

"나 지금 부자란 말이야, 한 달에 순수입이 5백만 원이나 돼."

그렇다면 대기업 중역 월급의 5배다. 부자 소리 들을 만하다. 이광이 잠자코 강은서의 허리를 당겨 안았다. 매끄럽고 탄력 있는 강은서의 알몸이 밀착되었다. 강은서가 이광의 가슴에 얼굴을 붙이더니 말을 이었다.

"학원이 유명해져서 잘돼, 이젠 나도 원장님 소리에 익숙해졌고."

그리고 아침마다 학원 차가 와서 강은서를 태워가는 것이다. 자가용이나 같다. 그리고 몇 달 전부터 강은서는 시골에 살던 부모님과 여동생까지 아파트 아래층으로 이사시켜 함께 살고 있다. 아파트도 강은서가 번 돈으로 전세금을 낸 것이다. 그래서 학원에 출근할 때는 아들 상철이를 아래층 어머니한테 맡기고 간다. 강은서가 이광의 허리를 당겨 안으면서 말했다.

"우리 가족이 오랜만에 다시 행복해졌어, 모두 자기 덕분이야."

이광은 잠자코 강은서의 볼에 입술을 붙였다. 이광의 관점에서 보면 강은서한테서 얻은 것이 준 것보다 더 많다. 그것은 인정한다. 강은서와 함께 있으면 편안해진다. 시골 어머니 품 속 같다. 그 가치가 돈으로 따질 것인가? 항상 잠깐 쉬었다가 바람처럼 떠나지만 불평 한 마디 없이 감싸 안았다가 보내는 강은서다. 이런 상대가 또 있을 것인가?

"어, 보스 왔어?"

강기창이 정색하고 이광을 맞았다. 이광이 국제그룹을 인수한 후부터 강기창은 보스라고 부른다. 오전 11시, 이광은 강은서의 집을 나와 사촌오빠인 강기창을 만나는 셈이다.

"왜 이러십니까, 형님."

이광이 이맛살을 찌푸렸지만 이젠 면역이 되었다.

"그래, 뭘 상의할 게 있다는 거냐?"

강기창이 담배를 꺼내 물며 물었다. 이제 강기창은 트리톤의 사장이다. 전임 사장 마가렛이 귀국하고 강기창이 승진해서 사장이 된 것이다. 트리톤은 연간 5억 불 정도를 수출하는 에이전시지만 예전보다 위상이 낮아졌다. 전(前) 같으면 대한민국 최대 에이전시가 되겠지만 지금은 수출량이 늘어나 몇억 불짜리 에이전시가 수십 군데나 되었기 때문이다. 그러나 트리톤의 전통과 명성은 여전하다.

"형님, 제가 멕시코에 공장을 지으려고 하는데요."

이광이 말을 이었다.

"거긴 쿼터 제한이 없지 않습니까? 제품 잘 만들 테니까 트리톤에서 오더 줄 수 없습니까?"

"멕시코라고?"

강기창이 이광을 똑바로 보았다. 그러더니 뭘 생각하는지 눈동자의 초점이 흐려졌다.

"예, 아카풀코 지역에. 거기서 배로 미국으로 실어 나르는 거죠. 관세도 없고 운임도 싼 데다 쿼터 차지도 들지 않고요. 또 임금도 한국보다 적다는군요. 한국 수출 단가보다 30퍼센트쯤 싼 가격으로 수출할 수 있겠어요."

그때 강기창이 불쑥 말했다.

"넌 좋은 점만 늘어놓는구나."

"그래서 형님한테 나쁜 점을 들으려고 온 겁니다."

"요즘 은서 만나냐?"

"어젯밤에도 은서 아파트에서 자고 바로 이곳으로 왔습니다."

"내가 은서하고 결혼하라고는 못 하겠고, 어쨌든 너한테 고맙다. 삼촌도 자주 뵈어야 할 텐데 아래층에 오셨을 때 한 번 인사를 갔어."

"멕시코 이야기로 돌아갑시다."

"네가 딴 사람이라면 당장 그만두라고 했을 거다."

"제가 예비 매제라서 결정이 달라진 겁니까?"

"그게 아냐 인마, 네 기질과 환경을 말하는 거다."

강기창이 똑바로 이광을 보았다.

"내가 멕시코 시장을 잘 알아, 몇 번 거래를 했거든. 멕시코에서 생산해서 미국으로 수출시킨 경험이 있단 말이다."

"……."

"개판이야, 마약 조직이 별 걸 다 손을 대고 정부기관과 밀착해서 돈을 뜯어낸다. 네가 아까 줄일 수 있다는 단가 이상으로 놈들에게 뜯기게 될 거다."

그러더니 지그시 이광을 보았다.

318

"그것들을 제압하면 떼돈을 버는 거지, 그래서 너한테 맞는 곳일지도 모른다."

"칭찬입니까?"

"경고도 돼."

"하란 말입니까? 그만두라는 겁니까?"

"네가 언제 내 말대로 한 적이 있어?"

그때 이광이 심호흡을 하고 나서 입을 다물었다. 강기창도 담배를 다시 피워 물더니 시치미를 떼고 말했다.

"이제 결정했겠군."

오후 5시, 소공동 리스타상사 사장실에서 이광의 주재로 그룹 간부회의가 열렸다. 회의실의 원탁에 둘러앉은 면면을 보면 유성상사에서는 곽영훈 전무, 국제그룹은 건설사장 겸 기조실 사장 윤경호와 기조실 전무 윤방철, 제일그룹은 제일유통 사장 겸 건설사장 정형준, 제일유통 전무 백갑상 그리고 리스타그룹 비서실장 안학태까지 7명이다. 이들이 리스타 그룹의 핵심 간부다. 그중 곽영훈과 윤경호, 정형준은 전문 경영인이며 윤방철과 백갑상은 각각 국제그룹과 제일그룹의 기반이 되었던 '조직'을 총괄하는 직임을 맡고 있는 것이다. 이광이 입을 열었다.

"지금 아카풀코에 나가 있는 건설, 기획실 팀하고는 별도로 비서실 팀이 조사를 하고 있어."

모두의 시선을 받은 이광이 말을 이었다.

"비서실 팀은 CIA의 협조를 받아서 조사를 할 거야. 그 결과를 보고 나서 진출 방법을 결정하기로 하지."

"무슨 일입니까?"

성질이 급한 편인 윤방철이 묻자 이광은 쓴웃음을 지었다.

"삼원건설의 상황이 나쁜 것 같다. 그것을 우리한테 알려주지 않은 것 같은데."

이광이 오금봉한테서 들은 삼원건설의 현지 상황을 전해주자 윤방철은 물론이고 백갑상까지 펄쩍 뛰었다.

"이런 배은망덕한 새끼들이……."

"그 새끼들을 당장에……."

그때 이광이 손을 들어 입을 막았다.

"악의는 없었을 거야. 마침 우리가 멕시코로 진출한다니까 도와주겠다고 하는 단계야."

"지금 공장용 부지 가격 제시를 했다는데 그런 이야기는 전혀 하지 않았다고 합니다."

백갑상이 말했고 윤방철이 거들었다.

"이건 사기입니다. 두고 보았다가 혼을 내야 합니다."

다시 말을 멈추게 한 이광이 정색했다.

"비서실 조사가 끝날 때까지 여러분만 알고 있도록."

모두 몸을 굳혔을 때 이광의 말이 이어졌다.

"리스타는 멕시코에 진출하기로 결정을 했다. 멕시코를 기반으로 세계 제1의 미국 시장을 공략한다."

대망의 진출이다. 세계 최대, 최고의 시장, 이것은 모든 상인들의 꿈이다.

린드버그의 전화가 왔을 때는 오후 6시 반이다. 리스타상사 사장실에서 이광이 전화를 받았다.

"사장님, 제가 두바이에 있습니다."

"아, 두바이."

이광이 저도 모르게 숨을 들이켰다. 두바이에는 윤지혜가 있다. 리스타상사의 샛별 같은 존재, 뛰어난 능력으로 두바이 현지법인을 쿠웨이트 리스타 본점 못지않은 사업장으로 발전시킨 주역. 린드버그는 CIA 요원이다, 막강한 CIA 네트워크를 이용하여 철저하게 조사할 수가 있다. 그때 린드버그가 말했다.

"만났을 때 자료를 보여 드리겠습니다만 백화점 관리사장 박종대가 1천만 불 가까운 시설비, 임금, 영업비를 횡령해서 런던, 스위스 은행 계좌에 예치시켜 놓았습니다. 장부를 허위로 기재해서 실제 지급한 것처럼 위장해 놓았더군요. 교묘한 방법이어서 제가 고용한 조사관도 감탄하고 있습니다."

"……."

"그런데 박종대가 윤 법인장하고 가까운 사이입니다."

그 순간 이광의 얼굴에 쓴웃음이 번졌다. 린드버그가 앞에 있었다면 그렇게 웃지는 못 했을 것이다. 이광은 듣기만 했고 린드버그의 말이 이어졌다.

"윤 법인장의 숙소로 박종대가 드나들고 있습니다, 밤에 들어갔다가 아침에 나오더군요."

"……."

"둘이 공모한 것 같지는 않습니다. 박종대가 윤 법인장을 이용하는 것 같습니다."

이광은 어금니를 물었다. 박종대, 38세, 국내 재벌 그룹인 세우그룹 기조실 부장 출신, 이광이 채용해서 두바이로 보낸 것이다. 그런데 윤지혜가 이놈에게 넘어가다니, 호흡을 고른 이광이 물었다.

"자료는 확보했지요?"

"빠져나갈 수 없습니다."

린드버그의 목소리에 웃음기가 섞였다.

"수단이 교묘했지만 세상은 좁거든요, 특히 범죄자한테는 좁습니다. 도망칠 곳이 한정되어 있기 때문이죠."

"수고했어요, 린드버그 씨."

이광은 자신의 말끝에 한숨이 뿜어져 나오는 바람에 당황했다. 무의식중에 나왔다. 전화를 끊기 전에 린드버그가 한숨 소리를 들었는지는 알 수 없었지만 부끄러웠다.

방으로 들어선 오상만이 허리를 기역 자로 꺾어서 절을 했다. 오후 8시 반, 이곳은 제일그룹 영역인 명동 스타호텔 옆 화니 룸살롱 안, 이광의 좌우에는 윤방철과 백갑상이 앉아 있다. 오상만이 절한 상대는 물론 이광이다. 인사를 받은 이광이 가만히 쳐다만 보았기 때문에 오상만은 부동자세로 선 채 기다렸고 백갑상과 윤방철은 나서지 못했다. 그때 이광이 말했다.

"앉아."

"예, 사장님."

다시 한 번 허리를 꺾어 절을 한 오상만이 왼쪽 소파의 끝자리에 앉았다. 그것도 엉덩이의 반만 걸쳐 놓아서 금방 미끄러져 주저앉을 것 같다. 이광이 오상만을 불러낸 것이다. 그날 오상만이 찾아와 일을 맡겨달라고 했을 때 이광은 나중에 연락을 하겠다면서 보냈었다. 이광이 한 모금에 위스키를 삼키고는 오상만을 보았다.

"너, 영어 잘해?"

"예?"

난데없는 질문이었는지 되물었던 오상만이 어깨를 부풀렸다. 얼굴이 붉어져 있다.

"아닙니다, 잘 못합니다."

"미군 상대하는 일은 네가 다 했다면서?"

이맛살을 찌푸린 이광이 다시 물었다.

"예, 하지만 제 영어는……."

오상만의 얼굴이 더 빨개졌다.

"어렸을 때 미군 부대 하우스보이로 배웠던 것이어서 워낙……."

"말은 다 알아듣지?"

"예, 사장님."

"표현은 다 하고?"

"예, 사장님."

오상만의 두 눈이 번들거렸다. 그때 이광이 바로 오상만을 보았다.

"너 총 쏠 줄 알아?"

"예, 사장님."

이번에는 오상만이 망설이지 않고 대답했다.

"미군 부대에 있으면서 소제는 제가 다 했습니다, 그래서 기관포까지 다 쏴봤습니다."

이광이 천천히 머리를 끄덕였다. 오상만은 어렸을 때부터 동두천 미군 부대에서 일했던 것이다. 그러다가 명동파에 들어왔지만 자랑할 만한 이력이 아니었다. 미군 상대로 가끔 PX 물건 살 때나 써먹었던 것이다. 영문을 모르는 오상만이 몸을 굳혔을 때 이광이 가깝게 앉아 있는 백갑상에게 말했다.

"오상만이한테 술 한 잔 줘."

"예, 사장님."

백갑상이 얼른 술병을 들더니 잔을 찾으려고 두리번거리다가 옆에 놓인 물잔에 위스키를 절반쯤 따라 오상만에게 내밀었다. 그것을 본 이광이 말했다.

"마셔."

"예, 사장님."

오상만이 물 마시듯이 벌컥벌컥 술을 삼키고는 잔을 내려놓았다. 몸을 비틀어서 목젖이 움직이는 것을 보이지 않는다. 그때 이광이 물었다.

"쓰레기 청소 말고 내 옆에서 일할 테냐?"

"예, 사장님."

오상만이 대번에 대답했다. 그러고는 눈만 껌벅였기 때문에 이광이 다시 물었다.

"처자식 여기다 두고 외국 갈 수 있냐?"

"예, 사장님."

머리를 끄덕인 이광이 백갑상과 윤방철을 번갈아 보면서 말했다.

"그럼 어떤 일인지 설명해줘, 그리고 본인이 싫다면 놔두라고."

그러고는 이광이 자리에서 일어섰다.

"사장님 어디 계신 거야?"

안학태가 묻자 장복기가 어깨를 부풀렸다가 내렸다. 조폭 출신인 장복기는 이른바 행정직이 아무리 높다고 해도 우습게 보는 경향이 있다. 안학태가 리스타 그룹의 총괄비서실장으로 사장급이라도 그렇다. 그러나 안학태의 시선을 받고는 대답을 안 할 수가 없다.

"안에 계십니다."

"글쎄, 어디?"

"특실에요."

"누구하고 같이 계시는데?"

"혼자요."

"혼자?"

놀란 듯 안학태의 이맛살이 찌푸려졌다. 밤 12시 반, 이곳은 신촌 로터리의 천지클럽 안이다. 국제그룹 영역이어서 지배인이 안학태 뒤쪽에서 안절부절못하고 있다. 이광이 전화도 안 받고 특실에 박혀서 나오지 않은 지 3시간째가 되어가고 있는 것이다. 혼자서 술을 마시는지 위스키가 2병째 들어갔다. 안학태가 결심한 듯 발을 떼었을 때 장복기가 가로막았다.

"안 됩니다."

장복기의 얼굴이 굳어져 있다. 장복기의 부하로 보이는 두 사내가 바짝 다가섰기 때문에 안학태가 눈을 부릅떴다.

"뭐하는 거야?"

"사장님이 아무도 들어오지 말라고 하셨습니다."

"아니 혼자 뭐 하시는지 알아야 될 것 아냐! 난 비서실장이다!"

안학태가 버럭 소리쳤다. 이런 일은 처음이다. 사장한테 무슨 일이 생겼는가?

술잔을 든 이광이 앞쪽 벽을 보았다. 눈동자가 흐려졌고 입은 반쯤 벌린 모습이다. 지금까지 혼자 앉아 있었기 때문인지 방은 넓게 느껴졌다. 이광의 좌우로 소파가 놓였고 앞쪽은 대형 스크린이 설치되었다. 노래방 기계다. 한 모금에 술을 삼킨 이광이 안주도 집지 않고 더운 숨을 뱉었다. 탁자 위에는 거의 손도 대지 않은 안주가 여러 개 놓여 있지만 술병은 2개째다. 방 안은 조용하다. 방음 장치가 잘 되어 있어서 바깥 소음은 일절 들리지 않는다. 이광의 숨소리가 들릴 정도다. 다시 잔에 술을 채운 이광이 붉어진 얼굴로 앞쪽 빈 스크린을 보았다. 박종대의 횡령이 여러 가지를 생각하게 만든 것이다. 지금까지 앞만 보고 정신없이 달려온 자신을 잠깐 멈춰 세우고 뒤를 돌아보게 만든 계기가 되었다. 갑자기 외로움이 자신을 덮어씌운 느낌도 들었다. 윤지혜의 행동은 의외로 충격이 작다. 지난번 강은서의 말을 듣고 여자 문제를 생각해 본 적이 있다. 여러 곳에 흩어진 여자들은 그야말로 자신을 스쳐 지나간 바람쯤으로 여길 것이었다. 따라서 그들에게 욕심을 부린다는 것은 억지다. 직위나 권세를 이용한 횡포다. 더구나 남녀의 감정을 돈이나 힘으로 얻으려고 하다니, 이광의 신념에도 맞지 않는다. 다시 술을 삼킨 이광의 얼굴에 웃음이 떠올랐다. 올 것이 왔다. 모든 일은 우연히 일어나지 않는다. 인연이 작용한다. 따라서 자업자득이다. 인간이라면 그것을 받아들이고 다시 시작하는 노력을 해야 옳다.

"앗, 나오신다."

장복기가 소리쳤으므로 옆쪽 의자에 앉아 있던 안학태가 서둘러 일어섰다. 과연 이광이 방에서 나오고 있다. 얼굴은 조금 붉어졌지만 양탄자 위를 걸어오는 자세는 반듯했다. 안학태가 장복기를 밀치고 이광에게 다가갔다. 오전 1시가 조금 넘었다.

"사장님!"

하고 불렀지만 다음 말이 이어지지 못했다. '무슨 일이 있습니까?'
'어디 아프십니까?' 따위의 말을 물어볼 분위기가 아니었기 때문이다.
안학태의 뒤로 비서실 직원들이 늘어섰고 장복기는 그 틈에 끼어 눈만
멀뚱거리는 중이다. 그때 다가온 이광이 물었다.

"무슨 일이야?"

"예, 스케줄도 없이 갑자기 이곳에 혼자 계신다고 해서요."

다가선 안학태가 말을 이었다.

"사장님, 드릴 말씀이 있습니다."

"말해."

"차 안에서 말씀드리지요."

이광이 머리를 끄덕이자 안학태가 옆을 따르며 묻는다.

"동교동으로 가시겠습니까?"

안학태의 시선을 받은 이광이 머리를 끄덕였다. 동교동은 강은서의
아파트를 말한다. 안학태가 공개적으로 강은서의 아파트를 입에 내놓
은 것은 오늘이 처음이다. 그들의 뒤를 장복기가 따른다.

차에 탔을 때 옆자리에 앉은 안학태가 조심스러운 표정으로 입을 열
었다.

"사장님께 드릴 말씀이 있습니다."

"해봐."

어깨를 올렸다가 내린 안학태가 말했다.

"사장님은 친구가 필요하십니다."

"친구?"

"예, 마음속에 있는 고민이나 사소한 일상을 상의할 친구가 있으십
니까?"

이광은 눈만 껌벅였고 안학태가 말을 이었다.

"사장님 위치에 계시면 외롭게 되십니다, 모든 것을 다 혼자 결정하고 그 책임을 지셔야 되니까요."

"……."

"그것을 부하 직원들과 상의할 수는 없습니다, 최종 결정은 사장님 몫이니까요. 그렇게 되면 외롭습니다. 술과 또는 다른 것으로 풀려고 하지만 그때뿐입니다."

"사장 해봤어?"

"아닙니다, 책도 좀 보고 연구를 했습니다."

정색한 안학태가 말을 이었다.

"사장님, 친구를 만나시지요. 지금도 늦지 않으십니다. 자신의 모든 것을 털어 놓을 수 있는 친구 말씀입니다."

이광의 눈동자가 흐려졌다. 안학태의 말을 들으면서 분주하게 그럴 대상을 떠올려보았던 것이다. 그러나 없다. 있었지만 정신없이 살다 보니까 안 만났고 못 만났다. 가끔 시간을 내어 만났을 때 사는 환경이 다르다 보니까 대화가 툭툭 끊겼다. 어릴 적 그렇게 친했던 사이였어도 그렇다. 이윽고 머리를 든 이광이 안학태를 보았다.

"무리야."

"예?"

"생활환경이 너무 다르니까 아무리 친했더라도 금방 소외감이 느껴져."

"……."

"나는 무의식중에 친구 데리고 룸살롱에 갔더니 그놈은 거북해 하더니, 술좌석 내내 불편했어. 알고 보니까 저는 동네 가게에서 소주 마시고 싶었다는 거야."

"……."

"그러면 또 내가 불편하지, 그렇지 않나?"

그러더니 문득 이광이 안학태를 보았다.

"그렇군, 다른 방법도 있겠다."

"지금까지 술 마신 거야?"

문을 닫은 강은서가 찌푸린 얼굴로 냄새 맡는 시늉을 했다. 잠자코 방으로 들어서는 이광을 따라오면서 강은서가 말을 이었다.

"거기 아가씨를 데리고 호텔을 가든지 하지 왜 나한테 와?"

뒤에서 저고리를 받은 강은서가 앞으로 오더니 셔츠 단추를 풀어주었다.

"요즘은 만나는 여자 없어?"

"……."

"왜 말을 안 해? 기분 나쁜 일 있어?"

"아니."

"그럼 왜 그래? 사업 문제야?"

"아니."

"멕시코는 언제 가는데?"

"며칠 있다가."

"오늘 오후에 오빠가 왔다 갔어. 오빠 만났다면서?"

"응, 나 씻을게."

팬티 차림이 된 이광이 욕실로 다가가자 뒤에서 강은서가 물었다.

"내가 등 밀어줘?"

"아니, 됐어."

다른 때 같으면 환장을 하면서 그러라고 했을 이광이다. 그런 이광이 욕실로 들어가자 강은서가 머리를 기울였다.

다음 날 아침, 이광은 문 닫히는 소리에 눈을 떴다. 외출복 차림의 강은서가 방으로 들어서고 있다. 강은서한테서 바깥 공기 냄새가 맡아졌다. 벽시계가 오전 8시 40분을 가리키고 있다. 어젯밤은 욕실에서 나와 바로 침대로 들어가 잠이 들었던 것이다. 침대로 다가온 강은서가 말했다.

"상철이, 엄마한테 맡기고 왔어. 9시에 유아원 버스를 타야 하거든."

"아."

"누워있어, 내가 해장국 끓여줄게."

"아."

"엄마는 여기 안 와, 자기 와 있다는 거 아니까."

"……."

"어젯밤 술 냄새 때문에 내가 숨이 막혀 죽을 뻔했어."

강은서가 손을 뻗어 이광의 눈곱을 떼어주었다. 그때 이광이 말했다.

"우리 결혼하자."

또 다른 눈곱을 떼려고 손가락을 뻗쳤던 강은서가 움직임을 멈췄다. 손가락 끝이 이광의 눈에서 10센티쯤 거리를 두고 가만히 있다.

"야, 손 치워."

이광이 투덜거리자 강은서가 손을 오므렸다. 손가락 때문에 김이 빠진 이광이 누운 채 한숨을 쉬고 나서 다시 말했다.

"결혼하자."

"안 돼."

강은서가 단호한 표정이 되더니 머리를 저었다.

"싫어."

"안 돼? 아니면 싫어?"

"둘 다."

"왜?"

"말하기 싫어."

"상철이 때문에?"

"아냐."

"내가 싫어?"

"아냐."

"이런 젠장."

눈을 부릅떴던 이광이 남은 눈곱을 마저 떼고는 강은서를 노려보았다.

"또 도망가서 딴 애 낳으려고?"

마침내 이광이 악담을 했다. 그러자 강은서가 머리를 끄덕였다.

"또 그런 소리 하면 그럴 거야."

"너 도대체 왜 이러는 거야?"

"이대로 살아."

어깨를 늘어뜨린 강은서가 말했다. 강은서가 외면한 채 말을 잇는다.

"이대로 사는 게 좋아."

"내 애는? 우리 자식 말이다."

그때 강은서가 시선을 들고 이광을 보았다.

초점이 흐려져 있었기 때문에 이광이 화가 났다.

"그놈 때문이냐? 상철이 아버지 되는 놈."

"......."

"그놈 만날 때까지 임시로 내가 상대역이 되고 있는 거냐?"

"......."

"그래서 결혼 못 하겠다는 거구나!"

강은서의 눈동자에 초점이 잡혀졌다. 얼굴이 조금 상기되었지만 차분한 표정이다.

"너를 사랑해."

이광이 숨을 들이켰고 강은서의 말이 이어졌다.

"지금까지 너만큼 사랑했던 사람이 없었고 앞으로도 그럴 거야."

"......."

"그리고 이 감정은 변하지 않을 거야."

이광이 입을 벌리려고 했을 때 강은서의 손바닥이 입에 놓였다. 강은서의 손바닥은 부드럽고 따뜻했다. 약간 습기가 배어 있는 데다 향내가 맡아졌다. 체취다. 강은서가 입을 열었다.

"나중에 이야기해, 응? 나 도망가지 않을게, 서둘지 말고."

이광은 눈을 감았다. 그때 지난 일들이 주마등처럼 눈앞을 스치고 지나면서 강은서의 목소리가 배경 음악처럼 들렸다.

"어렵고 힘들 때 나한테 와, 그럼 내가 안아줄게."

이광이 입술로 강은서의 손바닥을 문질렀다.

"난 당신 여자야. 그러니까 마음 놓고, 응?"

이광은 눈을 떴다. 그렇다, 이제 알았다. 다 내려놓았을 때 눈앞이 보이는구나, 이광은 행복했다.

<2권 계속>